plaisir
d'amour

FSC
www.fsc.org
MIX
Papier aus ver-
antwortungsvollen
Quellen
Paper from
responsible sources
FSC® C105338

SAWYER BENNETT
LEGEND
ARIZONA VENGEANCE

Sawyer Bennett
Arizona Vengeance Teil 3: Legend

Aus dem Amerikanischen ins Deutsche übertragen von Joy Fraser

© 2019 by Sawyer Bennett unter dem Originaltitel „Legend (Arizona Vengeance, Book #3)"
© 2022 der deutschsprachigen Ausgabe und Übersetzung by Plaisir d'Amour Verlag, D-64678 Lindenfels
www.plaisirdamour.de
info@plaisirdamourbooks.com
© Covergestaltung: Sabrina Dahlenburg
(www.art-for-your-book.de)
© Coverfoto: Shutterstock.com
ISBN Print: 978-3-86495-542-6
ISBN eBook: 978-3-86495-543-3

KAPITEL 1

Legend

Als ich in die Straße einbiege, kommt sofort das Strahlen von Peppers Haus in Sicht. Es überrascht mich nicht, dass sich ihr Haus einen Tag nach Thanksgiving wie magisch in ein psychedelisches Weihnachtswunderland verwandelt hat. Komplett mit farbigen Lichterketten in jedem Winkel, einem riesigen Plastikweihnachtsmann mit seinen Rentieren auf dem Dach und Lautsprechern an den Bäumen, aus denen Weihnachtslieder schallen. Es gibt sogar einen großen, sich drehenden Schneemann, der alle paar Minuten Kunstschnee in die Gegend bläst.

Die Krönung ist jedoch eine lebensgroße biblische Krippe im Vorgarten, voll ausgestattet mit Maria, Josef, Jesus, Esel, Kuh, zwei Schafen und drei Kamelen mit den drei Weisen aus dem Morgenland auf den Rücken. Die Szene wird von Scheinwerfern angestrahlt.

Mit knirschenden Zähnen biege ich auf die Einfahrt. Ich kann nichts dagegen sagen, weil mich Pepper an Thanksgiving im Poolbillard total fertiggemacht hat. Was bedeutet, dass ich mich nicht mal beim Hauseigentümerverein über sie beschweren kann. Also muss ich das Wochenende bei geschlossenen Rollos verbringen, um nicht von ihrem Haus geblendet zu werden.

Was nicht bedeutet, dass sie nicht noch etwas anderes auf Lager haben wird, um mich zu ärgern. Dafür scheint diese Frau zu leben. Entweder, indem sie mir eine Schar rosa Plastikflamingos in den Garten stellt, oder, indem sie mich schlicht mit ihrem schönen Gesicht und dem umwerfenden Körper in den Wahnsinn treibt. Ich sollte nicht so oft an sie denken, doch mich hat noch nie jemand gleichermaßen fasziniert wie genervt.

Mir fällt auf, dass drei Autos in ihrer Einfahrt stehen, was nicht ungewöhnlich ist. Pepper scheint ständig eine Schar Leute zu Besuch zu haben. Sie ist ein ziemlich geselliger Mensch. Sie hat mich sogar schon zu ihren kleinen intimen Soireen eingeladen, aber ich habe jedes Mal abgelehnt.

Das Einzige, was mir in letzter Zeit sonst noch auffiel, ist die Tatsache, dass ich sie nicht mehr mit meinem Teamkollegen Dax zusammen gesehen habe. Zumindest kommt es mir so vor, und ich bin nicht sicher, wie ich das finden soll. Auf keinen Fall bin ich bereit, den kleinen Eifersuchtsstich zuzugeben, wenn er mit ihr zusammen war, denn das wäre geradezu lächerlich. Ich kann die Frau nicht ausstehen.

Mit einem letzten angewiderten Blick auf das Griswold-Haus neben meinem, halte auf meiner Einfahrt und öffne mit der Fernbedienung das Garagentor. Während es langsam hochfährt, fällt mein Blick nach links auf die vordere Veranda. Sieht aus, als ob da ein Paket liegt, aber ich kann es nicht genau erkennen, weil das Licht an der Haustür nicht brennt. Daran denke ich nie, wenn ich den ganzen Tag weg bin und erst abends nach Hause komme. Ich notiere mir in Gedanken, dass ich auf meiner endlosen Liste von Projekten die Installation einer automatischen Sicherheitsbeleuchtung hinzufügen werde.

Aber Moment mal … das ist doch kein Paket. Ich versuche im Lichtschein von Peppers Haus, der nicht ganz bis zu meiner Haustür reicht, etwas zu erkennen.

Es sieht eher nach einem Kleiderhaufen aus. Verwirrt runzele ich die Stirn, steige aus, gehe zögerlich auf die vordere Veranda zu, denn je näher ich komme, desto stärker wird mein ungutes Gefühl.

Ich betrete die erste der drei Stufen zur Veranda, und alles in mir zieht sich zusammen, als ich sehe, dass es sich um eine Decke handelt, in die etwas Kleines eingewickelt ist. Ich werfe einen Blick auf Peppers Haus. Vielleicht ein übler Scherz von ihr. Dann gehe ich hoch und neben dem Bündel in die Hocke. Vorsichtig ziehe ich den Fleecestoff zur Seite.

Ein Baby fängt an zu weinen.

Ein winziges rosa Baby mit zugekniffenen Augen und einem kleinen Mund, der verzogen ist und wimmernde Laute von sich gibt. Vor lauter Schreck taumele ich rückwärts, bleibe mit dem Stiefel an einer Stufe hängen und lande unten auf dem Hintern.

Was zum Geier soll das?

Mit gespreizten Beinen, den Händen und dem

Arsch auf dem Rasen, starre ich auf meine Veranda, als hätte ich soeben eine blutende Person gefunden.

Das Baby weint weiter, was mich in Bewegung versetzt. Ich stehe auf, starre das Bündel kurz an und renne dann zu Pepper hinüber. Ich springe über die niedrigen Büsche zwischen unseren Häusern und lande direkt auf ihrer Veranda. Ich schlage so fest mit der Faust gegen ihre Tür, dass der große bunte Gecko aus Blech, der dort hängt, klappert, als würde er gleich abfallen.

Die Haustür geht schnell auf und fast falle ich mit der Tür ins Haus. Pepper lächelt breit, was ihr sofort vergeht, als sie mich sieht. Wenn ich so aussehe, wie ich mich fühle, verwirrt und panisch, hat sie allen Grund, nicht zu lächeln.

Ich deute mit einem zittrigen Finger auf mein Haus. „Baby. Vor der Haustür."

Peppers Ausdruck wechselt zu perplex und jemand hinter ihr sagt: „Hey, Pepp, ist das der heiße Eishockeyspieler, der nebenan wohnt? Bitte ihn rein, damit er mit uns Scrabble spielt."

Genau wie ich ignoriert sie diese Person. Ich greife nach ihrer Hand und zerre sie vor die Tür. Dann drehe ich mich um und renne los, und Pepper folgt mir, ohne zu fragen oder zu meckern.

Ich ziehe sie auf meine Veranda und meine Hand zittert noch heftiger, während ich auf das Baby in der Decke deute. Es wimmert immer noch leise.

„Oh mein Gott."

Pepper reißt sich von mir los und nimmt das Baby auf den Arm. Sie öffnet die Decke weiter und starrt den Winzling an. Sie reicht dem Baby einen Finger, und ich bin erstaunt, als das Kind ihn fest umklammert.

Sie dreht den Kopf zu mir. „Du hast es eben hier gefunden?"

Ich kann nicht sprechen und nicke nur heftig.

„Wo kommt es her?"

Ich schüttele den Kopf und zucke mit den Schultern.

Pepper tritt einen Schritt zurück und schaut auf die Stelle, wo das Kind gelegen hat. Beide sehen wir einen Zettel, der unter dem Bündel gelegen haben muss. Ich hebe ihn auf. Meine Hände zittern noch, als ich ihn auffalte, und ich merke sofort, dass es zu dunkel ist, um ihn zu lesen. Hölzern stakse ich die Stufen hinunter, und das Gefühl des Unbehagens in meinem Magen bringt mich fast zum Kotzen. Ich stelle mich vor den Tahoe, dessen Scheinwerfer noch an sind und die Umgebung erleuchten, und falte das Papier erneut auseinander. Am Rande nehme ich wahr, dass sich Pepper neben mich stellt und mitliest.

> *Legend,*
> *es tut mir leid, dir das antun zu müssen, aber ich bin nicht in der Lage, unser Kind zu versorgen. Sie ist zwei Wochen alt und ich habe ihr noch keinen Namen gegeben. Mir ist klar, dass das eine Überraschung für dich ist, aber du kannst viel besser für sie sorgen als ich.*
> *Lida*

„Du hast ein Baby?", fragt Pepper leise.

„Nein", murmele ich. „Ich meine, falls das die Wahrheit ist, dann ja. Aber ich hatte keine Ahnung davon. Ich habe diese Frau nur kurz kennengelernt, als wir mit den Spartans in Florida waren. Ich hatte keine Ahnung, dass sie schwanger war."

„Wow", sagt Pepper, als ich sie ansehe. Ihr Blick ist warm und erstaunt. „Das ist ja eine schöne Bescherung, was?"

Mein Blick fällt auf das kleine Mädchen ohne Namen, das Pepper so natürlich wirkend im Arm hat. „Oh ja. Eine Überraschung auf jeden Fall."

KAPITEL 2

Legend

Das darf einfach alles nicht wahr sein.

Ich schaue zum Krankenwagen, wo ein Sanitäter das Baby untersucht. Es weint und ich drehe gleich durch. Ich habe keine Ahnung, ob das Kind wirklich von mir ist, aber das spielt momentan keine Rolle. Das kleine Ding lag völlig einsam und schutzlos auf meiner Veranda, friert wahrscheinlich und hat Hunger und weiß Gott was alles. Himmel noch mal, hier draußen gibt es verdammte Kojoten. Die hätten sie wegschleppen können …

Nein. Daran darf ich gar nicht erst denken.

Würde Lida jetzt plötzlich meine Einfahrt entlangkommen, würde ich sie erwürgen.

Mein Blick fällt auf Pepper, die neben dem Krankenwagen steht und die Szene beobachtet. Ihre Scrabble-Party hat sich sofort aufgelöst, als der Krankenwagen ankam.

Sie kaut auf ihrer Unterlippe und runzelt die Stirn. Fuck sei Dank war sie zu Hause, denn ich weiß nicht mal, wie man ein Baby richtig hält. Mir war nicht mal in den Sinn gekommen, es hochzuheben. Ich bin einfach nur zu Pepper gerannt.

„Mr. Bay", sagt ein Polizist und ich drehe mich zu ihm um. „Um welche Uhrzeit sind Sie nach Hause gekommen?"

Der Cop, Officer Brandis, ist einer von zweien,

die gekommen sind, nachdem ich die 911 angerufen hatte. Er ist beleibt und die Knöpfe seiner Uniform werden über dem Bauch gedehnt. Ich frage mich, zu wie viel solcher Fälle von aufgefundenen Babys er im Jahr gerufen wird. Wahrscheinlich nicht so oft.

„Um etwa Viertel vor neun." Ich schaue wieder kurz zum Krankenwagen. Das Baby weint immer noch und zerfetzt mir die Nerven.

„Und wie lange waren Sie nicht zu Hause?"

Mein Verstand rast, und ich brauche einen Moment, um mich zu erinnern, dass es um die drei Stunden her ist, dass ich mit Dax im Stadion Sport gemacht habe. Guter Gott, das Baby könnte ganze drei Stunden hier gelegen haben.

„Und Sie wussten nicht, dass das Ihr Kind ist?" Er macht sich Notizen auf einen Block.

„Nein", antworte ich hoffentlich ruhig genug, denn am liebsten würde ich ihn anbrüllen, dass ich natürlich nichts davon wusste.

„Haben Sie Kontaktdaten von Miss Martin?"

„Ich habe Telefonnummer und Adresse", antworte ich brüsk, denn diese Daten habe ich ihm bereits gegeben. „Wann kommt jemand vom Jugendamt?"

„Bald", sagt er knapp und stellt mir weitere Fragen.

Wann haben Sie Miss Martin zum letzten Mal gesehen?

Wussten Sie, dass sie schwanger war?

Könnte es ein übler Scherz sein?

„Ein Streich?" Ich knurre. „Wer legt ein Baby vor

eine Tür als einen verfickten Streich?"

Officer Brandis blinzelt überrascht und hat den Anstand, tatsächlich zu erröten. Er hüstelt. „Entschuldigen Sie. Ich versuche nur, an alle Möglichkeiten zu denken und nichts zu vergessen. So etwas ist mir bisher noch nicht untergekommen."

Ich atme tief aus und fahre mir mit den Fingern durch die Haare. „Entschuldigen Sie bitte, dass ich ungehalten war. Sie können sich sicher vorstellen, dass ich unter Stress stehe."

„Absolut", sagt er mit einem dankbaren Lächeln, weil ich kein blöder Arsch sein will.

Ein Auto fährt hinter den Polizeiwagen und eine Frau steigt aus. Sie kommt direkt auf mich und den Officer zu und wirft nur einen kurzen Blick auf den Krankenwagen.

„Mr. Bay?" Sie streckt mir ihre Hand entgegen und hat ein Notizbuch unter dem anderen Arm klemmen.

„Ja", sage ich und wir schütteln uns die Hände.

„Ich bin Louise Mankle." Sie drückt kurz zu und lässt meine Hand los. Sie ist schätzungsweise eine Endfünfzigerin und ihr sachlicher Ton ist beruhigend. „Ich bin vom Jugendamt."

„Schön, Sie kennenzulernen", antworte ich lahm.

Louise sieht Officer Brandis an. „Wenn Sie nichts dagegen haben, hätte ich gern ein paar Informationen und würde dann gern dem Krankenwagen zur Klinik folgen. Ich bin jetzt für das Kind verantwortlich und muss dabei sein, wenn er oder sie untersucht wird."

„Es ist ein Mädchen", sagt Officer Brandis stolz, als ob er schon alles untersucht hätte. Er sieht auf seine Notizen. „Mr. Bay hat das Kind ungefähr um 20:45 Uhr vor seiner Tür gefunden. Es lag ein Zettel dabei, angeblich von einer Lida Martin aus Miami, Florida. Mr. Bay hat bestätigt, dass es sich um ihre Handschrift handelt."

Louise nickt kurz und sieht mich wieder an. „Mr. Bay … gibt es einen Grund, daran zu zweifeln, dass es sich um Ihr Kind handelt?"

Ich zucke mit den Schultern. Nicht, weil es mir egal wäre, sondern weil ich total überfordert bin. „Ich weiß es nicht. Ich hatte eine intime Beziehung mit Lida. Wir hatten immer geschützten Sex, aber …"

„Das ist ja nicht narrensicher, nicht wahr?", sagt sie freundlich.

„Nein." Meine Wut kommt wieder hoch. „Ich meine, was für eine Art Mensch lässt ein Baby einfach so liegen? Versteht sie nicht, dass das Kind hätte sterben können? Oder von Kojoten gefressen? Und woher hat sie überhaupt gewusst, dass ich heute nach Hause kommen werde?"

Louise sieht mich mitfühlend an und tätschelt meinen Arm. „Das ist wirklich schrecklich. Aber jetzt wird die Kleine medizinisch gut versorgt und wir werden uns um sie kümmern."

Ich nicke und fahre mir erneut durch die Haare. Ich schaue zum Krankenwagen. Pepper beobachtet mich und in ihrem Blick liegt Sorge.

Ich seufze und wende mich Louise zu. „Was passiert als Nächstes?“

„Ich fahre mit ins Krankenhaus. Sie wird ärztlich untersucht, und wenn alles okay ist, gebe ich sie in eine Notfall-Pflegefamilie, bis die Vaterschaft bestätigt ist. Sie müssen sich einen Speichelabstrich machen lassen.“

Vaterschaft?

Jesus im Himmel, fuck, ich könnte Vater sein?

Ich schaue wieder zu Pepper. Ich weiß nicht, was sie in meinem Ausdruck liest, doch sie kommt zu mir herüber. Ich bin erstaunt, als sie meine Hand nimmt und kurz drückt. Ich habe nicht vor, mich von ihr zurückzuziehen, und erwidere den Druck. „Sie nehmen das Kind mit in die Klinik und ich muss für einen Vaterschaftstest hin.“

Sie nickt und lässt meine Hand los. „Ich fahre dich, okay?“

„Okay“, murmele ich, unfassbar dankbar, diese Frau, die mir sonst ein Dorn im Auge ist, an meiner Seite zu haben.

Mir kommt ein Gedanke und ich wende mich wieder an Louise. „Wenn sie meine Tochter ist, sollte sie dann nicht bei mir sein statt bei einer Pflegefamilie?“

Louise schenkt mir noch ein freundliches Lächeln. „Mr. Bay, wir müssen uns an die Gesetze halten, und Sie sind keine zertifizierte Pflegefamilie. Unsere Familien haben alle ein intensives Training und durchlaufen Hintergrundrecherchen. Aber ich habe schon eine Pflegefamilie angerufen, die wundervoll ist. Ein Rentnerehepaar, das dies schon seit Jahren tut. Dort ist sie in guten Händen."

Ich nicke stumm, denn ich kann auf keinen Fall heute ein Baby aufnehmen. Ich habe weder ein Kinderbett noch Windeln oder Milch. Und habe immer noch keine Ahnung, wie man ein Baby überhaupt hält.

Ein Sanitäter kommt zu uns herüber. „Wir können jetzt fahren. Das Baby ist stabil und in guter Verfassung."

„Wunderbar", sagt Louise. „Wir können Sie in dem Babysitz hinten in meinem Wagen transportieren." Das überrascht mich, doch bevor ich Fragen stellen kann, erklärt Louise es mir. „Da die Untersuchung ergeben hat, dass sie gesund ist, ist es viel sicherer für sie, in einem Kindersitz transportiert zu werden als im Arm eines Sanitäters."

Ich nicke. Das ergibt Sinn. Denke ich.

Louise öffnet ihr Notizbuch und holt eine Visitenkarte heraus. „Wir sehen uns in der Klinik, wo ich den Vaterschaftstest bestelle, aber falls ich es später vergesse, hier sind meine Kontaktdaten. Ich weiß, dass es nicht ideal ist, aber vor dem Ergebnis des Vaterschaftstests können wir leider nichts machen, also schlage ich vor, dass Sie einfach abwarten."

Das kommt mir nicht wie ein angebrachter Plan vor. Wenn es mein Kind ist, sollte ich dann nicht bei ihr sein, wenn es untersucht wird? Sollte ich sie bei der Pflegefamilie nicht besuchen dürfen?

Als ob sie meine Gedanken lesen würde, fügt sie

hinzu: „Mr. Bay, ich weiß, dass es Ihnen schwerfällt, aber nach dem Gesetz ist das Baby jetzt unter dem Schutz des Staates Arizona. Momentan haben Sie praktisch keine gesetzlichen Rechte. Aber möchten Sie sie noch mal sehen, bevor wir fahren?"

Ich bin gleichzeitig entsetzt und erleichtert. Ich nicke schon wieder lahm und dann nimmt Pepper meine Hand und führt mich zum Krankenwagen. Louise folgt uns. Eine junge Sanitäterin legt das kleine Mädchen Louise in die Arme, die mir vorher noch ihr Notizbuch in die Hand drückt.

Ohne zu zögern, nehme ich es ihr ab, trete näher und sehe mir das Baby genauer an. Ich habe mir noch keine Details angesehen, weil ich damit beschäftigt war, durchzudrehen. Jetzt erkenne ich dichtes dunkles Haar, das entweder von mir oder Lida vererbt worden sein könnte. Ihre Augen sind dunkelblau wie meine, aber ich weiß nicht, ob das etwas bedeutet. Sie weint jetzt nicht und starrt irgendwie blicklos hoch zu Louise. Vielleicht weil sie noch so klein ist und nicht versteht, was vor sich geht. Ich will doch schwer hoffen, dass sie es nicht versteht. Dass ihre Mutter sie verlassen und abends vor eine fremde Tür gelegt hat.

Nachdem ich eine Weile das Kind, das meins sein könnte, betrachtet habe, geht Louise zu ihrem Auto. Pepper und ich folgen ihr. Während Louise das Kind in dem Kindersitz festschnallt, fahren Polizei und Krankenwagen ab.

Louise schließt die Tür und ich sehe das Baby

durch die Scheibe an. Sie nimmt mir das Notizbuch ab, doch ich wende den Blick nicht von dem
Kind. Im Hintergrund höre ich, wie Louise zu
Pepper sagt, dass wir durch die Notaufnahme
reingehen sollen, wo sie uns treffen wird.

Erst als Louises Auto außer Sichtweite ist, spricht
Pepper. „Alles in Ordnung?"

Ich sehe sie an. „Nein."

„Kann ich mir vorstellen", sagt sie leise. Dann
nickt sie zu meinem SUV hinüber, der immer noch
mit Licht dort steht. „Geh dein Auto in die Garage
fahren und ich hole schnell meine Handtasche.
Auf dem Weg zur Klinik halten wir irgendwo auf
einen Kaffee an, okay?"

Ich kann nichts machen, außer zustimmend zu
nicken. Meine Welt wurde gerade auf den Kopf
gestellt, und ich weiß nicht, ob ich allein in der
Lage wäre, zu fahren. Ich könnte Bishop anrufen,
aber er könnte nichts anderes tun, als das, was
Pepper bereits freiwillig tut.

Ich sehe ihr hinterher, wie sie zu ihrem Haus
geht, das vor albernen Weihnachtslichtern strahlt,
die mir gar nicht mehr so albern erscheinen.

Mir wird klar, dass es gerade Wichtigeres gibt,
worüber ich mir Gedanken machen sollte.

KAPITEL 3

„Das war enttäuschend", murmelt Legend auf meinem Beifahrersitz. Ich werfe ihm einen Blick zu und er lächelt ironisch.

Ich erwidere das Lächeln. Er spricht von der zweisekündigen Prozedur, in der ihm eine Krankenschwester mit einem Wattestäbchen durch den Mund gefahren ist, um seine DNA zu entnehmen. Wir waren ungefähr eine Stunde in der Klinik, wo wir hauptsächlich in der Notaufnahme auf Louise gewartet haben. Sie führte uns in den kleinen Raum, in dem die Schwester den Vaterschaftstest durchführte.

Keine Minute später verabschiedete uns Louise an der Tür und versprach ihm, anzurufen, sobald das Ergebnis da ist, was normalerweise zwei bis drei Tage dauert, aber diesmal etwas länger, weil Freitag ist und das Labor am Wochenende geschlossen ist.

„Vielen Dank", sagt Legend leise. Ich sehe nicht zu ihm hinüber und höre die Dankbarkeit in seiner Stimme. „Ich war so ein Arsch dir gegenüber, seit wir Nachbarn sind."

Glücklicherweise sieht er gut aus, sodass es leichter ist, ihm seine mürrische Art zu verzeihen. Sein dunkles Haar, oben etwas länger und an den Seiten kürzer, und seine hitzigen blauen Augen, die so ausdrucksstark sein können, ergeben meiner

Meinung nach eine gute Kombination.

„Nicht wirklich." Damit unterbreche ich eine sicherlich sagenhafte Entschuldigung. „Ehrlich gesagt hat es mir einen Heidenspaß gemacht, also muss es dir nicht leidtun."

Das ist sogar die Wahrheit. Sowie Legend neben mir eingezogen war, hatte er einen Stock im Arsch und war absolut mies gelaunt meinetwegen und wie ich mein Haus dekoriere. Mit meiner übertriebenen Gartengestaltung bringe ich Hauseigentümer auf die Palme, aber so bin ich eben. Es gefällt mir, mich künstlerisch auszuleben, und seit ich hier wohne, hat es die anderen Nachbarn nicht gestört.

Als Legend begann, sich darüber zu beschweren, und verlangte, dass ich die Sachen abnehme, reagierte ich beispielsweise damit, auf unserer Grundstücksgrenze Plastikflamingos aufzustellen, und brachte ihn so noch mehr gegen mich auf.

Nicht, weil ich gemein bin. Oder eine Bitch. Sondern, weil ich für diesen hübschen Eishockeyspieler schwärme, der alles viel zu ernst nimmt. Da er niemals an jemandem wie mir interessiert sein wird, habe ich extra gestichelt, nur um seine Aufmerksamkeit zu erregen. Das mag kindisch und ein bisschen bekloppt sein, aber ich versuche immer, das Leben nicht allzu ernst zu nehmen, und habe mich auf seine Kosten köstlich amüsiert. Die Belohnung war, seine Aufmerksamkeit zu bekommen, wenn auch meistens nur in Form von Wut.

Als er an meiner Haustür erschien, nicht um sich über meine zu laute Weihnachtsmusik zu beschweren, sondern weil er meine Hilfe brauchte, merkte ich, dass ich wohl etwas mehr für ihn empfinde als nur Schwärmerei. Ich war mehr als begeistert, dass er ausgerechnet zu mir kam, was bedeutet, dass sein Ärger über mich nicht zu echtem Hass geführt hat.

Unsere Einfahrten, die direkt nebeneinander verlaufen, kommen in Sicht, und ich bedauere, dass der Abend jetzt fast vorbei ist. Trotz der Tatsache, dass dies für Legend ein lebensveränderndes Ereignis ist und er sich gerade nichts als Sorgen macht, bin ich mehr als dankbar, dass ich dabei sein durfte. Denn heute, als wir in der Notaufnahme saßen, hatte ich die Gelegenheit, Legend auf normale, nicht streitlustige Art zu betrachten. Seine Gedanken drehten sich nicht um unseren Kleinkrieg, sondern um das Baby, das wohl ab sofort in seiner Verantwortung liegen wird. Ich nehme an, das hat die Dinge für ihn zurechtgerückt, und er hat mich behandelt wie eine enge Freundin.

Während wir warteten, half ich ihm, über eine Menge *Was-wäre-wenn*-Fragen nachzudenken. Er vertraute mir an, entsetzt über die Aussicht zu sein, Vater zu werden, und dass er gedacht hat, damit noch lange Zeit zu haben. Allerdings nahm er die Verantwortung ernst und zweifelte nicht an Lidas Ehrlichkeit. Legends Meinung nach ist es sein Kind, und er begann bereits mit der Planung für die Zeit nach dem Ergebnis.

Ich selbst habe keine Kinder, aber eine große Familie mit Nichten, Neffen, Cousinen und Cousins mit Kindern. Jammernde Babys und ängstliche Teenager sind mir nicht fremd. Also gab ich mein praktisches Wissen an ihn weiter, was er sich alles besorgen müsste. Ich bot sogar an, ihm dabei zu helfen, und er fand das furchtbar lieb von mir, obwohl er immer so unmöglich zu mir war.

Ich bedauere, dass sein Leben so eine Wende genommen hat, aber ich bin auch froh, dass er mich nicht mehr nur als nervige, extravagante Künstlertussi betrachtet, die nicht normal genug ist, um zu seinem engeren Freundeskreis gehören zu können.

Ich fahre langsamer, spare mir das Blinken, weil niemand hinter mir ist, und biege in meine Einfahrt. Ich öffne die Garage, schleiche an den leeren Kartons mit Weihnachtsdeko vorbei und schalte den Motor aus. Legend seufzt in die Dunkelheit. Ich drehe mich zu ihm um und er sieht mich an.

„Hast du einen Schnaps?", fragt er. „Ich könnte einen brauchen. Ich habe welchen zu Hause, aber das ist weiter weg als dein Haus."

Ich versuche, meine Freude zu verbergen, dass er gern noch ein bisschen mit mir abhängen möchte. „Bourbon, Tequila und Wodka. Was ist dein Lieblingsdrink?"

„Wie die wohl alle drei zusammen schmecken?" Seine Stimme klingt so erschöpft, wie er aussieht.

„Ekelhaft", versichere ich ihm. „Alle drei zusammen schmecken wie Kotze."

„Dann nehme ich den Bourbon." Er öffnet die Tür.

Ich führe ihn durch die Garage, an der Waschküche vorbei und nach links in meine Küche. Legend sieht sich interessiert um, und sein Ausdruck ist neutral, während er meine hellblaue Küche betrachtet, die handbemalten Fliesen hinter dem Herd in leuchtenden Farben wie Rot, Blau und Grün, und die nicht zusammenpassenden Küchenstühle, die ich bei einem Garagenflohmarkt erstanden und selbst restauriert habe. Die Küche führt ins Wohnzimmer, das ebenfalls farbenfroh gestaltet ist. Ich wette, seine Einrichtung besteht aus braunen und beigen Tönen.

Zwar besitze ich eine Bar, doch ich trinke nicht oft genug, um sie mit Gläsern und allem ausgestattet zu haben. Stattdessen bewahre ich Bourbon, Wodka und Tequila im Küchenschrank neben meinen Kaffeetassen auf.

Mit dem Bourbon in der Hand nehme ich zwei Keramikbecher und frage ihn, ob er Eis möchte. Er verneint. Ich gieße ihm ordentlich was ein und nur ein wenig für mich. Dann reiche ich ihm seinen Drink. „Gehen wir ins Wohnzimmer."

Legend folgt mir und sieht das Scrabble-Spiel auf dem Couchtisch. „Es tut mir leid, dass ich deine Party versaut habe."

Bei meinem Lachen sieht er mich an. „Hast du nicht. Wir spielen oft und das eine Mal fällt nicht weiter auf."

„Scrabble ist ein cooles Spiel", sagt er und setzt

sich auf die Couch.

Sie ist mit einem weichen Denim-Stoff bezogen und die Kissen sind bequem und plüschig. Er lässt sich dazwischen nieder und legt ein Bein über sein Knie.

Legend starrt in seinen Drink. „Was für ein Abend."

Ich setze mich ans andere Ende der Couch, ziehe die Sandalen aus und nehme die Beine unter mich. Anständig zerre ich den Saum meines Baumwollrocks tiefer. Legend beobachtet mich wie ein Adler, wobei Hitze über meine Haut kriecht.

Er hebt seinen Becher. „Auf dich. Weil du an meinem wahrscheinlich folgenschwersten Tag für mich da bist."

Ich überlege kurz und hebe dann ebenfalls meinen Becher. „Auf dich. Dafür, dass du die Sache mit wahnsinnig viel Anstand und Kraft behandelst. Die meisten Leute wären schon längst zusammengebrochen."

Legend schnaubt, setzt das Glas an, und an seinem Schlucken erkenne ich, dass er alles auf ex getrunken hat. Er presst einen Zischlaut zwischen den Zähnen hindurch, steht auf, geht in die Küche, und schweigend sehe ich zu, wie er mit der Flasche in der Hand wiederkommt. Im Stehen schenkt er sich nach, stellt die Flasche auf den Couchtisch und trinkt sein Glas erneut leer.

Er sieht mich an und in seinen Augen schwimmen die Emotionen regelrecht. „Ich kann kein Vater sein. Bin noch nicht so weit."

Ich weiß nicht, ob das stimmt, deshalb sage ich, was er jetzt hören muss. „Doch, das kannst du, und du bist auch dazu bereit, denn höchstwahrscheinlich musst du es einfach."

Legend schüttelt den Kopf. „Ich bin die Hälfte des Jahres beruflich unterwegs. Manchmal sieben Tage hintereinander. Wie soll ich mich da um ein Kind kümmern?"

„Du besorgst dir eine Nanny", schlage ich vor. „Bei deinem Einkommen kannst du dir die beste Kinderbetreuung der Welt leisten."

„Okay." Er beginnt, auf und ab zu laufen, und deutet kurz mit dem Glas auf mich. „Guter Einwand. Aber was für ein Vater wäre ich, wenn ich fast nie bei meinem Kind wäre?"

„Dann nimm sie doch mit." Ich zucke mit den Schultern. „Ich bin sicher, dass du dir auch das leisten kannst."

Legend rollt mit den Augen. „Du hast aber auch auf alles eine Antwort."

„Weil es für alles eine Antwort gibt." Ich lächele ihn verständnisvoll an und nippe an meinem Bourbon. Er brennt sich den ganzen Weg meine Kehle hinab, aber ich bin dankbar für das beruhigende Gefühl des Alkohols, denn Legend Bay in meinem Wohnzimmer zu haben, ist leicht verstörend. „Du musst nur ein paar Dinge organisieren, das ist alles."

Er hält inne und sieht mich an. Möglicherweise klingen meine Ratschläge abgedroschen und auch leicht überheblich, als würde ich sein Problem kleinreden.

Überraschenderweise kräuselt er amüsiert die Lippen. „Wie kann es sein, dass ich dich vor ein paar Stunden noch verflucht habe, als ich nach Hause kam und deine Griswold-Deko gesehen habe, und jetzt in deinem Wohnzimmer sitze und kluge Ratschläge von dir bekomme?"

„Eigentlich stehst du", sage ich grinsend. „Und wahrscheinlich bin ich momentan einfach praktisch."

„Das stimmt nicht", knurrt er.

„Warum rege ich dich so sehr auf?", frage ich neugierig.

„Tust du gar nicht", versichert er mir.

„Doch", antworte ich lachend.

Legend sieht mich an und scheint zu überlegen, was er sagen soll. Schließlich kann er nicht leugnen, dass er sich über mich geärgert hat. Ich bin etwas enttäuscht, dass er mit den Achseln zuckt. „Ich weiß nicht. Du bist einfach so … abgefahren. Protzig. Das hat an mir genagt, schätze ich."

„Du bist wohl eher ein Langweiler", vermute ich klugscheißend.

Er schüttelt den Kopf und sieht mich finster an. „Ich mag einfach Ordnung. Regeln. So wurde ich erzogen."

„Militärischer Hintergrund?", rate ich.

Er wirkt kurz überrascht. „Navy. Mein Dad war Pilot und fliegt für kommerzielle Gesellschaften, seit er von der Navy pensioniert wurde."

„Ah, jetzt ergibt alles einen Sinn. Eine Spaß liebende Künstlerin wie ich bringt dich durcheinander."

„Ich habe schon Spaß liebende Frauen gedatet", brummt er.

„Okay, aber wir daten ja nicht. Wir sind nur Nachbarn. Ich verstehe schon. Ich störe deinen Sinn für Ordnung, wenn ich so offen die Regeln des Hauseigentümervereins breche."

Legend grinst. „Und jetzt verspottest du mich."

„Ein bisschen", sage ich mit einem Lachen und nippe an meinem Drink. „Aber mal im Ernst … du musst echt etwas lockerer werden."

Sein Grinsen verblasst. „Und wie soll ich das anstellen? Besonders, wenn ich mich um ein Neugeborenes kümmern muss?"

Gute Frage. Die wichtigste heute.

Ich habe keinen langfristigen Rat, aber ich glaube, ich kann ihn für den Moment etwas beruhigen. Ich stelle mein Glas auf den Tisch, gehe um ihn herum und auf Legend zu, der mich mit dunklem Blick beobachtet. Ich stelle mich vor ihn und lege die Hände auf seine Brust, spüre seinen Herzschlag und gehe auf die Zehenspitzen.

„Ungefähr so." Ich unterrichte ihn in der feinen Kunst des Lockerwerdens und drücke meinen Mund auf seinen.

KAPITEL 4

Legend

Ich lasse meine Sporttasche auf den Boden des Hotelzimmers fallen, lockere die Krawatte und gehe an die Minibar. Ich habe keine Lust, mit den Teamkollegen feiern zu gehen, denn auch wenn wir Detroit mit 5:4 geschlagen haben, habe ich beschissen gespielt. Wir haben nur gewonnen, weil unser Team unglaublich offensiv gespielt und einfach überwältigend viele Schüsse auf das gegnerische Tor gepfeffert hat.

Natürlich habe ich andere Dinge im Kopf, doch diesen Scheiß Einfluss auf meine Spielkonzentration haben zu lassen, ist absolut inakzeptabel für mich. Lange bevor ich ein professioneller Spieler wurde, hat mein Vater mich schon darauf trainiert, irrelevanten Kram auszublenden. Er gab sein militärisches Training an mich weiter, um meine Sinne scharf und meine Nerven wie Stahl zu halten, sodass ich jederzeit mein Bestes geben kann. Er wäre enttäuscht, zu erfahren, dass meine Konzentration wegen privater Sorgen schlecht war, doch das ist ein Geheimnis, das ich ihm nicht anvertrauen werde. Ich bezweifle, dass er das Spiel überhaupt gesehen hat, denn er fliegt Roundtrips nach Atlanta von Montag bis Freitag. Allerdings wird er sich die Spielstatistiken ansehen und sich wundern, was mit mir los war, denn er kennt seinen Sohn sehr gut. Ich schwächele unter Druck nicht.

Normalerweise.

Und da ich gerade die beste Saison meines Lebens habe, wird er sich wundern. Vielleicht wird er mich sogar zur Rede stellen, und ich bin innerlich nicht darauf vorbereitet, so durch den Wind zu sein, weil ich vielleicht bald Vater bin.

Und vor allem werde ich ihm nicht erzählen, dass da eine unglaublich sexy Nachbarin ist, die mich von jeher verrückt gemacht hat, die mich am Freitagabend geküsst hat und damit meine Welt mehr erschütterte als jede andere Frau bisher.

Nur ein verdammter Kuss.

Der mich fast in die Knie gezwungen hätte.

Ich hatte das nicht erwartet, aber das bedeutet nicht, dass ich es mir nicht wünschte. Seit Monaten schon fantasiere ich von ihrem Mund und was der vielleicht alles kann.

Ich erinnere mich an den Tag, an dem ich sie zum ersten Mal gesehen habe, als wäre es gestern gewesen. Ich wohnte erst ein paar Tage in meinem Haus und habe draußen meinen Tahoe gewaschen. Sie fuhr auf ihre Einfahrt, und ich verzog das Gesicht, weil ich wusste, dass in den Taschen und Kartons, die sie aus ihrem Auto lud, bestimmt noch mehr knallbunte Gartendeko sein würde.

Fröhlich winkte sie mir und kam herüber, um sich vorzustellen. Ich hatte bereits durch das Gebüsch zwischen unseren Häusern einen Blick auf sie geworfen und wusste, dass sie umwerfend aussah. Aus der Nähe raubte mir ihre Schönheit jedoch den Atem, was seltsam war. Sie ist nicht wirklich mein Typ. Ihre Haare sind zu kurz. Ja, ich bin eben ein Mann. Wer mag es nicht, beim Sex seine Hände in langen Locken zu vergraben. Doch ihr Gesicht ist dafür gemacht, von dem zarten dunklen Flaum umrahmt zu werden, sowie ihre hübsch geschwungenen Augenbrauen, hohen Wangenknochen, funkelnden blauen Augen, die um die zehn Töne heller sind als meine und in denen ein ewiges Licht zu strahlen scheint.

Und dann diese verdammten Lippen.

Voll, seidig zart, gemacht zum Küssen und Saugen und …

Ich knurre und greife nach einer Miniflasche Bourbon. Mit einem Glas gebe ich mich gar nicht erst ab, öffne den Schraubverschluss und kippe den Inhalt hinunter. Mit zusammengekniffenen Augen versuche ich, gegen die Erinnerung anzukommen, wie verdammt schön der Kuss von Pepper war.

Mein Körper reagierte. Mein Hirn reagierte. Jede Faser in mir reagierte und ich erwiderte den Kuss. Entdeckte die Vorzüge, mit den Fingern durch Haare zu gleiten, die nicht lang waren, doch so seidig, dass sie sich wie zarter Regen anfühlten.

Pepper sagte, es solle mich locker machen, aber stattdessen machte mich der Kuss steinhart.

Leider brach ich ihn ab, bevor er irgendwohin führen konnte, denn Pepper wäre nur eine weitere Komplikation in meinem Leben. Eine riesige. Lida hat mir bereits die größte Komplikation beschert, und ich brauche wirklich keine weitere.

Ein Klopfen an meine Zimmertür lässt mich zusammenzucken. Ich werfe die Miniflasche in den Papierkorb. Auf dem Weg zur Tür ziehe ich das Jackett aus und werfe es aufs Bett.

Ein kurzer Blick durch den Spion zeigt Dax.

Ich schwinge die Tür auf. „Was geht, Mann?"

Dax Monahan und ich kannten uns schon lange bevor wir bei den Arizona Vengeance Teamkameraden wurden. Er, Bishop und ich spielten eine Saison zusammen für die New York Vipers, bevor ich zu den Florida Spartans getauscht wurde, und wir waren ruckzuck Freunde geworden.

Dax geht an mir vorbei ins Zimmer. Er hat einen Sechserpack Bier dabei. „Will nur mal nach dir sehen und dachte mir, wir könnten uns ein paar Bier hinter die Rüstung römern."

Lächelnd schließe ich die Tür. Natürlich sieht er nach mir. Zwar habe ich nicht dem ganzen Team von dem Baby erzählt, aber Bishop und Dax. Wir haben eine gemeinsame Vergangenheit.

Dax stellt den Sechserpack ab, nimmt zwei Flaschen heraus und reicht mir eine. „Du hast echt kacke gespielt."

„Und wie", murmele ich, nehme die Flasche und öffne den drehbaren Kronenkorken. Dax hat noch nie ein Blatt vor den Mund genommen oder die Dinge beschönigt.

„Gewonnen ist gewonnen", sagt er, doch das tröstet wenig.

Ich habe die Möglichkeit, die beste Saison meines Lebens zu spielen. Wir haben ein heißes, neues

Team, arbeiten sehr gut zusammen und haben ein phänomenales Coaching-Team. Wenn ich mein Hirn nicht in die Spur bekomme, werde ich meinen Vorwärtsschwung verlieren.

„Da fällt mir ein Stein vom Herzen", sage ich und deute mit dem Kopf auf einen der Gästestühle an dem runden Tisch am Fenster. Dax setzt sich und ich lasse mich auf dem Bett neben ihm nieder. Der andere Stuhl bleibt heute unbesetzt, denn Erik, mit dem ich auf Reisen immer ein Zimmer teile, bleibt über Nacht bei Blue, die eine unserer Stewardessen im Team-Flugzeug ist. Das kann man ihm nicht verdenken.

Dax stemmt die Füße ans Ende meines Bettes, und ich lehne mich ans Kopfteil, schlage die Beine übereinander und trinke von meinem Bier.

„Hast du schon was von der Frau vom Jugendamt gehört?", fragt Dax.

Ich schüttele den Kopf. „Aber das habe ich auch nicht erwartet. Sie hat gesagt, es dauert etwas länger, weil ein Wochenende dazwischen ist."

Dax stützt die Bierflasche auf seinem Bauch ab. „Mit welchem Ergebnis rechnest du?"

Ich schüttele leicht den Kopf und schaue auf mein Bier. „Keine Ahnung, aber das Timing würde passen. Zu der Zeit, als Lida schwanger wurde, war ich mit ihr zusammen. Ich glaube nicht, dass sie noch mit einem anderen rumgemacht hat. Wir hatten uns auf exklusiv geeinigt, aber wer weiß das schon so genau."

„War sie schon immer so verrückt oder ist das

neu?", fragt Dax grinsend und spielt darauf an, was wohl Beklopptes in ihrem Hirn vorgegangen sein muss, ihr Baby einfach vor meine Tür zu legen.

Ich muss über ihn lachen. „Ich habe sie nie für verrückt gehalten. Mehr für … sehr leidenschaftlich. Sie macht alles, was sie tut, auf extreme Weise." Damit meine ich wirklich alles. Der Sex mit ihr war wie eine Turbo-Achterbahn, manchmal so wahnsinnig schnell, mit Kurven und Höhen, dass ich fast aus der Bahn geriet. Aber guter Sex ist guter Sex, also fuhr ich mit dieser Achterbahn, bis es Zeit wurde, auszusteigen. Lida ist ein Partygirl und am Anfang machte es Spaß. Aber in meinem hohen Alter von siebenundzwanzig fand ich, dass ich nicht mehr jede Nacht in irgendeinem Club verbringen und mich besaufen wollte, um dann bei ihr oder bei mir zu ficken wie die Tiere. Das kam mir … wurzellos vor, und ich bin mehr der bodenständige Typ.

„Wenn das Kind deins ist, was ist dann dein Plan?"

Mit dieser Frage bringt Dax mich zurück zur schlimmsten meiner momentanen Angelegenheiten. „Ich werde eine Nanny anheuern müssen. Pepper will mir helfen, eine gute aus den Bewerberinnen auszusuchen."

Dax hebt die Augenbrauen. „Pepper?"

Ich bewerte sämtliche seiner Bewegungen. Tonfall, Haltung, Gesichtsausdruck … und versuche, herauszufinden, wie Dax darüber denkt. Denn der wahre Grund, warum ich das mit Pepper abgebrochen habe, ist meine Befürchtung, dass Dax und Pepper zusammen sein könnten. Oder waren. Oder noch sind. Wie auch immer.

Bishop ist sich sicher, dass sie nur befreundet sind. Ehrlich gesagt ist mir auch nie aufgefallen, dass sie miteinander herumgeturtelt hätten.

Aber, fuck, sie sind recht oft zusammen.

Was mich zum nächsten Sorgenthema bringt. Dass ich von dieser Frau schon viel zu lange fasziniert bin und der Kuss es nur noch schlimmer gemacht hat.

Genau wie Dax halte ich auch nichts zurück, bewege mich nicht wie auf rohen Eiern, also stelle ich ihm die direkte Frage. „Was läuft zwischen euch beiden?“

„Wir sind nur Freunde.“

Meine Erleichterung ist unbeschreiblich. Dennoch ist es schwer zu glauben. Dax ist ein Frauenverführer. Er hat eigentlich keine weiblichen Freunde, außer fürs Ficken. „Komm schon … nur Freunde?“

Er zuckt mit den Schultern. „Ich habe sie angebaggert, als wir das erste Mal zusammen weggegangen sind. Sie hat mich abblitzen lassen. Vielleicht ist sie lesbisch, aber es macht Spaß, mit ihr zusammen zu sein. Sie hat mich in die Freundezone verwiesen und da bleibe ich nun auch.“

Ich bin skeptisch. „Sie ist nicht lesbisch.“

Diesmal hebt er nur eine Braue. „Ach, ja? Und woher willst du das wissen?“

Ich trinke einen Schluck Bier. „Weil sie mich am

Freitagabend geküsst hat."

Ich beobachte Dax mit Adleraugen. Er nimmt die Füße vom Bett, beugt sich auf dem Stuhl vor. Sein Gesicht ist ungläubig, aber interessiert. „Ach was! Machst du Witze?"

„Kein Witz! Aber weiter bin ich nicht gegangen, weil ich nicht wusste, wie ihr zwei zueinander steht."

„Freundezone, Mann", wiederholt er versichernd und lehnt sich wieder auf dem Stuhl zurück. Er sieht mich abschätzend an. „Sie ist echt cool, Legend. Ich kann mir euch zwei gut zusammen vorstellen."

Ich schüttele den Kopf. „Ich bin nicht auf eine feste Freundin aus, Dax. Habe viel zu viele andere Sorgen."

„Dann leg sie einfach nur flach", sagt er mit einem Achselzucken, was bestätigt, dass er wirklich nicht an ihr interessiert ist.

Aber es ärgert mich, dass er so locker hinnimmt, dass ich sie ausnutzen könnte, denn immerhin ist er mit ihr befreundet. „Ihr das als Freund zu sagen, ist ganz schön widerlich von dir."

„Oh", sagt er und lacht. „Sieh einer an, wer Pepper schon verteidigt. Du stehst echt total auf sie."

„Gar nicht", murmele ich. Doch es stimmt.

„Hör zu", sagt Dax und deutet mit seiner Flasche auf mich. „Pepper ist eine tolle Frau. Und es sieht so aus, als könntest du Hilfe brauchen, wenn das Kind wirklich deins ist. Geh da einfach ohne Erwartungen ran. Ob du sie fickst oder nicht, ist mir egal. Ihr seid beide meine Freunde und erwachsen. Schlimmstenfalls hast du eine neue Freundin in ihr, und als jemand, der schon mit ihr befreundet ist, kann ich nur sagen, dass du es nicht bereuen wirst."

Nachdenklich sehe ich ihn an. Das ergibt durchaus Sinn, aber wenn ich ehrlich bin, will ich sie absolut ficken. Sie spielt bereits in so vielen meiner Fantasien mit, dass ich kaum die Finger von ihr lassen kann, wenn sie in meiner Nähe ist. Die meisten meiner Pepper-Fantasien handeln davon, dass ich wegen etwas sauer auf sie bin, wir uns streiten und dann aggressiven wilden Sex haben.

Dax dringt in meine Gedanken ein. „Noch ein Rat. Hör auf, dich wegen ihres Hauses und ihrer künstlerischen Art aufzuregen. Es ist ein Teil von ihr und sie wird es nicht ändern, also gewöhn dich daran."

Ich schnaube und trinke Bier. Das hatte ich schon entschieden, als mich die Bewohnerin des aufdringlichen Hauses in die Klinik gefahren hat. Und als sie mich küsste, beschloss ich, mich davon eventuell bezaubern lassen zu können.

„Kein Problem", versichere ich Dax und trinke meine Bierflasche aus.

KAPITEL 5

Legend

Ich beende das Telefonat und tippe mir mit dem Handy ans Kinn. Eigentlich bin ich jetzt innerlich viel ruhiger, als ich es sein sollte, aber diese Woche habe ich viel an meiner Einstellung gearbeitet.

Mein Eishockeyspiel hat sich verbessert und wir hatten ein Unentschieden gegen Minneapolis zwei Tage nach dem Detroit-Spiel. Ich habe Pläne geschmiedet für den Fall, dass das Kind von mir ist, und mit drei Agenturen für Nannys gesprochen. Ich habe mir sogar ein Buch heruntergeladen und gelesen, wie man mit Kleinkindern umgeht.

Außerdem habe ich es geschafft, Pepper Nantais in eine Ecke meines Hirns zu verbannen. Recht erfolgreich konnte ich sie dort lassen, bis auf ein paar Ausnahmen, wenn ich sie in der Dusche geistig herausgelassen habe, um zu spielen, oder nachts, bevor ich eingeschlafen bin. Mit der Hand um meinen Schwanz stellte ich mir vor, es wäre ihr sinnlicher Mund. Das ist irgendwie pervers, doch ich kann im Moment nicht anders an sie denken. Ich habe nicht genug Zeit, ihr die Hingabe zu schenken, die eine Frau wie sie verdient hätte.

Es ist besser, sie in der Freundezone zu belassen. Wo ich sie momentan auch am meisten brauche.

Ich eile aus dem Haus, springe über die unterste Stufe und gehe über die Einfahrt zu Pepper hinüber. Nicht mal der Gartenzwerg in Jeans, alten Stiefeln, übergroßer Jacke, mit zerzaustem Bart und geschwungenem Hut am Ende ihres Weges stört mich.

Vor ihrer Tür stecke ich das Handy in die Hosentasche und klopfe an. Und da ist sie schon und lächelt. Fuck, sie sieht viel zu sexy aus in ihren engen Jeans und einem dünnen Sweater. Ganz ohne Make-up sieht sie jung und frisch aus, auch wenn mir Dax verraten hat, dass sie zwei Jahre älter ist als ich. So sieht sie jedoch kein bisschen aus.

„Hi", sagt sie mit einem freundlichen Lächeln und tritt zur Seite, um mich hereinzubitten.

Ihre Freude, mich zu sehen, überrascht mich. Diesen verdammt geilen Kuss am Freitag habe ich ohne eine richtige Erklärung abgebrochen. Ich nehme an, dass sie mich schlicht für unzurechnungsfähig gehalten hat, aber dennoch … ich glaube, dass die wenigsten Frauen so etwas so leicht hinnehmen würden.

Allerdings ist Pepper nicht wie die meisten Frauen.

Sie ist unglaublich einmalig und unabhängig.

Ich lasse den Blick durchs Wohnzimmer schweifen und erkenne sofort, wobei ich sie unterbrochen habe. Den Couchtisch hat sie vor den Kamin geschoben. Einkaufstüten liegen überall herum und auf dem Boden Weihnachtspapier, Klebeband, eine Schachtel mit Bändern und eine Schere.

Ich sehe sie an. „Entschuldige bitte, dass ich einfach so reinplatze."

Sie zuckt mit den Schultern, und die Bewegung bringt ihre goldenen Creolen an den Ohren zum Schwingen. Das führt dazu, dass ich ihren schlanken Hals bewundere, der entblößt ist, weil sie so einen verdammt kurzen Haarschnitt trägt.

„Ich habe gerade angefangen, ein paar Weihnachtsgeschenke für die Familie einzupacken."

Sie sieht mich erwartungsvoll an, steckt die Hände in die vorderen Hosentaschen und wippt barfuß auf ihren Fersen. Ein klarer Hinweis, dass ich jetzt dran bin und erklären sollte, warum ich hier bin.

„Ähm … also", sage ich nach einem kurzen Hüsteln. „Louise Mankle hat gerade angerufen."

„Oh", sagt Pepper, weitet die Augen und spricht lauter, als sie das „Oh" wiederholt.

Ich nicke mit einem schwachen Lächeln. „Ja. Das Ergebnis ist da und es ist mein Kind."

„Oh wow", sagt sie leise, neigt den Kopf leicht zur Seite und lächelt mit einer Mischung aus Mitgefühl und Freude. „Du bist ein Daddy."

„Und", sage ich und mein Lächeln ist hoffentlich lieb und charmant, „ich habe eine Menge zu erledigen. Ab morgen habe ich das Sorgerecht und, nun ja, ich habe gehofft, dass du mitkommst und mir hilfst, all den nötigen Kram einzukaufen."

Peppers Augen erstrahlen und ihre Lippen formen ein umwerfendes Lächeln. „Sehr gern."

„Ja?"

„Ja." Sie bückt sich über die Couch und holt ein

Paar Adidas-Turnschuhe hervor. Sie setzt sich auf ein Kissen und zieht die Schuhe an. „Hast du eine Liste gemacht?"

„Nein", gebe ich zu. „Aber ich habe ein Buch gelesen, wie man sich um ein Kleinkind kümmert, als ich diese Woche unterwegs war."

Pepper sieht kurz grinsend auf und schaut dann wieder auf ihre Schnürsenkel. „In der Küche liegen Block und Stift. Hol sie bitte her und wir machen eine Liste."

Als ich damit wiederkomme, hat sie ihre Schuhe an und macht Platz, damit wir beide auf der Couch sitzen können. Ich manövriere um das Geschenkpapier herum, notiere mir geistig, dass ich bald mit meinen eigenen Geschenken anfangen sollte, und setze mich neben sie. Meine Hüfte berührt ihre, und mir wird bewusst, dass ich ihr viel zu nah bin für meinen Geschmack, aber ich werde den Teufel tun und daran etwas ändern.

Sie lehnt sich an mich, nickt zu dem Block und diktiert mir, was ihr spontan alles einfällt. „Windeln, Flaschen, Milchpulver, Kleidung, Kinderbett, Bettwäsche, Babyshampoo, Badewanne, Babyfon ..."

„Hey", sage ich lachend und kann gar nicht so schnell mitschreiben. Sie rattert weiter Dinge herunter, wie Spielzeug, Thermometer, Babyschmerzmittel, Kindersitz, Windeltasche und Desinfektionsmittel für die Hände.

Als ich das Letzte aufschreibe, legt sie eine Hand auf meinen Arm. Das Gefühl ihrer Haut auf meiner ist viel zu schön, und mir wird klar, dass ich Pepper nicht mehr lange in der Ecke in meinem Hirn lassen kann. Langsam sehe ich sie an, und mein Herz schlägt schneller, als ich Sorge in ihren Augen sehe.

„Wie geht es dir damit? Ich wurde von der Aufregung wegen des Babys total mitgerissen, aber für dich muss das alles total stressig sein."

Ich reiße mich zusammen, keine Bewegung zu machen, denn ich will nicht, dass sie denkt, dass ich ihre Hand an mir loswerden will. Sie kann mich anfassen, so lange sie will. Ich lächele. „Gut. Nehme ich an. Ich habe mich früh damit abgefunden, dass es sicher so weit kommen wird. Ich glaube nicht, dass mir Lida das Kind eines anderen vor die Tür legen würde."

„Apropos Lida", sagt Pepper in einem Ton, der klarstellt, dass sie nicht begeistert von einer Frau ist, die ihr Kind verlässt. „Hat man sie gefunden? Hast du mit ihr gesprochen?"

Ich schüttele den Kopf. „Officer Brandis hat mich diese Woche angerufen. Gegen sie wird Anzeige wegen Kindesgefährdung erstattet, aber er bezweifelt, dass es zu einer Verurteilung kommen wird. Sie ist wahrscheinlich wieder in Miami und nur ein kleiner Fisch im Justizsystem."

Pepper verzieht das Gesicht. „Das kann nicht richtig sein."

Sie hat recht. Ich hoffe, Lida wird dafür bestraft, doch selbst wenn, wird die Strafe sicher nicht sehr hoch sein. Schlimmstenfalls würde diese verhindern, dass sie je das Sorgerecht beantragen könnte, falls sie das versuchen würde. Keine Ahnung, aber mit Sicherheit würde ich das nicht zulassen.

„Louise arbeitet mit dem Jugendamt in Miami zusammen", erzähle ich Pepper. „Die werden versuchen, von ihr eine Verzichtserklärung zu bekommen, und mit der Polizei hier zusammenarbeiten, damit ihr dafür eventuell die Anklage erspart wird."

„Oh", sagt Pepper. Ihr Blick strahlt wieder, da der Gerechtigkeit Sorge getragen werden soll. „Das wäre gut, oder? Willst du sie denn im Leben des Kindes haben? Dann muss sie dir aber viel bedeutet haben …"

Sie spricht nicht weiter, und es klingt, als ob sie nach persönlichen Informationen romantischer Art fischt, was ich echt süß finde.

„Es war nur eine kurze Beziehung, nie richtig ernst, und ich habe sie beendet. Seitdem habe ich nichts mehr von ihr gehört oder gesehen."

Peppers Blick gleitet über mein Gesicht, und sie lässt sich Zeit, meinen schweigenden Ausdruck zu betrachten. „Du scheinst wirklich okay damit zu sein", sagt sie erstaunt.

Ich lache auf. „Fuck, nein, bin ich nicht. Mein Leben wurde gerade auf den Kopf gestellt und Kinder gehörten momentan nicht in die Planung. Nie hätte ich damit gerechnet, einmal ein alleinerziehender Vater mit einem Neugeborenen zu sein."

„Aber du wirkst so gefasst", bohrt sie weiter.

Ich nicke, lächele und merke, dass ihre Hand immer noch auf meinem Arm liegt. „Ich habe mich damit abgefunden. Ich war schon immer auf der nüchternen Seite und habe keine andere Wahl, als mich darauf einzustellen.“

„Hör zu“, sagt sie und zieht zu meinem Bedauern ihre Hand zurück. „Ich habe dir ja schon angeboten, dir bei der Suche nach einer Nanny zu helfen. Momentan bin ich zwischen zwei Büchern und arbeite nur an Illustrationen, für die ich keine feste Deadline habe. Also kann ich dir helfen und mich um das Baby kümmern, bis wir jemand Geeigneten finden.“

Ich starre sie nur an. Erstens wegen ihres großzügigen Angebots, und zweitens, weil mir klar wird, dass ich noch viel über diese Frau lernen muss. Ich wusste, dass sie Autorin von bekannten Kinderbüchern ist, habe aber keine Ahnung, wie sich das auf ihre Termine auswirkt. Darüber muss ich später noch genauer mit ihr reden und auch darüber, woher sie so viel über Babys weiß und all die Dinge, die meine Tochter brauchen wird.

„Dieses Angebot nehme ich gern an.“ Ich erhebe mich von der Couch und sie folgt mir. „Aber ich brauche deine Hilfe für etwas noch Wichtigeres.“

„Und was?“ Ihre Augen leuchten enthusiastisch.

„Ich muss meiner Tochter einen Namen geben. Das Jugendamt hat sich bei den Kliniken in Miami erkundigt, doch auf der Suche nach einer Geburt mit Lidas Namen stieß das Jugendamt auf bürokratischen Widerstand. Louise schlägt vor, dem Baby schon mal einen Namen zu geben. Ihre Geburtsurkunde kann man später immer noch ändern lassen. Dabei hätte ich sehr gern deine Hilfe."

Pepper strahlt und schlingt die Arme um meine Schultern. Das ist nicht mein Ziel gewesen, aber ich werde sie auch nicht abweisen. Sie gibt mir einen schmatzenden Kuss, der schon wieder vorbei ist, bevor ich die Arme um sie schließen kann.

Sie lehnt sich zurück und grinst breit. „Oh mein Gott, ich habe so viele Namen im Kopf. Emma ist einer meiner Lieblingsnamen, aber warte, nein, den kannst du nicht nehmen, denn … hallo? Ist schließlich einer von meinen! Eines Tages will ich ihn vielleicht selbst benutzen. Was ist mit Samantha? Dann kannst du sie Sammy nennen, was total süß ist. Mir gefallen auch einige Klassiker. Wie Beatrix."

Lachend nehme ich die Einkaufsliste und greife unter Peppers Ellbogen, führe sie aus dem Haus, während sie einen Namen nach dem anderen für mich herausplaudert.

KAPITEL 6

Legend

Ich stehe im Türrahmen des Raumes, der nun ein Kinderzimmer ist, und sehe zu, wie Pepper die Matratze des Kinderbettchens bezieht. Es hat mich fast zwei Stunden gekostet, das Ding zusammenzubauen. Jetzt habe ich das starke Gefühl, etwas geleistet zu haben.

Außerdem spüre ich das drohende Verhängnis und potenzielle blinde Panik.

Ab morgen werde ich ein verdammtes Baby im Haus haben. Louise kommt um zehn und dann werde ich ein echter Dad sein.

Glücklicherweise ist das Management des Teams verständnisvoll. Ich habe heute das Training ausgelassen und werde morgen auch nicht hingehen, obwohl ich übermorgen für ein Heimspiel eingeteilt bin. Bis dahin habe ich bestimmt noch keine Nanny gefunden, wenn man an all die Hintergrundprüfungen denkt, doch netterweise hat Pepper sich bereit erklärt, hier bei dem Baby zu bleiben, während ich spiele.

Nein, falsch … nicht bei dem Baby, sondern bei Charlotte Elise Bay.

Ich werde sie Charlotte nennen. Und Charlie rufen.

Und es ist mir egal, was Lida davon hält. Louise hat mir einen Anwalt besorgt, und als Erstes werden wir versuchen, Lida aufzuspüren und sie dazu zu bringen, die Sorgerechtspapiere zu unterschreiben. Sollten wir sie nicht finden, wird der Anwalt gerichtlich beantragen, dass ich das alleinige Sorgerecht zugesprochen bekomme. Das ist ein etwas längerer Prozess, aber am Ende wird Charlie mir gehören und Lida wird keine Rechte haben.

Das mag krass erscheinen, aber ich bin wirklich wütend auf die Frau. Ich kann mir nicht vorstellen, was sie dazu gebracht haben könnte, so etwas Abscheuliches zu tun. Auch ärgert mich, dass sie mir nicht gesagt hat, dass sie schwanger ist, denn das ist keine Überraschung, die besonders erfreulich ist.

Was die Zukunft bringt, ahnt niemand, doch ein paar Dinge weiß ich. Ich bin ein alleinerziehender Vater und habe ein Baby namens Charlie. Ich bin so gut es geht vorbereitet, Charlie morgen zu übernehmen. Und ich schiebe Panik.

Ich bin traurig, dass mein Leben, wie ich es kannte, jetzt vorbei ist. Ich beginne einen neuen Weg und bedauere es ein wenig, weil ich ihn nicht angestrebt habe. Die Last der Verantwortung ruht schwer auf mir, und ich hoffe, dass es nur leichter werden kann.

Pepper zieht die Bettwäsche glatt und legt eine rosa Decke mit flauschigen Schafen als Muster darüber. Sie hat darauf bestanden, die gesamte Wäsche erst zu waschen, während ich das Bett zusammengebaut habe. Und als ich in die Küche ging, um mir eine Flasche Wasser zu holen, stellte ich fest, dass sie alles andere, was wir eingekauft haben, bereits eingeräumt hat.

„So", sagt sie zufrieden, tritt einen Schritt zurück und bewundert ihr Werk. Sie hat mich zu einem weißen Bettchen mit passender Wickelkommode überredet, und ich ließ sie auch die Bettwäsche aussuchen. In ihrem Enthusiasmus wollte sie, dass wir das Zimmer pink streichen, aber diese lächerliche Idee konnte ich verhindern. „Es sieht perfekt aus."

Sie wendet sich mir zu und lächelt strahlend, doch ich sehe auch ihre Erschöpfung. Es ist fast Mitternacht, und wir haben den ganzen Tag geschuftet, waren stundenlang einkaufen und verbrachten noch mehr Stunden damit, alles herzurichten.

„Ich kann dir gar nicht genug danken", sage ich und lehne mit überkreuzten Füßen am Türrahmen. „Das hätte ich allein nie geschafft."

„Klar hättest du das." Sie winkt bescheiden ab. „Du wärst nur noch nicht fertig und hättest die ganze Nacht gebraucht." Sie betont dies mit einem Nicken und gähnt dezent.

„Na komm", sage ich, richte mich auf und winke sie zu mir. „Schaffen wir dich ins Bett."

Sobald die Worte meinen Mund verlassen haben, spanne ich mich an, und unanständige Gedanken gehen mir durch den Kopf. Pepper in meinem Bett. Was wir alles miteinander anstellen könnten und …

Pepper gähnt erneut, und das reißt mich aus den Fantasien. Sie schaut auf ihre Uhr. „Ja. Ich habe gar nicht gemerkt, dass es schon so spät ist."

Sie kommt auf mich zu. Ich drehe mich leicht, damit sie an mir vorbei aus der Tür gehen kann. Dabei kommen wir uns gefährlich nah. Sie hält inne und sieht mich an. Fuck. Wer hätte gedacht, dass Wimpern so lang und dicht sein können?

„Vielen Dank", sage ich langsam und hoffe, dass meine aufrichtige Dankbarkeit durchkommt. „Noch einmal … einfach vielen Dank."

„Gern geschehen." Pepper lächelt und will mich umarmen.

Zumindest glaube ich das.

Es ist eine dieser einarmigen Berührungen, und ich lege meinen eigenen Arm ungeschickt um ihre Taille. Ich beuge mich hinab, um die halbe Umarmung zu erwidern, und sie stellt sich auf die Zehenspitzen.

Um mich zu küssen, nehme ich an.

Ich wende ihr mein Gesicht zu, doch sie dreht ihres so, dass klar wird, dass sie mich lediglich auf die Wange küssen wollte. Mein Mund landet unelegant an ihrer Nase, und am Ende landet ihr Kuss auf meinem Ohr.

Trotz des Patzers liegt ihr Arm immer noch auf meiner Schulter und meiner um ihre Taille und wir sind uns sehr, sehr nah. Wir halten beide kurz inne … und bewegen die Köpfe, sodass wir uns in die Augen sehen können. Nur Zentimeter trennen uns und ich spüre ihren Atem auf mir.

„Hast du gerade meine Nase geküsst?", fragt sie und lächelt leicht.

„Deine Schuld. Du hast deinen Mund abgewendet", murmele ich.

Fuck. Warum klingt sie nur so erwartungsvoll? Warum funkeln ihre Augen verführerisch? Ich ziehe sie mit dem Arm zu vollem Körperkontakt an mich. Meine Anspannung aufgrund dessen, dass ich ab morgen Vater bin, beginnt in mir zu kochen. Ich beuge mich vor, bis ich Nase an Nase mit ihr bin. „Es wäre keine gute Idee, dich zu küssen."

„Und warum?"

Wieder haucht sie nur, als ob ich ihr den Atem rauben würde.

„Weil ich am liebsten noch viel mehr mit dir machen würde, Pepper, und das wären alles verflucht unangemessene Dinge."

Sie schüttelt den Kopf. „Gar nicht unangemessen."

„Du weißt nicht, was ich mir alles vorstelle", sage ich warnend.

„Es wäre interessant, es herauszufinden", neckt sie mich. „Du bist nicht gerade der kreativste oder künstlerischste Typ, also frage ich mich …"

Ich bringe sie mit meinem Mund zum Schweigen. Sofort schlingt sie beide Arme um meinen Hals und der Kuss wird nuklear und tief. Ich lege eine Hand auf ihren Hintern, ziehe sie fester an mich, und für sie kann kein Zweifel mehr bestehen, was die schmutzigen Gedanken bereits mit meinem Körper angestellt haben.

Pepper stöhnt, reibt sich an mir und ich sehe

Sterne. Mein Verlangen nach ihr, nach Erleichterung, nach irgendwas, wird überwältigend. Ich schiebe sie von mir. Wir atmen beide schwer und sie sieht mich fragend an.

„I-ich … weiß nicht, ob das eine gute Idee ist", bringe ich heraus, doch mir brennt es unter den Nägeln, sie wieder eng an mich zu ziehen.

„Weil wir uns kaum kennen?"

Ich spreche leiser und ernst. „Weil ich dir wirklich für alles sehr dankbar bin, weil ich gestresst bin wegen morgen und Angst habe, weil ich angespannt bin und meine Stimmung etwas düster ist. Und, nun ja, ich würde dich wahrscheinlich hart und schnell ficken, und das wäre alles. Nur ein Fick, weißt du? Und das möchte ich dir nicht antun."

Sie sieht mich eine Weile an, bevor sie antwortet. „Habe ich je gesagt, dass ich irgendwas von dir will? Oder habe ich das durchblicken lassen?"

Darüber muss ich lächeln. „Nein. Vielmehr hast du mich nur genervt, seit ich eingezogen bin."

Pepper grinst und tritt näher. „Ich bin ein großes Mädchen, Legend. Und ich fühle mich zu dir hingezogen, genau wie ich fühle …", sie legt ihre Hand auf meinen harten Schritt, „dass es dir genauso geht."

Ich nehme ihre Hand, und statt sie wegzuziehen, drücke ich sie an mich. Sie reibt mich durch die Jeans, und das fühlt sich verdammt gut an. „Also sind wir uns einig? Keine Erwartungen. Nur heißen Sex. Habe ich das richtig verstanden?"

„Klingt wunderbar."

Fast fange ich an, zu schielen, als sie ihren Griff verstärkt und einen echt starken Druck auf meinen Schritt ausübt. Automatisch zuckt meine Hüfte nach vorn.

Das war's.

Sie hat ausgespielt.

Jetzt übernehme ich die Kontrolle.

Ich hebe Pepper hoch und werfe sie mir auf klassische Feuerwehrmannart über die Schulter. Sie lacht auf und krallt sich auf meinem Rücken an meinem Shirt fest. Ich schaffe es bis ins Schlafzimmer, ohne Pepper irgendwo anzuschlagen. Ich lege sie aufs Bett, und als wir uns ansehen, küssen wir uns sofort.

Sie greift an meine Gürtelschnalle und ich packe ihr T-Shirt und ziehe es ihr über den Kopf. Dafür müssen sich unsere Münder trennen, finden sich aber schnell wieder.

Während wir uns wild küssen, verschwinden unsere Klamotten Lage für Lage. Nackt wende ich mich ab, um ein Kondom aus dem Nachttisch zu holen. Ich drehe mich zu ihr um und mir verschlägt es den Atem bei dieser Schönheit auf meinem Bett. So winzig und zart, mit kleinen Brüsten, die in meinen Händen verschwinden werden. Flacher Bauch mit ausgestellten Hüften. Schlanke Beine, die sich kaum um mich schlingen werden können, doch das werden wir gleich sehen.

Ich merke, dass sie mich genauso studiert wie ich sie, und sie atmet zischend ein, als ihr Blick auf meinen Schwanz fällt. Dieser steht wie eine Eins, zeigt sich für sie von seiner besten Seite, und Pepper atmet erneut tief ein.

„Oh Gott, Legend, du hast den größten Schwanz, den ich je gesehen habe", sagt sie bewundernd.

Ich möchte nicht weiter darüber nachdenken, wie viele andere Schwänze sie schon zu Gesicht bekommen hat, bin aber froh, dass meiner sie nicht erschreckt.

„Damit wirst du schon fertig", sage ich barsch und steige über sie. Sie spreizt die Beine.

Ich lege das Kondom neben uns auf die Matratze und küsse Pepper innig. Wie sie mit den Fingern durch meine Haare gleitet, finde ich süß, und wie sie ihre Hüften an mich drückt, um mehr Reibung zu erzeugen.

Mit den Fingern erkunde ich ihre Kurven. Ihre Brüste sind wirklich klein in meinen Händen, doch ihre Nippel verhärten sich bei meiner Berührung. Mit der anderen Hand fahre ich über ihren Bauch, und Pepper spreizt einladend die Beine breiter. Sie ist warm und nass und mein Finger gleitet mühelos in sie, woraufhin sie sich fester in meine Haare krallt. Ich nehme noch einen Finger dazu und Pepper zerrt an meinen Haaren. Ich nehme dies als stummen Hinweis, dass es okay für sie ist, wenn wir heftig zur Sache gehen, also ficke ich sie mit meiner Hand rauer. Ich dringe pumpend in sie ein und drücke immer wieder mit dem Daumen auf ihre Klit.

Pepper wird kurzatmig. „Ja, ja, ja", wiederholt sie

und bäumt sich auf.

Ich dehne sie mit drei Fingern. Sie stöhnt, und es besteht kein Zweifel mehr, dass sie mit meinem Schwanz umgehen können wird.

„Oh Gott, ich bin so kurz davor, Legend", wispert sie an meinem Mund.

Ich hebe den Kopf, sehe in ihre Augen, die vor Lust und Verlangen glasig sind. Ich fingerficke sie weiter und feuere sie an. „Leg los, Pepper. Ich will fühlen, wie mich deine Pussy einklemmt, wenn du kommst."

„Oh Gott!", schreit sie und ihre Hüften zucken bei der Wucht ihres Höhepunkts.

Mühelos drücke ich sie mit der Hand hinunter, und als sie wieder flach auf der Matratze liegt, reibe ich mit dem Daumen ihre Klit, um den Orgasmus noch zu verlängern. Sie schreit meinen Namen, was irgendwie verdammt gut klingt. Ich sehe zu, wie sie zittert, erbebt und keucht.

Mit meinen nassen Fingern umfasse ich meinen Schwanz. Er ist so hart, dass es schmerzt, und ich würde alles Mögliche dafür geben, jetzt einfach in sie dringen zu können.

Aber erst das Kondom.

Ich reiße die Verpackung expertenmäßig auf und ziehe es mir über, während mir Pepper mit halb geschlossenen Lidern zusieht. Mit ihren Fingern streichelt sie leicht über meinen Bauch. Zwar habe ich es ihr eben mächtig gegeben, doch das Feuer brennt immer noch in ihren Augen und sie sieht mir erwartungsvoll zu.

„Spreiz die Beine breiter", befehle ich ihr und bringe meinen Schaft in Position. Sie gehorcht mir nicht nur, sondern spreizt sie so sündig weit, dass sie völlig offen vor mir liegt; sie legt die Hände in ihre Kniekehlen und hebt die Beine.

„Jesus", murmele ich und genieße diesen sexy Anblick. Diese Frau hat echt nichts Schüchternes an sich und ihr ganzes Verhalten bettelt geradezu um meinen Schwanz. Ich zögere nicht länger, drücke gegen ihren Eingang und fühle die Enge, die mich sofort zum Kommen zu bringen droht. Ich beiße mir von innen in die Wange, atme tief durch die Nase aus, spanne die Hüften an und gleite ins Ziel.

Pepper verdreht die Augen, spannt die inneren Muskeln an und umklammert mich fest, woraufhin mein Schwanz zuckt. Sie ist eine Heldin, nimmt jeden meiner dreiundzwanzig Zentimeter Länge von mir auf, kreist mit den Hüften und will mehr.

„Sorry", murmele ich entschuldigend, stütze mich mit den Händen auf die Matratze und erhebe den Oberkörper.

Sie legt die Hände auf meine Schultern. „Wofür?"

„Hart und schnell", erinnere ich sie.

„Immer her damit", erwidert sie herausfordernd.

Also tue ich es.

Um meine Ausdauer zu testen, ziehe ich mich langsam aus ihr und dringe genauso wieder ein. Meine Eier ziehen sich zusammen, und ich weiß, dass ich es nicht lange aushalten werde.

Aber egal. Sie ist schon einmal gekommen, und ich wette, ich kann sie noch mal dazu bringen, bevor ich komme. Und ich habe ja noch mehr Kondome.

Ich ziehe mich wieder langsam zurück, und sie lächelt mich keck an, rechnet sicher damit, dass ich wieder so langsam eindringe. Doch stattdessen stoße ich zu. Pepper weitet die Augen und schnappt nach Luft. Ihre Nägel dringen in meine Haut, und fuck, ich liebe diesen kleinen Schmerz.

Ich nagele sie erneut.

Und wieder.

Und wieder.

Ich ficke sie wild und heftig, und sie antwortet mit den Händen auf meinem Hintern, wo sie mich mit Druck anspornt, noch fester zu stoßen.

Meine Hände schließen sich, als sich der Orgasmus nähert, und ich kralle mich in die Laken für mehr Stabilität. Ich kneife die Augen zusammen, in der Hoffnung, Pepper nicht mehr zu sehen, wie sie unter mir gestoßen wird, und dadurch mehr Kontrolle zu bekommen, aber nichts da. Ihre Schreie und ihr Stöhnen, ihre Bitte um mehr, klingen mir in den Ohren, und meine Eier ziehen sich erneut zusammen. Ich will, dass Pepper auch kommt, doch mir entgleitet alles. Jedes bisschen Beherrschung. Ich sinke auf sie hinab, lege die Arme um sie und halte sie fest, während meine Hüften unkontrollierbar zucken.

Pepper bäumt sich auf, vielmehr versucht sie es, aber ich halte sie zu fest, und dann spüre ich, wie sie sich anspannt. Ihre Pussy zieht sich zusammen, sie schreit, und meine Eier lassen alles los. Ich komme so heftig, dass ich Pepper nicht mehr festhalten kann. Ich kralle mich wieder in die Matratze, werfe den Kopf in den Nacken und brülle meine Lust an die Zimmerdecke. Damit meine ich mehr ein löwenartiges Fauchen, das ich unfassbar peinlich finde. Eigentlich bin ich der Typ, der mit zusammengebissenen Zähnen still vor sich hin kommt, doch Pepper erweckt das Tier in mir.

„Jesus Christ", stöhne ich und spritze ins Kondom, lasse damit Stoß für Stoß die aufgestaute Frustration und den Stress los, und es fühlt sich so gut an, dass ich jetzt glücklich sterben könnte.

Meine Arme geben nach und ich sinke auf Pepper. Um sie nicht zu zerquetschen, bringe ich meine letzten Kräfte auf, rolle mich neben sie und ziehe sie dabei mit. Ich lande auf dem Rücken, wobei ich leider aus ihr herausgleite. Mit ihr halb auf mir komme ich zur Ruhe. Sie legt eine Hand auf meine Brust und ich meine auf ihren Rücken, der genauso feucht ist wie mein ganzer Körper.

Wir liegen einfach nur da, atmen schwer, und ich frage mich, ob sie wohl darüber nachdenkt, wie irre das eben war. Vielleicht ist ihr Hirn aber auch genauso sprachlos wie meins.

Was auch immer in ihrem hübschen Kopf vorgehen mag, ich für meinen Teil weiß, dass das soeben der beste Sex meines Lebens war. Vielleicht, weil ich es so sehr brauchte nach den stressigen Tagen, oder aber weil Pepper Dinge in mir auslöst, die ich nicht verstehe. Jedenfalls, ja, ich könnte jetzt zufrieden sterben.

Pepper hebt den Kopf und ich sehe sie an. Sie tätschelt meine Brust und lächelt. „Also, das war … einfach wow."

„Ja, so sehr, dass ich auch nichts anderes sagen kann als … wow."

Sie grinst, rutscht an mir hoch und küsst mich. Nicht sacht und befriedigt, sondern schnell und flüchtig.

„Hör zu", sagt sie fast wie ein Profi. „Ich werde dich jetzt in Ruhe lassen, denn du brauchst einen guten Schlaf. Okay?"

Mein erster Gedanke ist, sie an mich zu ziehen und ihr zu befehlen, hierzubleiben. Aber dann fällt mir ein, dass ich Pepper nichts zu geben habe. Klar, nach zwanzig Minuten Erholung könnte ich es ihr wieder besorgen, aber sie über Nacht bei mir bleiben zu lassen, deutet an, dass eine Beziehung entstehen könnte, und die kann ich Pepper nicht geben. Morgen werde ich Vater und muss mich voll darauf konzentrieren. Ich streichele ihre Wange und lächele. „Okay. Klingt gut."

Ich bekomme noch einen schnellen Kuss und sie steigt aus dem Bett. Ich sehe ihr zu, wie sie sich anzieht und sich dann zur Tür begibt.

„Gute Nacht, Legend."

„Gute Nacht, Pepper."

Fast glaube ich, dass ich heute Nacht einmal wirklich schlafen kann.

KAPITEL 7

Legend

Meine Haut glüht und meine Handflächen schwitzen. In meiner Brust hämmert mein Herz erbarmungslos. Ich bin ziemlich sicher, dass ich gleich auf meine Veranda kotze, während ich darauf warte, dass Louise in meine Einfahrt biegt. Alle drei Sekunden schaue ich zu Peppers Haus hinüber, in der Hoffnung, dass sie herüberkommt und mich unterstützt. Doch ich habe sie nicht darum gebeten, also ist das unwahrscheinlich. Aber verdammt noch mal, sie war bei mir, seit Charlie vor meiner Tür lag, und ich dachte, sie will vielleicht dabei sein.

Ich meine, wahrscheinlich könnte ich noch ein paar Hände brauchen, am ersten Tag als Dad. Das hat sie mir jedoch nicht angeboten. Allerdings habe ich sie auch nicht gefragt. Das letzte Mal habe ich mit ihr kurz nach Mitternacht gesprochen, als sie nach dem Ficken gegangen ist.

Ich habe sie nicht gefragt, weil ich nicht implizieren wollte, dass zwischen uns mehr ist als das, worauf wir uns geeinigt haben. Und ich habe sicherlich recht klargemacht, dass ich nicht viel zu geben habe und Sex einfach nur Sex ist. Demnach habe ich kein Recht, sie darum zu bitten, irgendwas für mich zu tun. Und ich kann auch nicht einfach meinen Sehnsüchten nachgeben und sie herüberbitten, nur weil ich sie gern sehen würde.

Nein, auf keinen Fall. Das werde ich nicht tun.

Mein Handy liegt neben mir auf der Veranda und gibt einen Ton von sich, der eine Textnachricht vermeldet. Es ist Pepper. Meine Haut kribbelt vor Freude.

Pepper: *Tief durchatmen. Du schaffst das heute.*

Ohne nachzudenken, tue ich genau das und ziehe tief die Luft ein. Langsam atme ich aus und siehe da … ich spüre, wie mich ein kleiner Teil der Anspannung verlässt. Ich wiederhole den Vorgang und nach dem fünften Mal bin ich viel ruhiger.

Ich: *Danke. Tief durchatmen hat tatsächlich geholfen.*

Sie antwortet fast sofort.

Pepper: *Schön, dass ich helfen konnte. Viel Glück.*

Ich bin kein Experte im Benutzen von Emojis. Und wenn ich es wäre, würde ich sie trotzdem nicht einsetzen. Das ist viel zu niedlich für mich, also tippe ich nur eine kurze Antwort.

Ich: *Danke.*

Nach einer nur kurzen Pause tippe ich noch etwas und schimpfe mich selbst aus, weil ich keine

Selbstbeherrschung habe.

Ich: *Magst du rüberkommen?*

Diesmal antwortet sie nicht sofort. Ich glaube, es ist ihr unangenehm, dabei zu sein, wie ein frisch gebackener Vater sein ihm unbekanntes Kind kennenlernt. Irgendwie muss ich das rückgängig machen, aber mir fallen keine taktvollen Worte ein. Glücklicherweise erspart Pepper mir das.

Pepper: *Ich will dir nicht auf die Füße treten oder irgendwie im Weg stehen. Das ist ein zu persönlicher Moment.*

Fuck, sie hat recht. Ich kenne Pepper überhaupt nicht. Fünfundneunzig Prozent unserer gemeinsamen Existenz besteht daraus, dass ich mich über sie und ihre Grundstücksgestaltung aufrege, inklusive einer Beschwerde beim Hauseigentümerverein. Die wurde allerdings gestoppt, weil ich eine Wette mit ihr verloren habe, und ich habe nicht vor, sie zu wiederholen.

Ich weiß aber, dass ich mich viel sicherer fühlen würde, wenn sie hier wäre. Sie würde einspringen, wenn ich ins Straucheln gerate, nachdem Louise gegangen ist. Aber wenn ich sie herüberbitte, mache ich unsere Beziehung persönlicher, und das wäre wohl egoistisch von mir. Ich hätte das Gefühl, sie auszunutzen.

Ich grübele weiter darüber nach, kämpfe gegen

meine inneren Dämonen, ob das eine gute oder schlechte Idee ist.

Dann kommt Louise angefahren, und ich spüre, dass ich eine Panikattacke bekommen werde. Ich tippe den schnellsten Text meines Lebens.

Ich: *Nein, bitte komm rüber.*

Nachdem ich den Signalton gehört habe, dass die Nachricht rausgegangen ist, stecke ich das Handy ein. Ich blicke zu Peppers Haus und bin unendlich erleichtert, als sie aus der Tür kommt und zu mir herüber. Sie sieht toll aus mit dem langen, pfirsichfarbenen Rock, der um ihre Knöchel weht, und einem grauen Pulli, der ihr von einer Schulterseite gerutscht ist. Sie lächelt ermutigend und ihre Haltung signalisiert Zuversicht, dass alles gut laufen wird. Je näher sie kommt, desto erleichterter fühle ich mich, und wende mich Louises Wagen zu.

Die Jugendamtbetreuerin steigt aus und lächelt mich an. „Na? Bereit, Vater zu werden?"

„So gut es geht." Das ist leider nicht die Wahrheit. Ich wäre mental besser in ein paar Jahren vorbereitet, mit einer Frau, aber darüber darf ich mich jetzt nicht beklagen. Besser wird es nun mal nicht.

Pepper geht zu dem Auto und Louise sieht sie. Diese schließt ihre Fahrertür und lächelt sie an. „Hallo. Schön, Sie wiederzusehen."

Pepper lächelt nett, dreht sich zu mir um und boxt mir leicht gegen den Arm. „Fertig, Daddy?"

Ich könnte jetzt zig dreckige Witze machen, dass Pepper mich Daddy nennt, aber mir fällt nur ein, dass ich hoffe, Charlie wird mich Daddy nennen, denn Dad ist viel zu altmodisch für einen Siebenundzwanzigjährigen.

„Bereit", sage ich, aber mein Herz will mir in die Kehle springen, als Louise die hintere Tür öffnet, um meine Tochter zu holen.

Ich nehme Details wahr. Sie trägt ein rosa Strickmützchen und einen eventuell handgestrickten kleinen Pulli. Auch wenn es heute bis zu 21 Grad warm werden soll, ist es für ein Neugeborenes sicher noch etwas frisch. Beim Kleiderkaufen hat Pepper gestern darauf geachtet, dass ich warme Sachen besorge.

Louise richtet sich mit Charlie im Arm auf und dreht sich zu mir um. Mir bleibt die Luft weg, als ich noch mehr Einzelheiten erkenne. Wie ihre zarte Haut und die winzigen Finger. Ich könnte nicht sagen, wem sie ähnlich sieht, mir oder Lida oder uns beiden. Ihre Gesichtsmerkmale sind noch nicht sehr ausgeprägt, aber ich erkenne, dass sie das schönste Baby ist, das ich je gesehen habe.

Louise reicht sie mir, und ich werde total nervös, weil sie so winzig ist und ich sie bestimmt zerbrechen werde.

„Achten Sie darauf, ihren Kopf zu stützen, wenn Sie sie nehmen, und legen Sie sie in ihre Armbeuge."

Ich tue, was sie sagt. Charlie rührt sich nicht, sie schläft einfach weiter. Sie hat die kleinen Lippen leicht geöffnet und ein Spuckebläschen erscheint.

„Wow", sage ich und betrachte sie. Meine Wangen schmerzen, und ich glaube, ich habe noch nie so breit gegrinst.

„Sie müssten mir noch ein paar Papiere unterschreiben", sagt Louise geschäftsmäßig. „Können wir das drinnen machen?"

„Gute Idee." Ich höre nur halb zu. Ich bin viel zu verzaubert von dem kleinen Menschen in meinen Armen, den ich mit erschaffen habe.

Habe ich immer noch Angst? Oh ja. Das ist das Größte, was mir je passiert ist, und ich will mein Kind nicht vermurksen. Aber etwas ist geschehen, als sie mir Charlie in die Arme gelegt hat. Etwas in mir hat sich verändert. In meinem Herzen wurden Dinge umarrangiert. Dinge, die mir bisher am wichtigsten waren, wurden zur Seite geschoben, und dahinter lag ein offener Raum und wartete. Und jetzt wurde er mit einer unerklärlichen Liebe zu diesem Baby gefüllt, das sich so einmalig und fremd anfühlt. Noch nie war mir etwas so wichtig wie Charlie. Nicht mal meine Eltern oder Eishockey.

Meine Welt hat sich gerade auf dieses dreieinhalb Kilo schwere erstaunliche Bündel in meinen Armen reduziert, und ab sofort bin ich ein anderer Mensch.

„Du bist ein echter Pro", wispert Pepper, als ich mit den Händen am Gitter vor dem Bettchen stehe und die schlafende Charlie betrachte.

Der Vormittag war ereignisreich. Charlie war bald aufgewacht, und Pepper trug sie herum, während ich mit Louise die Papiere besprach. Ich musste die Anerkennung der Vaterschaft unterschreiben, die Entlassung vom Jugendamt, und bekam ein Schreiben vom Gericht ausgehändigt, das mir das volle Sorgerecht zusprach. Lida könnte Einspruch dagegen erheben, aber zumindest verhinderte es, dass sie einfach herkommen und Charlie wieder abholen könnte, falls ihr danach wäre. Das bezweifele ich jedoch, gemessen an der Art, wie sie mir unser Kind heimlich vor die Tür gelegt hat.

Nachdem Louise gegangen war, zeigte mir Pepper, wie man Windeln wechselt. Dann gab ich Charlie die Flasche, die ich umsichtig angemischt hatte. Ich bekam meine erste Lektion in Körperfunktionen, denn nach der Flasche kackte sie in die Windel und ich musste nicht nur die, sondern auch die Klamotten wechseln, weil die Windel undicht war. Ich bin stolz, nur ein paarmal gewürgt, aber nicht gekotzt zu haben. Dies ist bei Weitem das Unangenehmste in Bezug auf meine Tochter.

Jetzt schläft sie wieder. Aus den Büchern und Peppers Ratschlägen habe ich gelernt, dass Charlie in dieser Phase ihres Lebens sehr viel schläft. Manchmal an die zwanzig Stunden am Tag.

Als ich sie zum Schlafen hingelegt hatte, bereitete ich mich innerlich darauf vor, dass sie schon bald wieder aufwacht und die Flasche bekommen muss. Sie wird müde werden und wieder einschlafen. In dem Alter ist es nichts weiter als der Rhythmus aus Schlafen, Essen und Wachsen.

Ich schaue auf meine Uhr. Es ist fast Mittag und ich habe Hunger. Das erste Bewerbungsgespräch mit einer Nanny beginnt um zwei.

Ich öffne den Mund, um Pepper zu sagen, dass wir uns irgendwo etwas zu essen besorgen sollten, doch plötzlich kommt mir, dass ich das nicht machen kann. Ich bin ja jetzt ans Haus gebunden. Oder besser, ich bin an ein Kind gebunden. Wir könnten sie zwar mitnehmen, aber ich glaube, momentan sollte sie lieber ruhen.

Pepper steht neben mir und ich sehe sie an. „Hast du Hunger?"

Sie sieht mich kurz an und dann wieder zu Charlie. „Ich könnte etwas essen, ja. Soll ich mal nachsehen, was du im Haus hast, und uns schnell was kochen?"

Ich schüttele den Kopf und trete leise vom Bettchen zurück. „Ich habe alles für Omeletts da. Ich koche, du ruhst dich aus."

Sie lächelt, und ich glaube, dass sie hierbleiben und Charlie weiter betrachten will, doch sie folgt mir in die Küche.

Dort hole ich, was ich brauche, aus dem Kühlschrank. Eier, Butter, Zwiebeln, rote Paprika, Käse und Bacon.

Pepper nimmt sich etwas von den Sachen. „Ich schneide das Gemüse und du machst den Bacon?"

„Deal." Beide stehen wir an der Kücheninsel, wo

sich der Herd befindet und eine Grillplatte. Ich brate den Bacon an und Pepper schneidet neben mir das Gemüse klein.

Freundschaftlich plaudern wir über Charlie, meinen Spielplan, der aus zwei Heimspielen mit einer kurzen Weihnachtspause besteht, sodass ich mir keine Sorgen machen muss, während Charlies erster Woche reisen zu müssen.

„Was ist mit deinen Eltern? Ich nehme an, du hast ihnen von Charlie erzählt." Pepper schnieft und blinzelt wegen der Zwiebeln.

„Lass mich das machen", sage ich, reiche ihr die Grillzange für den Bacon und tausche den Platz mit ihr. „Zwiebeln machen mir nichts aus. Und meine Eltern … tja, die haben unterschiedlich reagiert. Mom ist begeistert, Großmutter zu sein, aber Dad hat ein bisschen ablehnend reagiert. Er war sehr still am Telefon."

„Warum könnte er so reagiert haben?", fragt sie erstaunt.

Ich zucke mit den Achseln. „Wahrscheinlich, weil ich eine Frau geschwängert habe und nun ein alleinerziehender Vater bin. In seiner Welt ist so was verantwortungslos."

„Lächerlich", erbost sich Pepper. „Du hast Verhütungsmittel benutzt, was leider mal schiefging. Und jetzt tust du wirklich alles, was du kannst."

„Genau", sage ich und lächele sie kurz an. „Und auch wenn ich meinem Vater sehr ähnlich bin – du kennst ja mein Bedürfnis nach Ordnung und der Abwesenheit von Plastikflamingos im Garten –, bin ich nicht immer seiner altmodischen Meinung. Aber ich lasse das einfach an mir abprallen. Wenn er sich daran gewöhnt hat, wird er seine Einstellung bestimmt ändern."

Pepper wendet den Speck. „Werden sie dich besuchen kommen?"

Ich nicke und lege das Messer ab, da ich ein schönes Häufchen Zwiebeln geschnitten und neben die Paprikawürfel gelegt habe. Ich lehne mich mit der Hüfte an die Insel. „Nach Weihnachten. Für Dad als Pilot sind die Feiertage immer hektisch. Inzwischen müssen sie sich mit Fotos und Videos zufriedengeben. Apropos Fotos, kannst du mir bitte die Bilder schicken, die du heute von uns gemacht hast?"

Sie hat mir Ratschläge beim Windeln und Babyumgang gegeben und gleichzeitig bestimmt an die hundert Fotos von mir und Charlie gemacht. Nichts Gestelltes, alles Schnappschüsse, wie ich Charlie füttere oder windele.

„Gern", antwortet sie und sieht mich sanft an. „Auf dem besten Foto sitzt du mit Charlie auf der Couch, nachdem du ihr die Flasche gegeben hast. Warte, bis du dein Gesicht siehst, Legend. Könnte man von Liebe ein Bild malen, würde es so aussehen."

Das macht mich sprachlos und der ergriffene Ton ihrer Stimme berührt mich tief. Ob ich wollte oder nicht, soeben hat sie einen sehr persönlichen Moment mit mir geteilt, und ich habe es nicht einmal sofort gemerkt. Doch jetzt merke ich es und es hat eine Wirkung auf mich, und ich wünschte, diese hätte nichts mit meinem Herzen zu tun. Außerdem hat sie mich auch körperlich berührt. Eine Welle purer Begierde durchflutet mich. Ich weiß nicht, was mein Ausdruck Pepper sagen muss, doch sie spürt, dass sich die Schwingung zwischen uns verändert. Ihr Gesicht wirkt entspannter und sie atmet etwas schneller.

Ich drehe den Gasherd ab und die Flamme unter dem Speck erlischt. Langsam nehme ich Pepper die Grillzange aus der Hand und lege sie ab. Pepper holt zischend Luft, denn sie weiß, was ich vorhabe.

Ich warte eine Sekunde, sogar zwei, doch sie läuft nicht davon. Ich kann nicht sagen, wer den Anfang macht, doch in einem Moment sehen wir einander verlangend an und im nächsten küssen wir uns, als hinge unser Leben davon ab. Ich umfasse Peppers Gesicht, dränge sie bis an die Spüle zurück, schiebe ein Knie zwischen ihre Beine und übe Druck aus. Sie stöhnt kehlig und der Kuss wird wilder. Sie reißt an meinen Klamotten, doch ich tue nicht dasselbe bei ihr. Sie trägt einen Rock und ist somit leicht zugänglich. Ich schiebe ihn nach oben, eine Hand darunter und tauche in ihr Höschen.

KAPITEL 8

Pepper

Ich erröte nicht allzu leicht, doch mein Gesicht wird heiß, als Legend mit den Fingern in mich eindringt. Ich bin so feucht und erregt, dass ich nicht aufhören kann, mich an seiner Hand zu reiben, denn was er mir gibt, genügt mir nicht.

Ich konnte seine Emotionen in seinem Gesicht ablesen. Sah, wie er von freundlichem Interesse zu emotionaler Verbindung umschaltete und dann glühende Lust aus jeder Pore verströmte. Spürte die Welle der Nässe, die mein Höschen von nur diesem einen Blick flutete.

„Oh Gott", wimmere ich in seinen Mund, als er mich mit zwei Fingern bearbeitet. Ungeschickt fummele ich an seinem Gürtel herum, und ein wahnsinniges, überwältigendes Verlangen, ihn in mir zu spüren, packt mich. Als ich endlich seine harte Länge in der Hand habe und mich erinnere, wie sehr mich dieser große Schwanz gestern gedehnt hat, werde ich noch verrückter vor Begierde.

„Legend", murmele ich, während er mich weiter küsst und mit den Fingern fickt. „Beeil dich."

Er nimmt den Mund von meinem und sieht mich fragend an, ohne mit den Bewegungen seiner Hand zwischen meinen Beinen aufzuhören. Er grinst leicht.

„So sehr willst du es, ja?"

Kaum kann ich mich auf seine Worte konzentrieren, denn er reizt meine Klit und ich spüre den Orgasmus näher kommen. Ich pumpe seinen Schwanz fest. „Ja. Das Baby könnte jeden Moment aufwachen."

„Wir haben Zeit", sagt er leise und küsst mich wieder.

Seine Hände gleiten unter meinen Hintern, schieben den Rock aus dem Weg und heben mich an. Ich schlinge die Beine um ihn und muss leider seinen Schwanz loslassen.

Legend dreht sich um und presst mich gegen den Kühlschrank. Er senkt mich so weit hinab, dass ich mich an seinem Schwanz reiben kann, der aus seiner Hose ragt. Ich erröte erneut, denn jetzt kann er auf seiner nackten Haut fühlen, wie nass mein Höschen ist.

Legend knickt die Knie leicht ein und erwidert meinen Druck. Die Länge seines dicken Schafts reibt die dünne, nasse Baumwolle und trifft auf meine Klit.

„Legend, bitte", stöhne ich und mein Kopf sinkt gegen den verchromten Kühlschrank. Ich greife nach seinem Schwanz, um ihn zu bearbeiten, und spüre den Lusttropfen an der Spitze. Ich pumpe den Schaft und reibe ihn mit meiner Pussy. Legends Hände greifen nach meinem Höschen. Er zieht es zur Seite und streichelt meine Klit. Ich schreie auf und führe seine Spitze durch meine Nässe.

„Fuck, fuck, fuck …", stöhnt Legend und vergräbt sein Gesicht an meinem Hals.

Er legt eine Hand auf meine und hilft mir, seinen Schaft an meiner nassen Pussy zu reiben. Gott, ich will ihn so sehr in mir haben. Nackt, heiß, pulsierend. Es ist verrückt und dumm, aber noch nie wollte ich etwas so sehr.

Ich kreise leicht die Hüften und schon befindet sich seine Spitze direkt an meiner pochenden Öffnung.

„Das ist so gut", sagt er, und oh Gott, wie recht er hat. Seine Stimme ist heiser, als hätte er stundenlang geschrien. „Ich dringe nur kurz ein, möchte dich fühlen, und dann hole ich ein Kondom."

„Okay", sage ich gedankenlos, doch ich will mehr als nur einen kurzen Moment.

Langsam dringt er ein, und wie versprochen kurz und nur mit der Spitze. Er hält inne. Ich spüre die angespannten Muskeln in seinen Schultern. Er hat die Augen zugekniffen und sieht aus wie in quälender Ekstase. Eine neue Flutwelle der Nässe strömt zwischen meinen Beinen. Legend spürt es wohl auch, denn er öffnet die Augen und sieht mich mit einem derartigen Verlangen an, dass es mich fast zu Tränen rührt.

Sein Blick stellt mir die eine Frage, und ich sage ihm, was er wissen muss. „Alles okay."

Erleichterung entspannt sein Gesicht und er stößt zu. Sein Schwanz dringt tief in mich ein, und ich genieße den kleinen Schmerz, den mir seine Größe verursacht. Jedes Mal.

„Pepper", stöhnt er und fickt mich gegen den Kühlschrank. „Deine Pussy ist so warm und nass.

Ich werde gleich kommen."

„Ich auch", wispere ich und klammere mich an ihn. Wie gestern Abend hämmert er in mich. Lange, tiefe Stöße, die etwas in mir berühren. Der Orgasmus nähert sich wieder, und ich muss daran denken, wie verdammt unanständig das hier ist. Mal eben schnell in der Küche ficken, bevor das Baby aufwacht. Wie wird sich wohl sein Samen in mir anfühlen? Für mich ist es das erste Mal, und es ist genau so, wie ich es mir erträumt habe, und noch viel besser.

„Kommst du noch mit, Baby?", murmelt Legend in mein Ohr und beißt mir ins Ohrläppchen.

Bei dem Schmerz schreie ich auf. „Ja, aber geh härter ran."

„Gottverdammt", flucht er, als wäre das zu viel verlangt, doch er tut es trotzdem.

Der Kühlschrank knallt gegen die Wand, und ich höre, dass Dinge darin umfallen.

Als der Moment der Wonne kommt, der Orgasmus kurz bevorsteht, bevor ich zerfließe, sage ich noch schnell: „Ich komme gleich!"

Es trifft mich heftig. Meine inneren Muskeln klemmen seinen Schaft ein und blendende Lust rast durch mich hindurch.

Legend flucht wieder und stößt noch einmal zu. Ich kann ihn nicht wirklich kommen spüren, aber ich sehe es, denn er presst die Zähne zusammen, stöhnt erleichtert und lässt den Kopf auf meine Schulter sinken.

„Gott, Pepper, du hättest mich wirklich fast umgebracht."

Kichernd streichele ich seinen Nacken. Zwar habe ich nicht gespürt, wie er seinen Samen in mich gespritzt hat, aber ich spürte das Pulsieren seines Schwanzes in mir. Ich ziehe die inneren Muskeln zusammen und Legend stöhnt auf.

„Das wird noch mal mein Tod sein", sagt er leise und küsst mich innig. Als er aufsieht, schaut er auf die Uhr. „Ich sollte mich schämen, denn das hat keine fünf Minuten gedauert."

„Und dennoch war das Ergebnis weltenerschütternd", antworte ich ernst. „Ich habe nichts gegen Fünfminutenficks."

„Du bist mir vielleicht eine." Er lächelt und schüttelt den Kopf.

Legend hebt mich von seinem Schwanz, und als er mich auf den Boden stellt, halte ich meinen Rock hoch. Sein Sperma läuft an meinen Schenkeln hinunter. Legend betrachtet dies fasziniert und nimmt dann ein Küchenhandtuch. Anstatt es mir zu reichen, geht er in die Hocke und wischt mich ab. Ich bin erstaunt, als er einen Finger in mich schiebt.

Grinsend sieht er zu mir hoch. „Da ist immer noch eine Menge drin. Es wird wohl noch mehr rauslaufen."

Dann zieht er mir das Höschen wieder an Ort und Stelle, ergreift meinen Rock und lässt ihn mir wieder bis zu den Knöcheln fallen. Er erhebt sich und zwinkert.

„Mir gefällt, dass du in meiner Küche stehst und mit mir isst, während dein Höschen von meinem

Saft durchnässt ist."

Mein Gesicht wird wieder heiß, aber das gefällt mir auch. Viel zu sehr.

Legend macht seine Jeans zu und sieht mich an. „Als du gesagt hast, dass alles okay ist, was hast du damit genau gemeint?"

Er hat meinem Wort vertraut, und obwohl ich keine Gelegenheit hatte, dieses Vertrauen zu erwidern, weil er sich einfach in mich gerammt hat, nehme ich an, dass er auch gesund ist.

„Das Übliche", antworte ich fast schüchtern, denn ich finde diese Unterhaltung peinlich, nachdem wir gerade ungeschützten Sex hatten. „Ich habe keine Geschlechtskrankheiten oder so."

Legend scheint sich keine Sorgen zu machen, was bedeutet, dass er bereits ein gewisses Vertrauen in mich hat. Doch das ist nicht wirklich überraschend bei dem, was wir gemeinsam mit seiner Tochter erlebt haben.

„Und Verhütung?", fragt er lächelnd. „Nimmst du die Pille? Oder bekommst du Spritzen, oder was?"

Ich schüttele den Kopf. „Ich nehme keine Verhütungsmittel."

Legend wird bleich und taumelt ein paar Schritte rückwärts vor Schreck.

Ich schüttele den Kopf und hebe die Hände. „Entschuldige, bitte mach dir keine Sorgen. Ich hätte vielmehr sagen sollen, dass ich nicht schwanger werden kann, also brauche ich keine Verhütungsmittel."

Er wird sogar noch blasser, und seine Stimme ist so leise, dass ich ihn kaum verstehe. „Du kannst keine Kinder bekommen?"

„Ist das ein Abtörner?", frage ich ebenso leise, denn so hört es sich an.

Er zuckt zusammen und blinzelt. „Himmel, nein!" Er zieht mich in seine Arme. „Überhaupt nicht. Aber ... ich sehe, wie gut du mit Charlie umgehst, und dass du keine eigenen Kinder haben kannst, ist ..."

Damit spricht er direkt meine Qualen an, die ich hatte, als ich mich schließlich für die Gebärmutterentfernung entschieden hatte.

Er sieht mir ins Gesicht. „Warum nicht?"

„Ich hatte schlimme Myome im Uterus. Jahrelang litt ich darunter. Habe sie mir operieren lassen, aber sie sind immer wiedergekommen. Das war sehr schmerzhaft. Ich rede von foltermäßig schmerzhaft und unnatürlich starken Blutungen." Ich mache eine Pause, atme tief durch, um das Beben aus meiner Stimme zu bekommen. „Also musste ich mich entscheiden. Für immer schmerzfrei oder Kinder haben."

Legend umarmt mich wieder fest und gibt mir einen Kuss auf die Stirn. „Diesen Schmerz kann ich mir kaum vorstellen. Die Entscheidung muss unerträglich gewesen sein."

Ich blinzele meine Tränen fort, denn das Thema ist erledigt. Vor zwei Jahren habe ich die Trauer durchgemacht, und jetzt werde ich nur so sentimental, weil Legend so lieb zu mir ist und ich ihn wirklich sehr mag. Ich hüstele und entwinde mich seinen Armen. Tapfer lächele ich ihn an. „Schon gut. Es ist zwei Jahre her und ich bereue es kein bisschen. Es hat mein Leben echt verbessert."

Plötzlich ist es, als ob Legend ein Licht aufgeht. „Die kleinen Narben auf deinem Bauch …"

Mit einem Lachen nicke ich. „Genau. Die sind von der OP. Sie haben es minimalinvasiv mit einem Laparoskop gemacht. Ich bin überrascht, dass du es gesehen hast."

Immerhin ging es gestern wild und schnell zu.

„Ich habe viel an dir entdeckt, Pepper", sagt er fast beleidigt. „Und ich wette, es gibt noch mehr zu erfahren."

„Kann sein", sage ich schelmisch.

Ich sehe Legend an, dass er meinen Kommentar als Herausforderung nimmt. Er drängt mich zurück an den Kühlschrank. Mir wird heiß bei dem Gedanken, dass er mich so schnell schon wieder ficken will. Leider werden wir von einem leisen Weinen aus dem Babyfon unterbrochen.

Legend lehnt seine Stirn an meine. Dann seufzt er. „Wir machen später weiter."

„Ja, später", stimme ich zu und schiebe ihn von mir. „Geh deine Tochter holen und ich koche weiter. Danach muss ich schnell nach Hause und mich umziehen, bevor wir das Gespräch mit der Nanny haben."

„Guter Plan", sagt er und gibt mir einen Klaps auf den Hintern. Ich japse auf und er sieht mich frech an. „Das gefällt dir, oder?"

„Das musst du später selbst herausfinden“, sage ich, gehe zum Herd und schalte das Gas unter dem Bacon wieder ein.

Legend lacht. „Na gut.“ Er wendet sich der Treppe zu, dreht sich aber noch einmal um. „Äh … eigentlich wollte ich wegen morgen eine Frau der Jungs fragen, aber ich frage lieber dich.“

Neugierig neige ich den Kopf zur Seite. „Was denn?“

„Auch wenn ich heute eine Nanny finde, muss ich ja noch ihren Hintergrund überprüfen und so. Morgen habe ich ein Heimspiel und brauche jemanden für Charlie. Ich fahre immer drei Stunden vor dem Spiel ins Stadion, also brauche ich dich ab vier Uhr nachmittags.“

Ich weiß, dass er mir vertraut. Das hat er bewiesen, als er mich kondomlos gefickt hat, dennoch macht es mir Gänsehaut, dass sein Vertrauen so weit geht, dass er mir seine Tochter anvertraut. Ich lächele ihn an. „Liebend gern.“

„Du bist wundervoll, Pepper.“ Er grinst mich strahlend an.

Dann eilt er die Treppe hoch. Schamlos lausche ich dem Babyfon und was er zu seiner Tochter sagt, die ihn mit Babylauten empfängt.

Legend wird ein großartiger Vater sein.

KAPITEL 9

Legend

Die Denkweise eines Goalies ist einzigartig. Wir müssen jederzeit physisch, mental und emotional voll da sein. Wenn wir ein Tor kassieren, müssen wir das schnell abschütteln und unser Hirn praktisch neu starten, einen Reboot machen. Weil wir viel mikroskopischer überprüft werden als alle anderen Spieler. Wenn es immer heißt, dass wir als Team gewinnen oder verlieren, dann ist das schlicht Blödsinn. Ein Goalie kann und wird sehr wohl einige Spiele verlieren. Oftmals – egal ob es sich ums Penaltyschießen oder um einen Penaltyschuss im Spiel handelt – lastet das ganze Spiel nur auf meinen Schultern.

Ich beginne zweieinhalb Stunden vor einem Spiel, mich darauf vorzubereiten. Wenn ich im Stadion ankomme, egal ob zu Hause oder auswärts, tausche ich den förmlichen Anzug gegen Trainingsklamotten. T-Shirt, Shorts, Laufschuhe.

Dann wickele ich frisches Tape um all meine Schläger und albere mit den anderen Spielern in der Spielerkabine herum. Wenn die Schläger fertig sind, gebe ich sie nicht dem Personal mit in die Arena, sondern bringe sie selbst raus. Nicht, weil ich den Leuten nicht vertraue, sondern weil ich das Eis noch vor dem Aufwärmen sehen will. Ich sitze ein paar Minuten auf unserer Bank und denke darüber nach, was mir abverlangt werden wird.

Ungefähr anderthalb Stunden bevor der Puck fällt, beginne ich mit dem Aufwärmen. Leichtes Joggen, ein paar kurze Sprints, und jede Menge Stretching. Außerdem werfe ich kleine Gummibälle an eine Wand, um die Reflexe zu trainieren. Das mache ich alles ganz allein, und man lässt mich in Ruhe, während ich meinen Körper vorbereite und gleichzeitig meinen Geist.

Vierzig Minuten vor dem Spiel ziehe ich die Ausrüstung an. Socken, Hose, Schlittschuhe, Sweater, Beinschoner, Schulterschoner, Brustschoner, Ellbogenschoner, Blocker, Fanghandschuh und Maske.

In einem Artikel habe ich gelesen, dass die Ausstattung eines Torwarts rund sechstausend Dollar kostet. Ich weiß es nicht genau, denn der Besitzer des Teams bezahlt das alles, aber manchmal frage ich mich, wie meine Eltern sich leisten konnten, dass ich diesen Sport seit der Kindheit ausübe.

Dreißig Minuten vor Anpfiff bin ich mit den anderen auf dem Eis und wir wärmen uns auf. Die Musik ist laut und die Fans der Vengeance ebenfalls, was mir hilft, mich in Fahrt zu bringen. Ich habe noch nie für ein Team gespielt, dessen Fans schon beim Warm-up derartig laut waren. Manchmal werden sie beim Spiel so rasend, dass es mir so vorkommt, als ob das Eis vibriert.

Nach dem Warm-up gehen wir in die Kabine zurück, und ich lausche dem Coach, der uns die letzten Instruktionen gibt. Coach Perron ist phänomenal. Wenn er einmal seinen Job aufgibt, sollte er unbedingt Motivationstrainer werden, denn er weiß immer, was und wie er es sagen muss. Das bringt das gesamte Team in Schwung.

Als das Spiel beginnt, bin ich so gut vorbereitet, wie es irgend geht.

Und heute zahlt sich meine Vorbereitung, mental wie körperlich, auch aus. Ich agiere clever und meine Reflexe reagieren instinktiv und werden von meinem Können unterstützt. Spät im dritten Drittel führen wir 1:0. Während des Spiels achte ich nie auf meine Statistik und weiß daher nicht, ob ich vierzig, fünfzig oder sechzig Schüsse abbekommen habe.

Aber ich habe sie alle gehalten.

Noch drei Minuten und ich habe einen Shutout. Ein ganzes Spiel ohne Gegentor.

Wie ein Schießhund achte ich darauf, was im Feld der Blazers abgeht. Toronto ist dieses Jahr überraschend gut, sodass es schwer war, alle Torschüsse von ihnen zu halten.

Tacker gibt einen harten Schuss ab, der vom Pfosten abprallt und fast bis zur blauen Linie fliegt. Tacker kommt gerade von einer Zehn-Spiele-Sperre, weil er während eines Spiels einen anderen Spieler zusammengeschlagen hat, und spielt heute besser denn je. Bishop will den Puck übernehmen, doch einer der Blazers verhakt den Schläger in seinem Schlittschuh und Bishop segelt übers Eis. Der Hurensohn von einem Schiedsrichter bestraft das nicht einmal, und zu allem Überfluss übernimmt ein anderer Blazer den Puck und hat einen gewaltigen Vorsprung den anderen gegenüber.

Er schießt übers Eis, direkt auf mich zu. Justin Meisner, ein Spieler im zweiten Jahr und einer der Besten der Liga im Umgang mit dem Schläger.

Ich spreize die Beine, mache mich vor meinem Tor breit, um es zu schützen, und starre auf Meisners Brust, der auf mich zurast. Als er in der Mitte des Spielfelds ist, blende ich alles andere aus, und in meinem Geist wird es still. Ich blicke tiefer, bis Justins Brust nur noch am Rand meines Sichtfeldes ist, und konzentriere mich auf den Puck, den er im Zickzackkurs vor sich herschiebt.

Ich bin konzentriert.

Ich bin bereit.

Ich werde ihn aufhalten.

Dann … erscheint Charlies engelsgleiches Gesichtchen in Farbe vor meinem geistigen Auge, und eine unglaubliche Euphorie durchflutet mich. Kurz verschwimmt meine Sicht, wird wieder klar und ich sehe Meisner näher kommen.

Charlie, Charlie, Charlie, wiederhole ich innerlich.

Ich mache das für Charlie.

Alles, was ich tue, ist für Charlie.

Ich nehme mir nicht die Zeit, herauszufinden, wieso ich ausgerechnet jetzt an meine Tochter denke, wo die nächsten Sekunden so gefährlich für mich sind, doch sie ist momentan alles, woran ich denken kann.

Meisner versucht es mit einer Finte, doch ich falle nicht darauf rein, bleibe standhaft, doch wendig.

Charlie, Charlie, Charlie …

Er weiß, dass ich auf keinen Fake reinfalle, und

greift an. Mit einer schnellen Drehung seines Handgelenks versucht er, den Puck über meine linke Schulter zu befördern.

Aber ich bin zu schnell.

Charlie.

Wie der Blitz hebe ich die behandschuhte Hand und fange den Puck. Die Zuschauer drehen durch und ich sehe nur meine Tochter.

Wir haben es geschafft, Charlie. Alles, was ich tue, tue ich für dich.

Meine Teamkameraden umschwärmen mich, alle klopfen mich, und einer, sicherlich Bishop, schlägt mir auf den Hintern.

Und dann frage ich mich … hat Pepper das Spiel gesehen? Hat sie meine brillante Rettung gesehen? Denkt sie an mich genauso, wie ich gerade an sie?

Mitten in einem verdammten Spiel.

Ich schüttele heftig den Kopf.

Es ist eine Sache, an meine Tochter zu denken, aber es ist ein ziemlicher Konzentrationsbruch, an eine Frau zu denken, auch wenn sie so wunderbar ist wie Pepper. Das darf mir nicht noch mal passieren.

Es stellte sich heraus, dass Pepper das Spiel tatsächlich gesehen hat, denn sie sagte mir, wie toll ich ausgesehen hätte, während sie meinen Schwanz ritt.

Zu Hause war ich sofort zu Charlie ins Kinderzimmer gegangen, um nach ihr zu sehen. Sie schlief friedlich, doch wie ich jetzt wusste, würde sie mehrmals nachts aufwachen und die Flasche bekommen müssen.

Ich fand Pepper schlafend auf meinem Bett vor, was zu erwarten war, da mein Schlafzimmer direkt neben dem Kinderzimmer ist. Sie ist ein Rückenschläfer, und ihr Gesicht war mir zugedreht, als ich ins Zimmer kam. Sie wirkte friedlich und entspannt, und das wollte ich ändern, denn ich war noch voll auf Adrenalin nach dem großartigen Spiel und weil ich ohne Gegentor geblieben bin.

Ich weckte sie mit meinem Mund auf ihrem Bauch. Sanft hob ich ihr T-Shirt an und küsste ihre zarte Haut, zog ihr die Jeans herunter, tauchte mit dem Mund zwischen ihre Beine, bis sie sich unter mir wand, schmutzige Dinge sagte, was sie alles mit mir machen würde, wenn ich sie zum Kommen bringen würde.

Also tat ich genau das.

Dann nahm ich ihr Angebot an, mich ordentlich zu reiten. Zu beobachten, wie mein Schaft in ihr verschwand, sie sich in die Nippel kniff und sich ihre Klit rieb, während sie auf mir auf und ab glitt, war ein unvergesslicher Anblick. Als ich kam, bäumte ich mich so heftig auf, dass ich sie fast abwarf.

Jetzt liegt sie eng an mich geschmiegt, denn als sie versucht hat, aus dem Bett zu steigen, um nach Hause zu gehen, sagte ich nur ein Wort: „Bleib.“

„Wie lief es mit Charlie so?“, frage ich sie und drücke sie enger an mich. Ich fühle mich total locker und meine Stimme reflektiert das.

Peppers Hand liegt auf meinem Bauch und ihr Daumen streichelt die Haarlinie, die vom Bauchnabel gen Süden verläuft. Es fühlt sich gleichzeitig liebevoll und erotisch an, und mir ist klar, dass wir vor dem Einschlafen noch einmal ficken werden.

„Sie ist so ein liebes Baby, Legend", sagt sie leise im Halbdunkel, denn alle Lampen sind aus, bis auf die im Flur. „Sie isst und schläft echt gut und ist nicht wählerisch. Du hast mit ihr wirklich Glück gehabt."

„Aus Unwissenheit wäre mir das gar nicht aufgefallen", sage ich und lache in mich hinein. „Aber wenn sie mich das nächste Mal nachts um drei weckt, werde ich daran denken, dass es noch schlimmer sein könnte."

„Nun ja, wenn du eine Nanny hast, kannst du dir diese Verantwortung mit ihr teilen."

Ich schüttele den Kopf. „Kommt nicht infrage. Wenn ich zu Hause bin, kümmere ich mich selbst um Charlie."

Pepper schweigt kurz und ihre streichelnde Hand hält inne. „Du bist auch nur ein Mensch, Legend. Mach dich nicht völlig fertig, nur um ein super alleinerziehender Vater zu sein. Du hast die Möglichkeit, dir Hilfe zu besorgen, und das solltest du auch nutzen. Es ist nichts Falsches daran, einige Aufgaben abzugeben. Das machen Paare untereinander schließlich auch."

Ich denke darüber nach. Sie hat recht, doch ich habe das Gefühl, mir selbst etwas beweisen zu müssen. Schon immer war ich bereit für Herausforderungen, und ich will nicht, dass irgendeiner denkt, ich könnte diese Vatersache nicht stemmen.

Als ob Pepper mich nicht weiter mit dem Thema bedrängen will, wechselt sie es. „Hast du schon über die Nannys nachgedacht, mit denen wir Gespräche hatten?"

„Nicht wirklich", gebe ich zu. Gestern waren vier Damen hier und keine unterschied sich besonders von der anderen. Sie erschienen irgendwie alle fähig, und das macht mich unsicher. „Das macht mich ganz kirre. Da ich noch keine eingestellt habe, kann ich auch keine Hintergrundprüfung anfangen. Morgen ist Heiligabend, dann sind Feiertage, also kann ich erst danach irgendwas tun."

„Gut auf den Punkt gebracht."

Da hat sie recht. Sie weiß, dass ich bei Heimspielen auf sie oder eine der Teamfrauen zählen kann, aber in einer Woche ist das erste Auswärtsspiel, und ich bin leicht panisch, weil ich immer noch keine Nanny habe. Mir ist klar, dass Pepper es übernehmen würde, doch ich kann das nicht annehmen. Sie hat einen Vollzeitjob, und auch wenn sie gerade nicht unter Termindruck steht, muss sie doch arbeiten. Da kann ich nicht einfach so reinplatzen.

„Wenn du meine Meinung hören willst, mir gefiel Lucy", sagt sie.

„Natürlich will ich deine Meinung hören", versichere ich ihr und drücke sie leicht in meinem Arm. „Aber … ähm … welche war Lucy noch mal?"

„Die Dritte, mit der wir gesprochen haben. Sie

macht eine Pause nach dem Studium, stammt aus einer großen Familie und hat Geschwister, die sie mit aufgezogen hat. Sie schien mir geerdet, verantwortungsvoll und hat praktische Erfahrung."

Ich erinnere mich wieder. „Aber sie war noch nie eine Nanny."

„Was ich eigentlich perfekt finde", antwortet Pepper. „Dann kannst du sie dir so ziehen, wie du sie haben willst und brauchst. Es wird keine kommen, die auf ihre Art besteht und dich und dein Kind verbiegen will. Du kannst selbst bestimmen, wie diese Beziehung aussehen soll."

Das klingt absolut einleuchtend. „Das Gespräch war mit ihr auch am leichtesten", gebe ich zu.

„Mach ihr ein Angebot und fang mit dem Hintergrundcheck am Dienstag an. Sie kann ja schon anfangen, sobald es von ihrer Seite aus geht, und solange du noch da bist, unter deiner Aufsicht arbeiten. Sag ihr, sie kann den Job haben, vorausgesetzt, der Check bringt keine Hindernisse hervor. So kannst du dir ihre Arbeit erst mal ansehen, bevor du wegmusst."

Ja. Das ist so was von logisch!

Ich finde im Halbdunkel ihren Mund und küsse sie als Belohnung, weil sie so eine gute Ratgeberin ist. „Ohne dich wäre ich in letzter Zeit total aufgeschmissen."

„Ach was, du hättest das auch allein geschafft", sagt sie bescheiden.

„Gar nicht", murmele ich und küsse sie wieder.

Kichernd schiebt sie mich weg. „Bevor ich es vergesse ... hast du Heiligabend schon was vor? Wenn nicht, bist du mehr als willkommen, mit zu meinen Eltern zu kommen und am Tofurkey-Weihnachtsritual teilzunehmen."

„To-was?", frage ich entsetzt.

„Truthahn aus Tofu", antwortet sie mit einem Lachen.

Bei dem Gedanken schüttelt es mich. „Eigentlich wollen Dax und Tacker morgen Abend für ein einfaches Heiligabendessen und ein paar Drinks herkommen. Aber auch wenn ich nichts vorhätte, würde ich zu niemandem gehen, der Tofurkey kredenzt."

Pepper lacht lauter. „Ich habe dir ja erzählt, dass meine Eltern Gesundheitsfanatiker sind und vegan, aber ich kann dich verstehen. Ich freue mich auch nicht darauf."

„Ich bin so froh, dass du Fleisch isst", sage ich ganz ehrlich. „Sonst könnten wir wohl keine Freunde sein."

„Jedenfalls steht das Angebot. Auch für den Feiertag, wenn du magst. Ich werde dort übernachten, weil ich dann meine Nichte und meinen Neffen sehen kann, die gleich morgens zu meinen Eltern kommen."

„Das solltest du auch", sage ich und knabbere an ihrem Hals.

Sie stöhnt und fährt mit den Fingern durch meine Haare. Dann seufzt sie leise und fügt hinzu: „Aber wenn dir langweilig wird und du doch lieber mit mir und meiner Familie abhängen willst, sag mir einfach Bescheid. Bei uns herrscht ein offenes Haus und meine Eltern sind echt cool drauf, abgesehen von ihren Essgewohnheiten."

Ich sage nichts dazu. Mit den Lippen ihre Haut zu erkunden, finde ich viel interessanter. Außerdem führt ein Treffen der Eltern doch etwas zu weit.

Ich gleite mit der Hand zwischen ihre Beine, und Pepper bäumt sich mir entgegen. Jetzt ist Weihnachten erst einmal vergessen.

KAPITEL 10

Legend

Ich benutze das Klebeband, um die bunte Tüte zuzukleben, und bewundere meine Arbeit, die auf dem Küchentisch ausgebreitet ist.

Sämtliche Weihnachtsgeschenke sind verpackt und bereit, geöffnet zu werden.

Natürlich stecken die Geschenke nur in Geschenktüten, denn ich tauge nichts im Verpacken und bin zu faul, mich ewig am Verpackungscounter anzustellen. Also habe ich eine Menge Tüten in verschiedenen Größen mit Weihnachtsmuster erworben. Wahrscheinlich wird erwartet, dass die Geschenke darin noch in Papier verpackt sind, doch das habe ich vergessen zu kaufen, also habe ich die Tüten zugeklebt, um die geheimen Inhalte zu verwahren.

Nicht, dass Charlie alt genug wäre, hineinzuschauen. Sie kann nicht mal ihren Kopf hochhalten und wird sich nicht an die Bescherung der Spielsachen, für die ich rund fünfhundert Dollar ausgegeben habe, erinnern.

Charlie hat uns um sechs Uhr morgens geweckt. Ich habe sie gefüttert, und Pepper ist gegangen, um noch ein paar letzte Dinge zu erledigen, bevor sie zu ihren Eltern gefahren ist.

Allerdings konnte ich sie überzeugen, nach Weihnachten zu mir zum Abendessen zu kommen, sodass ich sie nach nur zwei kurzen Tagen wiedersehen werde.

Mit einem Arm voller Geschenke gehe ich ins Wohnzimmer und lege sie neben den Kamin. Der ist mit Holz umrahmt, cremefarben gestrichen, hat geriffelte Säulen und ein Kranzprofil. Sehr traditionell. Und … langweilig.

Ich lasse den Blick schweifen und sehe nichts als Taupe und Beige, Ledersofa und schmucklose Möbel. Meine Couchkissen sind braun-beige kariert mit einem Hauch Grün, den man kaum wahrnimmt. Im Vergleich zu Peppers Haus, stelle ich fest, ist meins irgendwie öde.

Ich schüttele den Gedanken ab, denn jetzt ist kein guter Zeitpunkt, um einen auf Martha Stewart zu machen, und auch wenn mein Haus trist ist, würde ich es nie so einrichten wie Peppers. Vielleicht etwas mehr Farbe, aber nicht viel.

Ich arrangiere die Geschenke alle so, dass sie aufrecht stehen, und muss zugeben, ein schlechtes Gewissen zu haben, weil ich keinen Weihnachtsbaum habe. In den neun Jahren, in denen ich allein wohne, habe ich nie einen Weihnachtsbaum aufgestellt. Das lag daran, dass ich entweder unterwegs war oder ein Spiel hatte oder dass ich für die Feiertage zu meiner Familie flog. Dieses Jahr fällt Weihnachten zufällig genau in eine Spielpause. Normalerweise wäre ich auch diesmal nach Boston zu meinen Eltern geflogen.

Allerdings habe ich nicht den Mut, mit Charlie quer durchs Land zu fliegen. Ich habe sie erst seit drei Tagen und bin immer noch zu grün hinter den

Ohren, was Babypflege angeht. Klar, momentan geht es nur darum, für ihre Grundbedürfnisse zu sorgen, und sie schläft fast immer, aber ich wollte sie trotzdem nicht mit in ein Flugzeug nehmen und sie allen möglichen Keimen aussetzen, wo meine Selbstsicherheit als Dad noch recht gering ist.

Also kommen Tacker und Dax heute Abend rüber. Das Essen ist fertig. Mein Dank geht an Whole Foods Market, die mir einen Truthahn gebraten und zerlegt haben. Wir werden uns vollfressen, ein bisschen was trinken und zusammen Weihnachten feiern.

Bisher hat noch keiner aus dem Team Charlie gesehen, denn kaum einer weiß etwas von ihr. Die erste Gelegenheit, von ihr zu erzählen, wäre gestern vor dem Spiel gegen Toronto gewesen, aber das erschien mir nicht passend. Ich wollte die anderen nicht von ihrer Konzentration ablenken. Daher werde ich es lieber auf das nächste Team-Training verschieben, doch ein paar Leuten habe ich das Geheimnis schon erzählt. Natürlich Dax und Bishop, denn das sind meine besten Freunde.

Zusammen mit Bishop bin ich stellvertretender Captain des Teams, sodass es Sinn ergab, unserer Nummer eins davon zu erzählen. Und das ist Tacker, unser Captain. Außerdem wissen es noch Coach Perron und unser Manager Christian Rutherford.

Vor allen anderen habe ich es geheim gehalten. Da Pepper gern als Babysitter einspringt, musste ich keinen der anderen Spieler einweihen und ihre Frauen fragen, ob sie sich um Charlie kümmern könnten.

Ich habe vor, es allen am Sechsundzwanzigsten nach dem Training zu sagen. Coach Perron hat bereits alle in den Besprechungsraum des Teams einberufen. Ich wette, alle glauben, dass wir uns das Video eines Spiels ansehen werden, doch stattdessen werde ich das erste Baby im Team Vengeance verkünden.

Ehrlich gesagt freue ich mich darauf, es allen zu erzählen.

Aus der Küche hole ich die letzten Geschenke und eins davon ist in einer Tüte aus Goldfolie und viel kleiner als die anderen. Ich stelle es ganz nach hinten, weil es erst nach Weihnachten aufgemacht werden wird. Darin befindet sich ein Geschenk für Pepper, das ich heute besorgt habe. Ich habe das Essen abgeholt und war noch in einem anderen Laden.

Charlie war dabei und ein wahrer Engel. Ich stellte ihren Tragesitz auf einen Counter, und eine etwas ältere Verkäuferin beschäftigte sich mit ihr, während mir eine andere dabei half, eine Halskette für Pepper auszusuchen. Das war keine leichte Entscheidung. Ich wusste nicht, wonach ich mich richten sollte, denn Pepper trägt wenig Schmuck. Manchmal Ohrringe oder einen schmalen silbernen Ring, doch meistens gar nichts, und ich kenne ihren Geschmack nicht.

Schließlich fand ich etwas, das bedeutungsvoll

und gleichzeitig schön ist. Ich musste nicht zweimal darüber nachdenken. Darüber, dass ich Pepper ein Weihnachtsgeschenk kaufe. Ja, wir wurden blitzschnell von Feinden zu Sexpartnern – genauso schnell wie ich zum Vater geworden war –, doch in dieser kurzen Zeit wurde mir Pepper hauptsächlich eine gute Freundin. Ich bin sicher, dass ich das alles nicht ohne ihre Hilfe und Ratschläge geschafft hätte.

Die Türklingel reißt mich aus den Gedanken. Ich begebe mich durch das Wohnzimmer in den vorderen Flur und schwinge die Tür auf. Dax steht dort, macht ein albernes Gesicht, trägt eine Weihnachtsmannmütze und hat eine Flasche Scotch in der Hand.

„Fröhliche Weihnachten!", ruft er.

Hinter ihm steht Tacker mit mürrischem Ausdruck und den Händen in den Hosentaschen. Sein Blick begegnet meinem und er knurrt: „Frohe Weihnachten."

Ich sehe Dax an und nicke zu Tacker. „Wird er den ganzen Abend so eine Spaßkanone sein?"

Dax hält den Scotch hoch und grinst Tacker an. „Nicht, wenn ich etwas von dem hier in ihn fülle, stimmt's, Tack?"

„Was auch immer", murmelt Tacker und nimmt Dax die Flasche aus der Hand. „Lasst uns endlich was trinken."

Ich lache in mich hinein und trete beiseite, damit sie hereinkommen können. Ich verzeihe Tacker, auch falls er noch miesepetriger werden sollte.

Weihnachten muss für ihn schwer sein, da seine Freundin letztes Jahr bei einem Flugzeugabsturz ums Leben kam. Und er der Pilot war.

Der Mann ist verschlossen und vom Team zurückgezogen, zumindest was das Private angeht. Auf dem Eis ist er ein genauso guter Anführer wie unser Coach.

Abseits der Eisfläche ist er schwer erreichbar und distanziert. Selten kommt er zu Partys oder Zusammenkünften, es sei denn, es herrscht Teilnahmepflicht. Ich bin überrascht, dass er meiner Einladung für heute gefolgt ist.

Dax kennt sich hier aus, aber Tacker ist zum ersten Mal hier, also folgt er Dax in die Küche. Ich gehe hinterher.

„Wo ist das Baby?", fragt Dax und geht an meinen Schrank, um Gläser zu holen.

„Es schläft." Ich gehe zu den Schachteln von Whole Foods. Alles ist noch warm genug, sodass ich es nicht in die Mikrowelle stellen muss. „Aber sie wird bald aufwachen und ihre Flasche verlangen."

Dax schnaubt und schüttelt den Kopf. „Ich kann es kaum erwarten, zu sehen, wie du sie fütterst. Oh, und ihr die Windeln wechselst. Das wird legendär."

Ich verdrehe nicht mal die Augen. Er kann manchmal recht kindisch sein. Heimlich freue ich mich schon darauf, dass sie aufwacht und ich sie herzeigen kann.

Dax schenkt uns Drinks ein und reicht die Gläser

herum. Tacker setzt sich auf einen Küchenstuhl am Tresen. Ich höre auf, das Essen auszupacken, als Dax mir das Glas zuschiebt und seins erhebt.

„Prost! Fröhliche Weihnachten, Leute, und herzlichen Glückwunsch zur Vaterschaft, Legend."

„Prost", sage ich und hebe das Glas an die Lippen. Ich genieße den Geschmack, denn das ist ein echt guter Scotch, aber es wird mein einziger Drink bleiben. Wenn ich die Verantwortung für Charlie habe, werde ich mich nicht betrinken.

Ich verteile das herzhafte Essen auf meine guten Teller, die auch meine einzigen sind. Zwar habe ich darüber nachgedacht, Pappteller zu kaufen, aber ich will mal ein guter Gastgeber sein.

Es gibt Turkey, Kartoffelbrei, Füllsel, grüne Bohnen und Cranberrysoße. Ich habe nur das Wesentliche bestellt, das zu dem Festmahl gehört, dafür aber reichlich, denn wir drei können ordentlich was verdrücken. Dax setzt sich neben Tacker und ich bleibe hinter dem Tresen und esse im Stehen.

„Also, wie ist Vatersein wirklich?", will Dax wissen.

„Eigentlich ganz gut. Charlie schläft viel. Das Schlimmste ist, verschissene Windeln zu wechseln und die unmöglichen Uhrzeiten, zu denen sie aufwacht. Heute wird sie zum Beispiel so um eins und dann wieder um vier wach werden. Ihr Schlaf- und Essrhythmus ist ziemlich regelmäßig."

Dax schüttelt den Kopf und grinst mich schief an. „Da liegt ein verdammtes Baby vor deiner Tür und dann ist es das pflegeleichteste der Welt. Du hast echt Schwein gehabt, Mann."

Ich lache und gehe zum Kühlschrank, drei Wasserflaschen holen. „Absolut. Und Pepper hat mir auch geholfen."

„Geholfen?", fragt Dax. „Wie genau?"

Ich zucke die Achseln, reiche den Jungs das Wasser und schraube meins auf. „Ach, du weißt schon. Mit Dingen."

„Dingen?", fragt Dax nach.

„Einkaufen." Ich nicke. „Sie hat mir geholfen, alles für das Baby zu besorgen. Und gestern hat sie bei Charlie Babysitter gemacht. Oh, und sie hat mit mir zusammen die Bewerbungsgespräche mit den Nannys geführt."

Nachdenklich sieht Tacker mich an und Dax grinst. „Du bist total vernarrt in sie, stimmt's?" Er lacht und schlägt mit der Hand auf den Tresen. Er sieht Tacker an und deutet dabei auf mich. „Noch vor zwei Wochen konnte er sie nicht ausstehen und jetzt ist er ganz hin und weg."

„Gar nicht", antworte ich barsch. „Und was soll hin und weg bedeuten?"

„Dass du sie wirklich magst", sagt Tacker ruhig.

Tja, ohne Scheiß.

„Hast du sie noch mal geküsst?", fragt Dax und schaufelt sich Kartoffelbrei rein.

Ich schaue auf meinen Teller und spüre Hitze im Nacken.

„Heilige Scheiße", knurrt Dax gedehnt. Ich wage es, ihn anzusehen. Er deutet auf mich und sieht beeindruckt aus. „Du hast mit ihr geschlafen, oder?"

Wie versteinert sehe ich ihn an.

„Mehr als ein Mal", sagt Dax begeistert. Er hält mir die Handfläche für ein High Five hin. „Starke Leistung, Alter. Ich dachte wirklich, dass sie lesbisch ist."

„Ist sie nicht", brumme ich und ignoriere seine Hand. Ich widme mich wieder meinem Essen. „Das zwischen uns ist ganz zwanglos, okay? Also mach nicht mehr daraus, besonders nicht Pepper gegenüber."

„Wer ist Pepper?", fragt Tacker.

Dax und ich sehen ihn an.

Stimmt ja, Tacker weiß nichts von meiner Fehde mit Pepper oder dass sie mit Dax befreundet ist oder dass er es bei ihr versucht hat und sie ablehnte. Er weiß von all dem nichts, weil er nie mit uns abhängt.

Dax klärt ihn auf. „Seine superheiße Nachbarin. Künstlerischer Freigeist. Legend hat sie die ganze Zeit gehasst und ihre kitschige Gartengestaltung. Ich bin mit ihr befreundet und habe schon versucht, sie zu küssen, aber das wollte sie nicht. Also dachte ich, dass sie lesbisch ist, aber das stimmt anscheinend nicht."

Tacker blickt von Dax zu mir. „Zwanglos, ja?"

„Zwanglos", bestätige ich und nicke entschlossen, fühle aber den Drang, etwas hinzufügen. „Aber exklusiv."

Dax grinst wissend, denn er versteht, dass ich soeben – metaphorisch gesehen – durch Anpinkeln mein Territorium um Pepper markiert habe.

„Das freut mich für dich, Mann." Dax ersticht ein Stück von seinem Turkey.

„Mich auch", fügt Tacker hinzu, doch ich sehe den Schmerz in seinen Augen.

Ob der wohl je wieder vergehen wird?

Das Babyfon auf dem Tresen knackt und ich höre leises Wimmern von Charlie. Sie schreit nie lautstark los, sondern meldet sich erst durch leise Laute, um zu verkünden, dass sie Hunger hat.

„Sie ist wach." Ich lege das Besteck weg und wische mir den Mund mit einer Serviette ab. „Ich hole sie und bin gleich wieder da."

Charlie ist nass und ich wechsele erst ihre Windeln. Danach inhaliere ich ihren Babyduft, der süß und pudrig ist. Ich habe ihr einen Strampler angezogen, der cremefarben ist und mit kleinen Rentieren bedruckt. Sie sieht entzückend aus.

Vorsichtig gehe ich mit ihr im Arm die Treppe hinunter und in die Küche. Dax springt sofort vom Stuhl und kommt auf uns zu. Tacker steht langsamer auf, und ich frage mich, ob er wohl mit seiner Verlobten von Kindern geträumt hat. Ist auch dieser Traum mit ihrem Tod zerstört worden?

Dax betrachtet das kleine Bündel, das meine Tochter ist, und hat wieder dieses alberne Grinsen im Gesicht. Er legt seinen Zeigefinger in ihre kleine Hand. „Wer ist das niedlichste Baby der Welt?", sagt er im Babyanspracheton.

Ihre Augen sind dunkelblau, was heißt, dass sie sie von mir hat, denn Lida hat braune Augen.

Doch ich habe gelesen, dass viele Babys mit blauen Augen geboren werden und sich das später ändern kann. Sie starrt Dax an, aber ich habe auch gelesen, dass sie in dem Alter noch nicht richtig definiert sehen kann. Aber sie reagiert auf seine Stimme und weitet ein bisschen die Augen.

„Sie ist wunderbar, Legend." Ich höre ganz deutlich seine Freude für mich.

„Darf ich?", höre ich hinter Dax und sehe Tacker mit vorgestreckten Armen dort stehen.

Erstaunt blinzele ich. Tacker lächelt liebevoll und schaut von mir zu Charlie. Kurz werfe ich Dax einen Blick zu, der genauso erstaunt ist, dass sich Tacker nicht nur endlich an etwas beteiligt, sondern auch so wirkt, als wäre er voll in seinem Element. Ich weiß nur, dass er sofort eine Verbindung zu Blues Bruder hatte, der durch Kinderlähmung an den Rollstuhl gefesselt ist.

Ich bin von Natur aus ein beschützender Mann, und das gilt auch für meine Tochter, aber wenn Charlie irgendwie zu Tacker durchdringen kann, ihn aus seiner Höhle bringt, dann bin ich voll dafür.

„Klar", sage ich, als wäre es keine große Sache, dabei ist es todernst. „Ich muss sowieso ihre Flasche machen."

Ich lege Charlie Tacker in den Arm, und er übernimmt sie spielend leicht, legt seine große Hand unter ihren Kopf und rückt sie zurecht. Sie wimmert wieder, aber ich weiß, dass das nur der Hunger ist. Tacker ist kein bisschen nervös, als sie wieder weint. Er beruhigt sie sanft schaukelnd und spricht liebevoll mit ihr.

„Daddy macht dir dein Abendessen. Gleich, kleines Mädchen."

Ich schwöre, dass ich fast dahinschmelze. Er hat ein natürliches Talent, und jetzt bin ich noch neugieriger, was seine Vergangenheit betrifft. Fassungslos schüttele ich den Kopf und hole das Milchpulver aus dem Schrank.

Tacker hat verborgene Seiten, so viel ist sicher.

KAPITEL 11

Pepper

Ich klingele und Legend ruft: „Komm rein!"
Also tue ich das.
Entweder ist er in der Küche oder im Wohnzimmer. In der Küche sehe ich als Erstes Charlie,
die schläft. Allerdings in dem seltsamsten Baby-
Ding, das ich je gesehen habe. Es sieht wie ein hal-
bes Ei aus, leicht angeschrägt, dreht sich und
schaukelt so das Baby.

„Was ist denn das?", frage ich Legend, der hinter
dem Tresen steht und Hühnerbrüste in eine Auflaufform legt.

Grinsend sieht er auf. „Das ist eine Babywippe
von *mamaRoo* oder so ähnlich. Cool, oder?"

„Was ist aus dem guten alten Herumtragen geworden?", frage ich trocken und stelle mein Gepäck auf den Boden. Vier Tragetaschen mit Geschenken und dem Dessert. Als er mich für heute
eingeladen hat, bestand ich darauf, Nachtisch mit-
zubringen, denn er hat nichts Süßes im Haus. Das
geht gar nicht.

Legend nickt hinüber zu der wippenden Eier-
schale. „Ich habe vor dem Training dem Team von
ihr erzählt. Und heute Nachmittag kamen plötzlich
ein paar Kameraden mit ihren Frauen vorbei und
haben mir Geschenke gebracht. Vieles davon habe
ich schon, aber eine elektrische Eierwippe hatte ich
definitiv noch nicht."

Lachend gehe ich zur Kücheninsel und bin nicht

sicher, ob wir uns irgendwie intimer begrüßen sollten. Wir sind Geliebte und Freunde, aber nichts dazwischen, glaube ich. Würde ich jemanden begrüßen, mit dem ich eine feste Beziehung habe, würde ich direkt zu ihm gehen und ihn umarmen und küssen. Die Kücheninsel zwischen uns scheint jetzt aber eine Art natürliche Barriere zu sein, also verhalte ich mich lässig und setze mich auf einen Stuhl.

Ob es Legend stört, ist nicht zu erkennen, doch er spricht weiter, als wäre nichts. „Zu dem ganzen Babykram habe ich jetzt auch noch einen Kühlschrank voller gekochter Essen. Anscheinend komme ich wie ein hilfloser Kerl rüber, der nicht für sich selbst sorgen kann."

Ich schnaube und glaube, dass Legend wohl der fähigste Mensch sein muss, den ich kenne. Auch wenn er es vielleicht selbst nicht erkennt, aber er hat diese ganze Vaterschaftssache mit viel mehr Anstand hinbekommen, als die meisten Leute es gekonnt hätten.

„Offenbar will das Team eine Babyparty für mich veranstalten. Zumindest hat Erik das heute Nachmittag gesagt. Ich bin jetzt schon entsetzt, wie eine Babyparty in ihren Augen wohl zu sein hat."

„Sicher wollen sie nur irgendwo etwas trinken gehen oder so", antworte ich lachend und er nickt. Ich deute auf die Auflaufform, in die Legend eine cremige Soße über das Hühnerfleisch gießt. Es riecht bereits wunderbar. „Wenn du den Kühlschrank voller Essen hast, warum kochst du dann?"

„Als ich dich eingeladen habe, habe ich versprochen, dir etwas zu kochen, weißt du noch? Also koche ich für dich."

Ich senke den Blick, damit er die Freude in meinen Augen nicht sieht. Was auch immer zwischen uns ist, mag zwar nicht genau definiert sein, aber Legend bringt mich manchmal zum Schmachten und merkt es nicht einmal.

Als ich wieder aufsehe, liegt sein intensiver Blick auf mir. „Alles okay?", fragt er besorgt.

„Absolut super." Ich lächele strahlend. „Wie war dein Weihnachten?"

„Eins der schönsten, die ich je hatte." Er lacht leise. „Gestern habe ich nur mit Charlie verbracht. Ich lag auf der Couch, sie auf meiner Brust, und wir haben nichts weiter getan, als den ganzen Tag Filme zu schauen. Es war herrlich."

„Das klingt schön", sage ich und stelle mir vor, wie der große, brutale Torwart, der die meiste Zeit, die ich ihn kenne, eher von der ruppigen Art war, friedlich mit seinem Baby Filme schaut. Ich muss das Thema wechseln, denn an ihn mit Charlie zusammen zu denken, rührt mich zu Tränen. Ich hüstele. „Und hattest du Spaß mit Dax und Tacker am Sonntag?"

„Ja." Er stellt die Auflaufform in ein Fach seines Doppelofens. „Tacker hat mich erstaunt. Er wollte fast den ganzen Abend Charlie auf dem Arm halten."

„Und warum war das erstaunlich?" Obwohl ich

schon mit Dax auf ein paar Partys der Vengeance war, hatte ich noch nicht das Vergnügen, Tacker näher kennenzulernen. Er war neulich bei einem Treffen im Dave & Buster's, wo wir alle nach einem Spiel hingegangen sind. Es hat für Blues Bruder Billy stattgefunden. Wir waren überall verteilt, sodass mich niemand Tacker vorgestellt hat, und er blieb auch nicht lange. Die meiste Zeit ist er bei Billy gewesen, der im Rollstuhl sitzt. Ganz sicher hat Tacker eine weiche Seite.

„Was weißt du über Tacker?" Legend schließt den Ofen. Dann geht er zum Kühlschrank und holt eine Flasche Wein heraus. Er hält sie mir hin. Es ist ein Riesling. Mein Lieblingswein.

Schmacht.

Legend hat mir eine Frage gestellt und ich suche in meinem Hirn herum. Ich verfolge Eishockey nur nebenbei, doch Tacker Hall ist aus den Nachrichten bekannt. „Letztes Jahr hatte er einen Flugzeugabsturz im November. Er war der Pilot." Mehr weiß ich nicht. Ich erinnere mich, dass es eine große Sache war, als er wieder aufs Eis ging, nachdem seine Verletzungen geheilt waren.

„Seine Verlobte war auch in dem Flugzeug", sagt Legend. Mein Herz schmerzt und meine Knie werden weich. „Er hat sie sterben sehen."

„Oh mein Gott." Ich lege eine Hand vor den Mund.

Legend nickt. „Seitdem ist er nicht mehr der gesellige Typ. Erscheint selten auf Events und hängt nicht mit dem Team herum. Bleibt immer allein. Es war eine große Ausnahme, dass er am Sonntag mitgekommen ist."

„Und deshalb warst du erstaunt, dass er so von Charlie eingenommen war", schlussfolgere ich.

„Genau." Legend stellt die Flasche ab und sucht in einer Schublade nach einem Korkenzieher. Als er einen gefunden hat, dreht er ihn in den Korken. „Es hat mich nicht überrascht, dass er Kinder mag. Oder Babys. Sondern dass er sich bei ihnen öffnet, wo ihn doch sonst nichts aus sich heraus bringt."

„Vielleicht solltest du ihn einmal einladen, irgendwas mit dir und Charlie zu unternehmen", schlage ich vor.

Legend nickt. „Oder ihn sogar fragen, ob er einmal Babysitter machen will."

Ich grinse. „Jetzt hast du es kapiert."

Legend lächelt, doch es verblasst und er sieht besorgt aus.

„Was ist?", frage ich, als ich merke, wie er sich anspannt.

Er schüttelt den Kopf, als ob er es mir nicht verraten will, doch dann sagt er: „Tacker sagte etwas von Sonntagnacht mit irgendwas *Schluss zu machen*. Und, nun ja, ich muss ständig daran denken."

Ich schweige und warte, dass er weiterspricht.

„Als sie gegangen sind und Dax schon aus der Tür war und die Treppe hinunter, bedankte sich Tacker für die Einladung. Auf seine ureigene Art. Ruppig, ohne viele Worte. Er drehte sich noch mal um und war zum ersten Mal ... offen."

„Offen?" Ich verstehe nicht.

Legend wirkt, als ob er es auch nicht versteht und es schwer beschreiben kann. „Offen. Ich hätte ihn alles fragen können, er hätte mir geantwortet. Kurz hatte er diese dicke Mauer nicht mehr um sich. Und dann sagte er: ‚Ich weiß nicht, wie ich diesen Abend allein überstanden hätte.‘“

„Oh“, sage ich, als ich verstehe, was er meint. „Was hast du gesagt?“

„Ich habe ihm sofort angeboten, bei mir zu übernachten und den Rest des Weihnachtsfestes mit uns zu verbringen. Ich hatte Angst, ihn gehen zu lassen. Aber er hat abgelehnt und gesagt, dass er bei Bishop, Brooke und Coach Perron eingeladen ist. Ich hatte den Eindruck, die Einladung kam vom Coach und er sollte sie lieber annehmen.“

„Gott sei Dank. Ist er denn … selbstmordgefährdet?“

„Keine Ahnung.“ Legend klingt frustriert. „Beim Sport scheint es ihm immer gut zu gehen. Bei Events ist er distanziert, aber ich hatte nie das Gefühl, dass er sich etwas antun könnte. Wenn ich mich festlegen müsste, würde ich auf Nein tippen. Er ist einfach zutiefst deprimiert.“

„Solltest du vielleicht mit jemandem darüber sprechen?“

„Ich werde mit Bishop reden. Inoffiziell. Aber ich glaube, wir müssen Tacker überreden, mehr mit uns zusammen zu unternehmen. Es muss etwas getan werden, um ihn da rauszuholen.“

Ich lächele Legend matt an und fühle mit ihm. Ich fühle auch mit Tacker, doch hauptsächlich mit

Legend, der versucht, in seinem neuen Leben Fuß zu fassen, und der sich jetzt auch noch Sorgen um seinen Freund macht.

Legend entkorkt die Weinflasche und stellt sie ab. „Bevor wir weitermachen", beginnt er und reibt sich die Hände, als hätte er einen perfiden Plan, „habe ich etwas für dich."

Das schockiert mich positiv, denn zwar habe ich ein Geschenk für ihn, bin aber nicht davon ausgegangen, dass er mir auch eins besorgen würde.

„Ich habe auch was für dich", sage ich und gehe zu meinen Taschen hinüber. Hoffentlich mag er den Kaschmirschal und das Aftershave.

Doch er fängt mich mit den Händen an meiner Taille ab, nachdem er sich angeschlichen hat, und zieht mich zurück. Er wirbelt mich herum und schiebt mich zum Kamin, wo eine kleine, goldglänzende Tüte steht.

Legend hebt sie auf und reicht sie mir. „Ich hatte keine Ahnung, was ich dir schenken könnte, aber das hier hat mich irgendwie angezogen."

Ich sehe auf, lächele und dann schaue ich wieder auf die Geschenktüte. Sie sieht edel aus, aber da ist weder eine Schleife noch sonst irgendwas Schmückendes. Sie wird nur von einem Streifen milchigem Klebeband zusammengehalten. Ich gleite mit den Fingern darunter und entferne das Band. In der Tüte befindet sich ganz offensichtlich eine Schachtel von einem Juwelier.

Mein Herz klopft schneller, was bestimmt bei jeder Frau so ist, die Schmuck geschenkt bekommt.

Ich nehme das schwarze, samtbezogene Kästchen heraus und lasse die Tüte fallen. Legend sieht mich mit freudiger Erwartung an. Ich senke den Blick wieder auf die Schachtel und hebe den Deckel ab.

Mir verschlägt es kurz den Atem. Dann grinse ich breit. „Ich liebe sie!", kreische ich förmlich und nehme die Kette aus ihrem samtigen Bett.

„Wirklich?", fragt Legend skeptisch.

Ich halte den Anhänger hoch, betrachte ihn genau, und er glitzert wunderschön. Es ist ein Flamingo aus rosa Swarovskikristallen an einer goldenen Kette. „Sie ist absolut perfekt."

„Warte", sagt er leise und nimmt mir die Kette aus der Hand. „Ich lege sie dir um."

Bei seinem verführerischen Ton läuft mir ein angenehmer Schauer über den Rücken. Ich drehe mich um. Legend hebt die Arme über meinen Kopf und schließt die Kette in meinem Nacken. Mit dem Daumen streichelt er mich kurz.

Ich drehe mich mit weichen Knien zu ihm um. Legends Blick liegt auf dem Anhänger, der sich zwischen meinen Schlüsselbeinen befindet.

Langsam hebt er den Blick. „Er ist skurril. Genau wie du."

„Das hast du bisher immer gehasst."

Er schüttelt den Kopf und nähert sich meinem Gesicht. „Nie gehasst. Es hat mich nur schwer genervt."

Ich stoße ein Lachen aus, aber er unterbricht es mit seinem Mund. Ich reagiere unfreiwillig automatisch, kralle mich in sein Shirt und ziehe ihn mit einem Ruck an mich. Legends Hände gleiten an meine Hüften und er zieht mich genauso abrupt an sich. Mein Verstand meldet: Charlie schläft. Legend hat soeben das Huhn in den Ofen gestellt, das mindestens eine halbe Stunde braucht, eher fünfundvierzig Minuten. Also haben wir Zeit.

Anscheinend hat Legend dieselben Gedanken. Mit den Händen auf meinem Hinterteil presst er mich gegen seinen beeindruckend großen Schwanz. Der Gedanke an ihn zwischen meinen Beinen macht mich ganz feucht. Und endlich muss ich aufhören, mich dafür zu schämen.

Legends Handy klingelt. Sofort lässt er mich los und sieht mich entschuldigend an. „Sorry, aber das ist der Klingelton für die Jugendamtbetreuerin. Da sollte ich besser rangehen."

„Natürlich." Meine Stimme bebt von dem Kuss, mit dem er mich in den Bann gezogen hat.

Legend geht in die Küche, nimmt das Handy vom Tresen und hält es sich ans Ohr. „Hi, Louise!" Nach einer Weile sagt er: „Ja … Frohe Weihnachten auch dir." Sein entspanntes Lächeln ist noch da und ich sehe auch noch das Feuer in seinen Augen. Er hört Louise zu und sieht mich dabei an.

Ich halte bewegungslos inne, fasziniert von seinem Ausdruck. Sein Blick gleitet an mir auf und ab, hält an der Kette kurz an und endet wieder auf meinem Gesicht. Gleich fängt sein Blick an zu glühen.

Dann sieht er kurz ins Leere, achtet nicht mehr auf mich, und sein Blick wird so hart, dass er damit Granit schneiden könnte. Er verkrampft die Kieferpartie und das Lächeln ist verschwunden.

„Ich verstehe das nicht", presst er zwischen den Zähnen hindurch, „darf sie das denn tun?" Er schweigt, und sein Ausdruck ist so finster, dass ich mich langsam unwohl fühle. „Gut", knurrt er Louise an. „Ich setze mich morgen mit ihm in Verbindung." Legend beendet das Gespräch und hebt den Arm, als ob er das Handy durch den Raum werfen will. Dann scheint er sich zu besinnen und presst es sich an die Brust. „Verdammt."

„Was ist los?", frage ich angespannt.

Abrupt sieht er mich an, als hätte er vergessen, dass ich da bin. Er betrachtet mich, wie ich mit nervösen Händen besorgt dastehe.

„Lida wurde gefunden." Er spricht den Namen voller Abscheu aus. „Beziehungsweise hat sich ihr Anwalt beim Jugendamt gemeldet. Sie hat anscheinend die Papiere bekommen und will sie nicht unterschreiben."

„Warum nicht?", frage ich entsetzt über diese Entwicklung der Ereignisse. „Sie hat Charlie mutwillig verlassen."

Legend zuckt die Achseln und fährt sich frustriert durch die Haare. „Ich weiß nicht. Jedenfalls will sie ihre Rechte nicht abgeben. Ihre Ausrede ist, dass sie Depressionen hatte, jetzt behandelt wird und es ihr besser geht."

„Oh Gott", sage ich und es klingt wie ein Jammern. Das hört sich irgendwie glaubhaft an. Zumindest würde das wohl ein Richter so empfinden,

der unparteiisch ist. Ich bin allerdings nicht unparteiisch und finde, dass diese Frau mit Charlie
nichts mehr zu tun haben dürfte. Sie könnte Charlie jederzeit erneut verlassen.

Legend stützt sich mit den Händen auf den Tresen und senkt den Kopf, starrt auf die Granitplatte.
„Louise nimmt an, dass sie wahrscheinlich ein Besuchsrecht zugesprochen bekommen könnte, wenn
sie das will."

„Und will sie das?" Ich habe das Bedürfnis, mit
Legend und Charlie an einen geheimen Ort zu
fliehen.

„Ich weiß es nicht." Er hebt den Kopf und sieht
mich verdrossen an. „Es tut mir leid, Pepper. Das
soll nicht unseren schönen Abend zerstören. Was
geschieht, geschieht eben, und noch habe ich nicht
genug Infos, um mir Sorgen zu machen. Morgen
früh rufe ich meinen Anwalt an, und ich werde
mein ganzes Vermögen einsetzen, um Charlie zu
beschützen."

„Aber es ist völlig in Ordnung, wenn du dir Sorgen machst", sage ich, damit er mir nichts vorspielen muss.

Er lächelt strahlend, aufrichtig und ehrlich. „Das
weiß ich. Und ich kann trotzdem mit dir und Charlie einen schönen Abend haben, oder?"

Da bin ich skeptisch, aber ich nicke. „Okay."

„Also, wo ist nun mein Geschenk?" Sein freches
Grinsen ist fragwürdig, denn obwohl er sich für
mich zusammenreißt, sehe ich die Sorge in seinen
Augen.

KAPITEL 12

Legend

Ich drücke auf den Knopf im Aufzug und scrolle durch meine Playlist, während ich auf den Halt des Lifts warte. Noch eine Stunde fünfundvierzig Minuten, bis das Spiel angepfiffen wird. Ich will bis ins Kellergeschoss fahren, um etwas zu joggen und mich aufzuwärmen. Normalerweise tue ich das ganz oben im Fitnessraum, aber manchmal bevorzuge ich die Einsamkeit im Keller. Heute ist irgendwie so ein Tag. Die Tür gleitet auf und ich trete ein.

„Legend! Warte mal." Bishop kommt auf den Aufzug zu.

Genau wie ich trägt er Sportshorts, T-Shirt und Laufschuhe. Doch im Gegensatz zu mir hat er Bose-Kopfhörer um den Hals. Ich bevorzuge Earbuds für meine Musik. Ich halte die Tür auf, bis er eingetreten ist, und drücke dann den Etagenknopf.

„Bereitest du dich schon innerlich vor?" Er lehnt sich mit dem Rücken an die Wand.

„Ja", antworte ich, denn das ist der ganze Sinn des Aufwärmens. Aber ich will etwas loswerden, und heute sehe ich Bishop das erste Mal nach den Feiertagen. „Aber ich will mit dir über etwas reden."

„Was gibt's?", fragt er freundlich.

Leise hält der Aufzug an und die Tür geht auf. Wir treten in das verliesartige Kellergeschoss ein.

Es ist nicht komplett ausgebaut, hat einen Betonboden, gestrichene Betonwände und schwere Betonsäulen. Im nördlichen Teil befinden sich klimatisierte Lagerräume für die Caterer und die Hausmeisterei. Sämtliche elektrischen Anlagen sowie Heizung und Klimageräte befinden sich ebenfalls hier unten, doch das meiste vom Geschoss ist einfach nur groß und leer. Momentan sind nur Bishop und ich hier, was perfekt für unser Gespräch ist.

Wir entfernen uns etwas vom Aufzug und beginnen beide während des Gesprächs mit Lockerungsübungen.

„Ich spreche jetzt mit dir in unserer Eigenschaft als Stellvertreter des Captains", beginne ich und mache einen Ausfallschritt nach rechts.

„Leg los", antwortet er mit ernstem Ausdruck und führt dieselbe Übung aus.

„Du weißt ja, dass Tacker mit Dax an Heiligabend bei mir war, oder?"

Er nickt. „Ja. Am Tag danach war er mit Brooke und mir bei ihrem Vater."

Brookes Dad ist unser Coach Claude Perron.

Ich nicke, weil ich das weiß. „Also, Tacker war fast die ganze Zeit einfach Tacker. Er war von Charlie fasziniert und beschäftigte sich viel mit ihr, aber ansonsten war er so still und zurückgezogen wie immer."

„Ja, klingt ganz nach ihm."

Ich nicke, und mir wird klar, dass ich bisher nur heiße Luft produziert habe, aber verdammt … es ist schwer, auszusprechen, was ich zu sagen habe.

Ich richte mich auf und trete näher an Bishop heran. Auch wenn wir hier allein sind, habe ich das Bedürfnis, leiser zu sprechen. „Als er gegangen ist, hat er etwas gesagt, das mich beunruhigt hat. Er dankte mir für die Einladung und dass er nicht gewusst hätte, ob er diesen Abend allein überstanden hätte.“

Bishops Augen weiten sich, als er das verinnerlicht. „Oh Mann.“

„Ja. Und, nun ja, ich mache mir Sorgen. Ich habe mich schon immer irgendwie um ihn gesorgt, weißt du?“

„Das haben wir alle. Er hat ein schreckliches Trauma erlebt und wir sind seine Kameraden. Er ist unser Captain. Klar machen sich alle Sorgen.“

Ich nicke, weil das stimmt. „Meinst du, wir sollten uns noch mehr Sorgen machen?“

„Willst du wissen, ob ich es für möglich halte, dass er sich was antut?“

„Glaube schon“, sage ich unsicher. „Ich weiß einfach nicht, wie ich seine Worte interpretieren soll. Steckt eine verborgene Bedeutung dahinter? Müssen wir uns einmischen? Oder öffnet er sich nur langsam und spricht über seine Gefühle? Vielleicht ist es mir nur aufgefallen, weil er sich sonst sehr distanziert. Dass er mir das erzählt hat, ist krass ungewöhnlich.“

Bishop starrt in die Leere um uns und lässt meine Worte einwirken. Dann sieht er mich an. „Meinst du, wir sollten mit ihm darüber reden?“

„Ja.“ Ich seufze. „Aber er lässt kaum jemanden an

sich ran."

„Vielleicht sollten wir damit anfangen, ihn mehr miteinzubeziehen", schlägt er vor. „Das führt dann automatisch zu mehr Gesprächen."

„Okay, das klingt gut." Ich bin erleichtert, dass sich noch jemand dieselben Sorgen um Tacker macht. „Morgens macht er sein Training hier im Gebäude. Lass uns morgen mit ihm mitmachen und ihn danach zu einem Kaffee einladen."

„Wahrscheinlich wird er das ablehnen." Bishop schnaubt.

Denn Tacker ist eben Tacker. „Dann fragen wir ihn immer wieder, bis er Ja sagt."

„Deal", sagt Bishop und hält mir seine Faust entgegen.

Ich schlage ein.

Die nächsten Minuten machen wir schweigend unsere Übungen. Da meine Gedanken momentan frei von Sorgen wegen Tacker sind, kommen sie wieder auf Lida und ihre Spielchen zurück. Die Vorstellung, dass sie irgendeine Mitsprache bei Charlie bekommen könnte, ist beängstigend. Ich traue ihr keinen Meter mit meiner Tochter.

„Bei dir alles klar?" Bishop durchbricht meine Gedanken. Er joggt auf der Stelle und hebt die Knie sehr hoch.

Ich sehe zu ihm rüber. Lügen wäre sinnlos. „Charlies Mutter weigert sich, die Papiere für mein alleiniges Sorgerecht zu unterschreiben."

Bishop bleibt abrupt stehen. „Ach du Scheiße."

„Ihr Anwalt hat das Jugendamt kontaktiert. Er

behauptet, dass sie nur unter Wochenbettdepressionen gelitten hat, als sie Charlie vor meine Tür legte. Sie bekommt Medikamente und es geht ihr besser. Und sie will ihr Sorgerecht nicht abgeben."

Bishop macht ein besorgtes Gesicht. „Und was zur Hölle willst du jetzt machen?"

Ich schüttele den Kopf. „Keine Ahnung. Mein Anwalt hat gesagt, ich soll die Ruhe bewahren. Ich habe einen Gerichtsbeschluss über mein alleiniges Sorgerecht, und dagegen muss Lida erst mal klagen. Sollte sie das eine bestimmte Zeit lang nicht tun, kann ich beantragen, dass ihre Rechte vollends verfallen. Also rät er, dass wir zunächst nicht reagieren und abwarten, ob sie noch irgendwas unternimmt."

„Und was glaubst du, wird sie tun?"

„Tja, so wie ich sie kenne, wird sie für ihr Recht kämpfen. Sie war immer eine geerdete Person. Intelligent, erfolgreich und leidenschaftlich bei allem, was sie interessierte. Sie kommt mir nicht wie eine Frau vor, die ihr Kind verlassen würde. Vielleicht hatte sie wirklich Depressionen. Aber ich glaube, ich habe sie gar nicht gekannt, wenn man bedenkt, dass sie Charlie einfach vor meine Tür gelegt hat. Ich meine, was für ein Mensch tut so was?"

Bishop verzieht das Gesicht. „Nur eine Verrückte tut das. Allerdings ist das ja genau das, worauf sie plädiert. Dass sie nicht zurechnungsfähig war. Wird das Gericht ihr das abnehmen?"

„Wer weiß das schon", knurre ich, frustriert, dass

ich mich überhaupt mit diesem Mist befassen muss.

„Und wie läuft es so mit der Vaterschaft?", fragt Bishop und lenkt damit leicht vom Thema ab. „Du wirkst gar nicht so erschöpft, also nehme ich an, dass du gut zurechtkommst."

„Ich habe mich daran gewöhnt, zu Unzeiten geweckt zu werden und nur phasenweise zu schlafen." Ich lache auf. „Aber sie ist wirklich ein braves Baby. Ich habe echt Schwein gehabt."

„Wo ist sie heute?" Bishop nimmt das Auf-der-Stelle-Joggen wieder auf.

Ich tue es ihm gleich, denn wir müssen uns aufwärmen. „Ich habe eine Nanny eingestellt. Unter dem Vorbehalt, dass der Hintergrundcheck gut ausfällt. Den müsste ich in ein paar Tagen bekommen."

Bishop hält erneut inne. „Was? Du hast deine Tochter einer Frau anvertraut, ohne ihren Hintergrund zu kennen?"

Ich verdrehe die Augen. „Natürlich nicht. Pepper ist auch dabei. Diese Woche ist Lucy – so heißt die Nanny – nur da, wenn Pepper oder ich dabei sind. Probezeit, sozusagen."

Bishop lächelt wissend. „Du bist mit Pepper ganz schön vertraut geworden."

Ich halte mich zurück, wieder die Augen zu verdrehen, setze auf Aufrichtigkeit, denn sobald man Pepper und mich zusammen sehen wird, werden es eh alle wissen. „Wir sind sozusagen zusammen."

„Ernsthaft?“

„Zumindest auf monogame Weise. Alles darüber hinaus ist noch unklar. Ich wollte ja nichts Festes, aber Pepper hat mir einfach fantastisch geholfen, mit allem fertigzuwerden, und sich wunderbar um Charlie gekümmert. Ich habe keine Ahnung, wo die Grenze zwischen einer tollen Freundin und einer noch tolleren Geliebten verläuft.“

Bishop schnaubt. „Du hast eben Geliebte gesagt.“

Diesmal verdrehe ich die Augen. „Werde erwachsen, Mann.“

Er lacht und schlägt mir gegen die Schulter. „Echt jetzt. Ich mag sie. Brooke auch, und es sieht so aus, als ob das alle tun, die sie kennengelernt haben. Und ich bin froh, dass sie dir hilft. Ich weiß, dass du es auch allein schaffen würdest, aber es spricht nichts gegen ein gutes Hilfesystem im Rücken.“

Ich seufze. „Ich weiß. Aber ich will nicht, dass Pepper denkt, dass ich sie nur deswegen ausnutze. Aber sie ist immer da, um zu helfen, und ich kann schlecht Nein sagen. Zum Beispiel heute. Wäre Pepper nicht da, müsste ich der Fremden vertrauen, und das würde mich total vom Spiel ablenken.“

„Eine Spielerfrau wäre eingesprungen“, meint Bishop.

Ich schüttele den Kopf. „Über die weiß ich genauso wenig wie über Lucy.“

„Stimmt“, gibt er zu. „Hör auf, dir Gedanken zu machen. Solange Pepper, du und Charlie glücklich damit seid, warum noch Sorgen machen?“

„Keine Ahnung." Ich falte die Hände im Nacken und schaue hoch zur Decke. „Es ist nur … so sollte keine Beziehung anfangen. Das trübt die Sache irgendwie."

Bishop nickt verstehend und gibt mir noch einen Klaps auf die Schulter. „Gut, dass du viel Zeit hast, die Dinge klarer werden zu lassen. Entspann dich, Mann, und hör auf, alles genau planen zu wollen. Lass uns das Aufwärmen hinter uns bringen und in den Spielmodus kommen. Okay?"

„Ja, klar, okay." Er hat recht. In den nächsten Stunden muss ich mein Team und diese Organisation an die erste Stelle setzen. Meine Sorgen über Pepper, Charlie und Lida müssen warten.

Dass ich mein zweites Spiel ohne Gegentor geschafft habe, gibt mir den Mut, mich an Coach Perron zu wenden. Ich nicke meinen Kameraden zu, verteile High-Fives, als einer nach dem anderen geht und mir gratuliert, weil wir wieder einen Sieg in der Tasche haben.

„Morgen früh?", fragt Bishop und hält mir seine Faust hin.

Ich stoße meine gegen seine. „Neun Uhr."

Nach dem Training werden wir versuchen, mit Tacker einen Kaffee trinken zu gehen und mit ihm zu reden. Lucy muss um acht bei mir sein, und es wird ein Testlauf werden, wenn sie ohne Pepper Charlie versorgen muss. Es beruhigt mich allerdings, dass Pepper nebenan ist, falls Lucy bei etwas Hilfe braucht.

Wenn es nach mir ginge, hätte ich allerdings kein Problem damit, Pepper zu überreden, über Nacht zu bleiben. Ich kann sehr überzeugend sein, wenn ich will, und hätte gern, dass Pepper mich dazu animiert.

Bishop verlässt die Kabine und ich nehme meine Sporttasche. Anstatt zu gehen, laufe ich zu Coach Perrons Büro, das sich gleich daneben befindet. Diesen Raum hat er sich ausgesucht, statt einen im Managementbereich, und er hat uns am ersten Tag gesagt: „Ich bin kein Mahagonischreibtisch-Typ."

Ich finde ihn am Schreibtisch, wo er etwas in seinen Laptop tippt. Ich weiß, dass er sich nach jedem Spiel Notizen macht und zögere, ihn dabei zu stören. Doch er nimmt mir meine Bedenken, ohne aufzusehen, wer da in der Tür steht.

„Womit kann ich dir helfen?"

„Hast du einen Moment Zeit, Coach?"

Er sieht kurz auf, nickt zu seinem Stuhl. „Eine Sekunde, lass mich diesen Gedanken noch beenden."

Ich setze mich und er tippt noch kurz weiter. Als er fertig ist, schiebt er den Laptop zur Seite, ohne ihn zu schließen, womit er signalisiert, dass er noch mehr zu tun hat, bevor er heute das Stadion verlässt.

Coach Perron klatscht in die Hände und lächelt. „Gute Arbeit heute. Du gehst wirklich ab, Legend."

Daran klammere ich mich und hoffe, es macht ihn empfänglicher für meine Bitte. Ich lächele bei dem Kompliment und komme direkt zur Sache. „Ich habe ein privates Problem mit meiner Tochter und ihrer Mutter. Ich würde gern nicht an dem Auswärtsspiel am Samstag teilnehmen und möchte fragen, ob ich hierbleiben kann. Baden ist ein guter Ersatzmann und Winnipeg ist dieses Jahr nicht besonders stark …"

„Willst du mir sagen, wie ich das Team zu führen habe?", brummt er und unterbricht meinen Redefluss.

„Nein, Sir." Mehr sage ich nicht. Ich habe meine Bitte so kurz und bündig wie möglich vorgetragen. Es bringt nichts, ins Detail zu gehen, welche Sorgen ich mir mache, Charlie allein zu lassen. Natürlich wären es nur um die vierundzwanzig Stunden, mit einem Flug nach Winnipeg und am nächsten Tag zurück, doch da ich nicht weiß, was Lida sich noch alles einfallen lässt, möchte ich nicht weg. Das könnte beruflicher Selbstmord sein, aber ich werde trotzdem darauf bestehen.

Mit steinernem Gesicht sieht der Coach mich an.

Total unnachgiebig.

Ich halte seinen Blick und möchte mir nicht eingestehen, dass es eine blöde Idee war, nach einem Tag Urlaub zu fragen, denn das tut man beim Profi-Eishockey einfach nicht. Doch er überrascht mich mit seiner Antwort.

„Bring deine Tochter einfach mit."

Ich blinzele und glaube, mich verhört zu haben. „Wie bitte?"

„Bring sie mit", wiederholt er kurz angebunden und zieht den Laptop zu sich heran. Er tippt wieder etwas ein, hält inne und sieht mich an. „Das geht natürlich nicht immer, aber ich verstehe, dass es ungewöhnliche Umstände sind. Wir helfen dir da durch, aber du darfst das Spiel am Samstag nicht verpassen. Nicht, wo du gerade der beste Goalie der ganzen Liga bist."

Ich räuspere mich. „Du meinst, ich kann sie mit ins Teamflugzeug nehmen?"

„Das ist ein verdammt riesiger Flieger", sagt er in einem Ton, als hätte ich soeben die blödeste Frage von allen gestellt. „Und du weißt, dass wir manchmal Familienmitglieder mitfliegen lassen, wenn es sich um besondere Umstände handelt."

Stimmt. Einer unserer Third Line Left Winger hat vor ein paar Wochen seine Eltern nach New York mitfliegen lassen. Sie waren zu Besuch bei ihm, und er bekam die Erlaubnis, dass sie mit dem Team fliegen durften, weil sie aus New York waren.

Das ist alles wieder mal auf die Großzügigkeit des Teambesitzers Dominik Carlson zurückzuführen. Er hat sogar einmal Bishop seinen Privatjet zur Verfügung gestellt, damit dieser quer durchs Land Brooke nachfliegen konnte, als sich die Dinge zwischen den beiden zugespitzt haben. Und Blue … er hat ihre Gehaltserhöhung genehmigt und ihr geholfen, die Lebensversicherung ihrer Eltern ausgezahlt zu bekommen.

Dennoch … wir reden hier von einem Baby.

Ich denke nicht lange darüber nach und nutze den Vorteil aus. Der Coach will mich unbedingt dabei haben. „Ich brauche aber drei Plätze im Flieger“, sage ich schnell.

Coach Perron verengt fragend die Augen.

„Ich habe eine Nanny, mit der ich mich noch nicht so wohlfühle, und eine gute Freundin, die mir hilft, bis die Nanny eingearbeitet ist.“

Er sieht mich eine Weile an. „Okay. Jetzt raus hier und ruh dich aus.“

Ich springe auf, begierig, nach Hause zu Pepper zu kommen, bevor es sich der Coach noch anders überlegt. An der Tür hält mich seine Stimme auf.

„Ich vertraue darauf“, sagt er langsam, sodass ich mich umdrehe, „dass das die Sorgen um deine Tochter zerstreut und du genauso fantastisch für mich weiterspielst. Verstanden?“

„Verstanden.“ Ich nicke entschlossen.

Solange Charlie bei mir ist, mache ich mir keine Sorgen. Und jetzt muss ich mir überlegen, wie ich Pepper dazu bringe, mit mir nach Winnipeg zu fliegen. Und zwar nicht nur, weil sie mir wichtig ist, um Lucy zu überwachen. Das könnte auch eine der Spielerfrauen übernehmen. Nein. Ich habe mich daran gewöhnt, sie in meinem Bett zu haben, und dort würde ich sie auch gern behalten.

KAPITEL 13

Pepper wartet in der Hotellobby auf mich, und ich lasse den Blick schweifen, um sie zu finden.

Als ich sie entdecke, muss ich lächeln. Sie trägt ein Bay-Spielertrikot mit meiner Nummer. Die Frau zu sehen, mit der ich schlafe und die mir geholfen hat, mich um meine Tochter zu kümmern, erfüllt mich nicht nur mit innerem Frieden, sondern löst auch das Verlangen aus, in ihr sein zu wollen. Ich kann das Gefühl kaum beschreiben. So eine Verbindung habe ich noch zu keiner Frau empfunden und es macht mich besitzergreifend. Als würde ich einen Teil von ihr besitzen und sie einen Teil von mir.

Sie sieht sich nervös um, während sich das Team in der Lobby aufhält und Spieler den Fans, die in diesem Hotel gebucht sind, Autogramme geben. Ich habe meinen Teamkameraden gesagt, dass ich Pepper mitbringe. Besonders denen, die sie nur als meine Nachbarin kennen, die mich einst zur Weißglut getrieben hat.

Wir treffen uns in der Mitte der Lobby.

Pepper lächelt mich schüchtern an. „Schon wieder ein tolles Spiel hingelegt."

Ich umfasse ihre Taille und ziehe sie näher. „Ich habe nur vor dir angegeben."

Ihr heiseres Lachen jagt mir einen Schauer über

den Rücken. Sie schüttelt den Kopf. „Du bist einfach ein großartiger Spieler. Es gibt keinen anderen Grund.“

Zwar habe ich mich stets über Peppers sorglose und skurrile Art aufgeregt, doch jetzt erkenne ich, was für eine Realistin sie doch ist. Viele Frauen wären von meinem Kompliment geschmeichelt, doch sie zuckt nicht einmal mit der Wimper. Das gefällt mir irgendwie und es macht sie noch anziehender.

Außerdem spornt es mich an, mich mehr anzustrengen, bis sie mit der Wimper zuckt.

„Ich schlage vor, wir gehen etwas trinken oder essen, denn Winnipeg ist nachts eine schöne Stadt. Aber draußen ist es kalt und dein Mantel taugt gerade mal für einen Winter in Phoenix. Also möchtest du lieber in der Hotelbar etwas trinken?“

„Was immer du tun willst. Wenn du gesellig sein willst, sind wir es. Wenn du lieber schlafen willst, weil du erschöpft bist, dann solltest du es tun.“

„Du bist nicht gerade entscheidungsfreudig.“

Sie grinst. „Hey, ich bin nur die Halbtags-Nanny, die einen kostenlosen Luxus-Trip zu einem Profi-Eishockeyspiel ergattert hat. Ich mache es dir nur einfach, weil ich so dankbar bin, dass du mich eingeladen hast.“

Ich grabe die Finger tiefer in ihre Hüften, und das Lächeln vergeht mir. „Du bist nicht als Halbtags-Nanny hier. Sondern, weil ich dich hier haben will. Du bist für mich hier, nicht für Charlie.“

Peppers Wangen werden rot. Entweder, weil ich

gerade ihre Stellung klargemacht oder ihr schon wieder durch die Hintertür ein Kompliment gemacht habe. Es ist die erste deutlichere Erklärung von mir, dass wir beide etwas zusammen haben, das mehr ist als nur Sex.

Ich ergreife Peppers Arm und führe sie zu den Aufzügen. Dann beuge ich mich näher zu ihr. „Hör zu … mir ist sehr wohl bewusst, dass ich dir gesagt habe, ich hätte nicht viel Zeit in meinem Leben oder nichts zu bieten. Aber die Dinge zwischen uns haben sich auf eine Weise entwickelt, die ich nicht vorhersehen konnte, die ich aber kein bisschen bereue. Bitte bezeichne dich nie wieder als die Nanny."

Ich drücke den Knopf am Aufzug. Mit erhobenen Brauen warte ich auf ihre Reaktion. Ich glaube, sie wird gar nichts dazu sagen, und dann trifft mich die Erkenntnis. Vielleicht fühlt sie gar nicht dasselbe wie ich. Mein Magen zieht sich zusammen und fast will ich alles widerrufen, was ich eben gesagt habe. Doch dann legt sie eine Hand auf meine Herzgegend. Ihr Lächeln ist sanft und sie öffnet ihre vollen Lippen. Ihre Augen sagen mir schon die Hälfte und ihre Worte den Rest.

„Ich mag dich auch."

Ich lege eine Hand auf ihren Nacken und ziehe sie auf die Zehenspitzen, um mich zu küssen. Sie tut es, sanft, aber nicht verweilend.

Als ich sie loslasse, fragt sie: „Wohin gehen wir?"

„Zu deinem und Lucys Zimmer. Wir holen Charlie ab und gehen in mein Zimmer."

„Hast du denn keinen Zimmergenossen?"

Ich schüttele den Kopf. „Normalerweise Erik, aber der reserviert immer ein Zimmer für sich und Blue."

Unsere Zimmer sind im dritten Stock.

Lucy öffnet die Tür. „Hi", sagt sie leise.

Sie gibt mir einen Bericht über die vergangenen fünf Stunden, in denen ich fort war. Charlie hat in die Windeln gemacht, geschlafen und die Flasche getrunken. Wir nehmen sie mit und gehen in mein Zimmer.

Oft haben wir kein Mitspracherecht bei der Unterbringung, aber diesmal habe ich in der Abteilung Team-Services um ein Zimmer mit einem Kingsize-Bett gebeten. Niemand wunderte sich darüber, denn es ist allgemein bekannt, dass Erik nie bei seinem Zimmergenossen schläft, der ich bin. Aber es ist nicht allgemein bekannt, dass ich Pepper bei mir habe, also nahmen sie wahrscheinlich an, dass ich lediglich auf breite Betten stehe.

Als wir uns zum Schlafen begeben wollen, wacht Charlie auf. Ich bin schon bis auf die Boxers ausgezogen und Pepper hat mein weißes Oberhemd an, das ich unter dem Jackett getragen habe. Dazu trägt sie nur ein weißes Höschen und sieht verdammt sexy aus.

Ich mische die Flasche an und setze mich mit Charlie auf einen Stuhl am Fenster, schaue auf die Lichter der Stadt Winnipeg. Charlie saugt wie verrückt an der Flasche, hat eine kleine Hand zur Faust geballt und mit der anderen umklammert sie meinen Daumen. Ernst sieht sie mich an, und ich merke, dass sie weiß, wer ich bin. Sie weiß, dass ich ihr Dad bin und sie vor allen Gefahren der Welt beschütze.

„Du bist so ein braves Mädchen", sage ich leise. „Du hast mich voll um deinen kleinen Finger gewickelt, und ich glaube nicht, dass ich dir je einen Wunsch abschlagen kann."

Wahre Worte, die von Herzen kommen. Und ich schäme mich absolut nicht, solch persönliche Dinge zu sagen, während Pepper im Schneidersitz auf dem Bett sitzt und uns zusieht. Ich sehe zu ihr hoch und unsere Blicke treffen sich. Ich mag den sanften Ausdruck in ihren Augen.

„Wie beurteilst du Lucy?", frage ich. Ich habe zwar schon eine Menge Zeit mit Lucy verbracht, doch ich möchte Peppers Meinung wissen.

„Ich finde, sie macht das wunderbar. Sie geht mit Charlie auf natürliche Weise erwachsen um. Sie ist sehr sanft und auch gewissenhaft. Ich finde sie ganz in Ordnung."

Ich schaue nach unten und stelle fest, dass meine Tochter die Flasche fast geleert hat. Ich wende mich wieder Pepper zu und grinse. „Perfekt. Dann werden wir beide unser erstes echtes Date an Silvester haben. Erik und Blue schmeißen eine Party bei ihnen. Wir lassen Lucy Babysitter machen und bleiben über Nacht, damit wir richtig feiern können."

Pepper weitet die Augen, und ihr Mund formt ein verblüfftes O. „Ein Date?"

Mein Blick sagt Pepper, dass sie sich nicht so dumm stellen soll. „Ja, ein Date. Das machen Mann und Frau normalerweise, wenn sie Zeit miteinander verbringen wollen."

Sie verengt die Augen. „Wer sagt, dass ich Zeit mit dir verbringen will? Vielleicht mag ich einfach nur bei Charlie sein."

„Mich juckt es in den Fingern, dich zurechtzuweisen, aber vor Charlie kann ich solche Sachen nicht machen."

Pepper lacht und legt sich auf dem Bett zurück. Sie überkreuzt die schlanken Beine und faltet die Hände hinter ihrem Kopf. Mit dem Blick zur Zimmerdecke sagt sie in gespieltem Staunen: „Wow. Ein echtes Date mit Legend Bay. Ich weiß nicht, ob ich dafür schon bereit bin."

Ich lache schnaubend. Charlie ist mit der Flasche fertig und ich nehme sie ihr aus dem Mund. Dann lege ich mir Charlie auf die Brust und tätschele ihren Rücken, damit sie aufstoßen kann. „Versprich mir, etwas zu tragen, das sexy ist", sage ich zu Pepper zu dem Thema erstes Date.

„Solche Versprechen gebe ich nicht", schnurrt sie, reizt mich aber mit einem verführerischen Lächeln und einer erotisch tiefen Stimme. „Aber ich kann dir garantieren, dass du mit einem Lächeln im Gesicht einschlafen wirst."

Lachend stehe ich auf, laufe im Zimmer auf und ab und warte darauf, dass Charlie ihr Bäuerchen macht. „Du wirst garantiert auch lächeln."

„Dann werde ich auch mit dir zu einem Date gehen." Zufrieden nickt sie.

Charlie rülpst leise. Ich sehe sie an. Etwas Milch läuft aus ihrem Mundwinkel. Da ich kein Spucktuch zur Hand habe, wische ich das Rinnsal mit dem Daumen ab.

„Nächste Woche kommen meine Eltern zu Besuch, um Charlie kennenzulernen", erzähle ich Pepper. Da sie zu dem Date Ja gesagt hat, kann ich auch weitermachen. „Sie bleiben nur eine Nacht. Dad hat seine Phoenix-Route mit einem anderen Piloten getauscht und macht einen Arbeitstrip daraus."

„Das ist schön. Sicher kann deine Mom kaum erwarten, ihr Enkelkind kennenzulernen."

Das ist eine Untertreibung. Ich muss Mom täglich mindestens zwanzig Fotos schicken oder sie lässt mich nicht in Ruhe. Bei Dad bin ich immer noch nicht sicher, wie er über die Sache denkt. Unsere üblichen Telefonate sind mehr Gruppengespräche, und Mom dominiert die meiste Konversation.

„Magst du an dem Abend mit uns essen?", frage ich.

„Gern", antwortet sie, ohne zu zögern. „Ich meine, wenn du wirklich willst, dass ich deine Eltern kennenlerne."

Ich sehe sie erneut genervt an. „Du bist schließlich meine Lieblingsnanny."

Sie spitzt die Lippen und verdreht die Augen. „Es ist nur … willst du bei ihnen wirklich Erwartungen wecken?"

„Wie meinst du das?"

Pepper zuckt mit den Schultern. „Ich glaube, du und deine Eltern seid gerade etwas überfordert. Du präsentierst ihnen eine Enkelin, die für alle eine Überraschung ist. Willst du da wirklich noch eine feste Freundin obendrauf packen?"

Charlie rülpst noch einmal und gähnt. Ich muss sie windeln, bevor sie wieder einschläft, aber erst möchte ich diese Unterhaltung zu Ende führen.

Ich setze mich auf den Rand des Bettes. Pepper rutscht näher an mich heran und ich schaue ihr direkt in die Augen. „Lass uns das mal klarstellen. Du bist meine feste Freundin. Wir schlafen zusammen, reden, erzählen uns unsere Geheimnisse und wir sind gern zusammen. Keiner von uns tut das noch mit anderen Leuten. Das bedeutet, dass wir zusammen sind. Und noch dazu bist du ein wichtiger Teil von Charlies Leben. Was heißt, dass du ein wichtiger Teil *meines* Lebens bist. Also ja, ich möchte, dass du meine Eltern kennenlernst."

Pepper antwortet nicht sofort, betrachtet aber Charlie. Sie gibt ihr einen Kuss auf die Schulter.

„Danke, dass du merkst, wie viel Charlie mir bedeutet. Das ist mir wichtiger, als dass du mich deine feste Freundin nennst."

Jetzt berühre ich mit meinen Lippen sanft Peppers. „Du bist doch meine feste Freundin, oder?"

„Okay", sagt sie.

In diesem Moment erscheinen alle anderen Sorgen nicht mehr als solche. Ich habe das Gefühl, dass alles wunderbar wird.

KAPITEL 14

Pepper

Erik und Blue wissen, wie man feiert. Fast das gesamte Team mit Partnern ist erschienen, um das neue Jahr zu begrüßen. Gut, dass Eriks Haus wirklich groß ist und sich alle im unteren Wohnbereich plus Partykeller ausbreiten können, sodass es nicht zu eng wird. Sogar auf der Terrasse halten sich Leute auf, wo Erik und Blue Heizpilze aufgestellt haben, denn es herrschen nur um die sieben Grad.

Vor einer Viertelstunde hat Erik begonnen, alle im Wohnzimmer zusammenzutrommeln, das groß genug ist, dass wir alle darin stehen können, denn es ist gleich Mitternacht. Zusammen mit Legend, der praktisch schon den ganzen Abend an meiner Seite klebt, gehe ich die Treppe hoch. Wir haben im Hobbykeller Poolbillard gespielt.

Als wir oben sind, flüstert er mir ins Ohr: „Ich gehe nur schnell zur Toilette. Bin gleich wieder da.“

„Okay“, antworte ich, und weil ich kein Narr bin, erwidere den kurzen Kuss, den er mir gibt. Hätte irgendwer noch Zweifel daran gehabt, dass Legend und ich ein Paar sind, wären diese heute zerstreut worden.

Ich drehe mich um und suche nach einer Stelle, an der er mich leicht wiederfindet, und sehe Blue mit Brooke vor dem Kamin stehen. In der kurzen

Zeit, die wir zusammen waren, habe ich die beiden ins Herz geschlossen. Erst habe ich sie im Dave & Buster's getroffen und sie dann bei dem Spiel in Winnipeg näher kennengelernt. Legend hat uns Karten nebeneinander besorgt und wir drei haben uns sofort verstanden. Blue kommt wie ich aus Phoenix, und obwohl ich ein paar Jahre älter bin als sie, haben wir das schon mal gemeinsam. Auf dem Weg zu den Frauen wird mir von einem Kellner Champagner angeboten. Ich nehme gleich zwei Gläser, damit Legend um Mitternacht auch eins hat.

Blue fragt mich: „Sieht aus, als ob du dich mit Legend heute prächtig amüsierst, oder?"

Brooke grinst zustimmend. „Entschuldigt mich kurz. Da drüben ist mein Dad und ich muss ihm etwas erzählen."

Wir sehen Brooke hinterher und Blue lehnt sich näher und fragt neckend: „Apropos amüsieren. Wo ist denn dein Mann? Ihr wollt doch nicht etwa den Silvesterkuss verpassen?"

„Badezimmer", antworte ich. „Was glaubst du, wie viele Leute hier sind?"

„Dreihundert", schätzt sie, und da könnte sie recht haben.

Wir haben uns heute zwar schon ein paarmal kurz unterhalten, doch ich habe eine Frage noch nicht loswerden können. „Kommt Coach Perron eigentlich immer zu solchen Team-Partys, wo die Leute locker einen draufmachen?"

Ich musste das einfach fragen, denn je später der

Abend, desto betrunkener die Gäste. Ein paar der Rookies sind wirklich dicht und fallen durch schmutzige Witze und laute Diskussionen auf. Die älteren Spieler schreiten jedes Mal ein und Erik nahm ihnen die Autoschlüssel ab, damit sie nicht betrunken nach Hause fahren.

Blue sieht zu Coach Perron und Brooke hinüber, die miteinander reden. „Ich finde es auch seltsam, dass er hier ist." Sie zuckt mit den Schultern. „Aber was weiß ich schon, das Eishockey-Leben ist neu für mich."

Ich kichere und nicke. „Verstehe ich total."

Blues Lächeln verblasst. „Ich bin etwas enttäuscht, dass Tacker nicht gekommen ist. Ich hoffe immer noch, dass er endlich aus sich herauskommt."

„Legend hat ihm heute Abend mehrmals geschrieben, um sich nach ihm zu erkundigen. Tacker sagte, dass er lesen will und sich ein paar Biere genehmigt und uns viel Spaß wünscht."

Blue lässt den Blick schweifen, tritt näher an mich heran und senkt die Stimme. „Am liebsten würde ich einfach hinfahren, ihn kidnappen und herbringen. Ihn sozusagen zu seinem Glück zwingen."

Ich kichere erneut und schüttele den Kopf. „Nach dem, was ich weiß, würde er das hassen. Tacker hat Legend vorhin geantwortet, dass er sich für die Sorge um ihn bedankt, dass er aber noch nie der Silvesterparty-Typ war."

„Echt nicht?" Blue zieht die Nase kraus. „Wie kann man denn Silvesterpartys nicht mögen?"

„Er schrieb sogar, dass er das noch nicht mal mochte, als seine Verlobte noch am Leben war."

Blue lächelt traurig. „Na dann. Schätze, dass wir einfach akzeptieren müssen, dass Tacker nie geselliger werden wird."

Blue lässt erneut den Blick schweifen, lehnt sich an mich und flüstert dicht an meinem Ohr: „Okay, bevor Legend wiederkommt ... bring mich auf den neuesten Stand. Wie läuft es mit euch?"

Ich ziehe die Augenbrauen zusammen. „Ähm ... das hast du mich zusammen mit Brooke schon gestern in Winnipeg gefragt."

Blue grinst mich an. „Gar nicht. Wir haben uns nur allgemein erkundigt, wie sich Legend mit dem Baby macht und über deine Rolle dabei. Und wir waren nur leicht neugierig, weil er dich zu einem Spiel mitgebracht hat, obwohl er eine Nanny hat. Und du hast uns erzählt, dass ihr zwei zusammen seid. Aber das, meine Liebe, ist nicht *der neueste Stand*. Ich will das wirklich Intime hören. Zum Beispiel, wie es kam, dass ihr zwei von Freunden zu Lovern wurdet. Wer hat zuerst nachgegeben? Und vor allem: Wie ist der Sex? Gut? Denn Legend sieht so aus, als wäre er eine Legende im Bett, du verstehst?"

Ich blinzele irritiert. Hauptsächlich, weil ich die Flut an Fragen erst einmal verarbeiten muss. Sie starrt mich erwartungsvoll an, als ob ich es nicht wagen dürfte, auch nur ein delikates Detail auszulassen.

Ich sehe mich um und versichere mich, dass niemand dicht bei uns steht. „Ich glaube, die Anziehung zwischen uns bestand von Anfang an, aber Legend hatte eine Mauer zwischen uns aufgebaut, indem er immer nur ruppig zu mir war. Aber als er meine Hilfe mit dem Baby brauchte, schmolz das alles irgendwie dahin und wir konnten unsere gegenseitige Anziehung ausleben.“

„Und?“ Ungeduldig wedelt sie mit der Hand, damit ich mit Details aufwarte.

„Und was?“

„Der Sex! Erzähl mir davon.“

Herausfordernd hebe ich eine Braue. „Du zuerst. Erzähl mir vom Sex mit Erik.“

„Was willst du wissen?“, fragt sie mit einem selbstsicheren Lächeln. „Ich bin jetzt deine Freundin. Wir sind mit Eishockeyspielern zusammen. Theoretisch bedeutet das, wir dürfen über unsere sexuellen Erlebnisse reden.“

Ich lache auf. „Wirklich?“

„Absolut. Also, was möchtest du über uns wissen? Nur etwas über den Sex allgemein oder Oralsex oder ob er auf kinky Kram steht, wie …“

„Da bist du ja“, sagt Legend und schlingt von hinten einen Arm um mich. Er nimmt mir eins der Gläser aus der Hand, sieht mich an, dann Blue und wieder mich. „Worüber redet ihr gerade?“

„Nichts“, sage ich.

„Sex“, antwortet Blue gleichzeitig.

Legend hebt eine Braue und sieht zwischen uns hin und her. „Ach was, Sex, ja?“

„Wir waren dabei, geheime Details auszutauschen", sagt Blue neckend, um die Sache noch weiter zu treiben.

„Nein, das stimmt ja gar nicht", versichere ich ihm. Zwar schäme ich mich nicht dafür, aber ich weiß nicht, ob es ihm unangenehm wäre.

Legend lächelt verschmitzt und spricht leise in mein Ohr. „Es macht mir nichts aus, wenn du ihr Details erzählst. Ich bin selbstsicher genug, zu wissen, dass du nur Gutes zu berichten hast."

Ich sehe ihn von unten skeptisch an. „Echt jetzt?"

„Echt", antwortet er und klingt weiterhin, als hätte er nicht den geringsten Zweifel.

„Okay", sage ich und wende mich an Blue. „Gehen wir diese Woche zusammen mittagessen. Wir haben uns sehr viel zu erzählen."

Sie grinst. „Deal."

Plötzlich ertönt ein schriller Pfiff. Der Raum ist voll. Schulter an Schulter stehen alle da. Bishop steht neben Brooke und dem Coach, und von ihm kam der Pfiff. Das Geschnatter wird leiser und Bishop bittet um Ruhe.

„Würdet ihr bitte kurz zuhören …"

Endlich wird es fast komplett still und alle sehen Bishop an.

Lächelnd lässt er den Blick schweifen. „Okay, zuerst möchte ich unseren Gastgebern danken. Erik und Blue … die Party ist spektakulär."

Bishop pausiert, während alle Gäste zustimmend jubeln. Erik erscheint plötzlich neben Blue, und Legend klopft ihm auf die Schulter.

Mit einer Handgeste bittet Bishop erneut um Ruhe. Er schlüpft in die Rolle des stellvertretenden Team-Captains. „Ich kann mir keine besseren Kameraden vorstellen, mit denen ich das Ende dieses Jahres feiern will, das für die meisten von uns eine Herausforderung war. Es war verdammt schwer, aber ich glaube, man kann mit Fug und Recht behaupten, dass wir die Eishockeywelt mit unserer Großartigkeit aufgemischt haben."

Es wird noch mal gejubelt, gepfiffen und „Fuck, ja!" gerufen.

Als es wieder still ist, grinst Bishop und nickt. „Wir haben es geschafft, und ich bitte alle darum, genauso weiterzuspielen. Wir sind ein Team und ehrlich gesagt … verdammt cool."

Dieses Mal wird länger gegrölt, sodass Bishop wieder pfeifen muss, um Ruhe zu bekommen. „Okay, also wir folgen jetzt dem Countdown im Fernseher und haben noch um die zwei Minuten. Aber ich stehe hier nicht nur, weil ich mich bedanken und unser Team loben will."

Alle sehen sich ratlos an und murmeln verwirrt, aber dass Bishop noch ein Ass im Ärmel hat, sehe ich ihm an. Beziehungsweise in seiner Hosentasche.

Verblüfft sehe ich zu, wie er eine kleine Schmuckschatulle hervorholt. Ganz klar, ein Ring.

Ein paar Gäste schnappen nach Luft, einige lachen, aber keiner ist so erstaunt wie Brooke. Sie ist klassisch sprachlos. Ihr Vater tritt diskret zurück, um die ganze Aufmerksamkeit den beiden zu überlassen.

Bishop wendet sich Brooke zu und spricht so laut und deutlich, dass wir alle ihn verstehen können.

„Brooke." Er geht auf ein Knie hinunter. Ein paar Frauen im Raum seufzen. „Ich habe dir diesen Ring gegeben, und du hast ihn mir zurückgegeben, als unsere vorgetäuschte Verlobung zu Ende ging."

Legend grinst das Paar an. Eines Nachts im Bett hat er mir die Geschichte von Brooke und Bishop erzählt. Sie haben eine Verlobung vorgetäuscht, weil ihr Vater, Coach Perron, die beiden in flagranti im Büro erwischt hatte. Woraufhin Brooke nichts Besseres eingefallen war, als ihm eine Lüge aufzutischen, eine echt schlimme. Nämlich, dass sie fest zusammen seien. Bishops verwitwete Mutter wurde eingeweiht, spielte mit und stellte den beiden ihren eigenen Verlobungsring zur Verfügung.

Brooke hat eine Hand auf ihren Mund gelegt und ihre Augen glänzen feucht. Bishop nimmt ihre andere Hand, legt das Kästchen auf sein Knie und spricht weiter.

„Aber jetzt, mit dem Segen meiner Mutter und deines Vaters, möchte ich ihn dir wiedergeben. Diesmal ist es keine Farce, kein Betrug. Meine Liebe für dich ist so echt, wie sie nur sein kann. Und wenn es einen da draußen gibt, der behauptet, dass es dafür noch zu früh sei, würde ich ihm sagen … dass er keine Ahnung hat, was zwischen uns besteht. Nur du und ich wissen das, und weil ich dich so gut kenne und weiß, dass du mich liebst, weiß ich auch, dass du Ja sagen wirst. Also darf ich jetzt den Ring an deinen Finger stecken, wo er auch bleiben wird, und wir können anfangen, unsere Hochzeit zu planen?"

Brooke nickt schon, ehe Bishop mit seiner Rede fertig ist, nimmt die Hand vom Mund und legt sie auf ihre Herzgegend. Bishop holt einen goldenen Ring mit einem Diamanten aus der Schachtel. Soweit ich ihn sehe, ist er wunderschön. Zwar kann sich Bishop etwas viel Teureres leisten, aber da es der Ring seiner Mutter ist, könnte er nicht passender sein. Obwohl Brooke den Ring schon mal getragen hat, hält sie ihn hoch und betrachtet ihn unter Tränen, als wäre er das Kostbarste auf der Welt.

Bishop erhebt sich und jemand ruft: „Zehn!"

Alle brauchen einen Moment, um zu verstehen. Wir drehen uns zum Fernseher um. Der Countdown hat begonnen.

„Neun, acht …" Alle zählen laut mit.

Ich drehe mich zu Bishop und Brooke um. Sie küssen sich eng umschlungen, also hat sie wohl Ja gesagt, und der Countdown interessiert sie einen Scheiß.

Legends Hand gleitet in meine.

„Fünf, vier …"

Wir sehen uns in die Augen.

„Drei, zwei, eins."

Alle rufen „Prost Neujahr!", Leute werfen Konfetti in die Luft und pusten in Tröten.

Ich blende alles aus und konzentriere mich auf Legend, der mir ins Ohr spricht.

„Frohe neues Jahr, Pepper.“
„Frohes Neues, Legend.“
Er küsst mich.
Langsam, süß und voller Neugier, was das neue Jahr uns wohl bringen wird.

KAPITEL 15

Legend

Leise gehe ich die Treppe hinunter und finde Lucy in der Küche vor, wo sie die Spülmaschine ausräumt. Sie hat in einem der Gästezimmer geschlafen, als Pepper und ich bei Erik Silvester feierten.

Gestern war es wunderbar, mit Pepper zusammen zu sein. Unsere Freundschaft, die wir seit Charlie haben, hat auch nicht geschwankt, als wir als Paar unter Leuten waren. Es war unser erstes Date, und ich werde Lucy noch öfter bitten, zu kommen, sodass ich mit Pepper ausgehen kann.

„Das musst du nicht machen", sage ich leise, damit man oben nichts hört. Es geht mir nicht darum, Charlie nicht zu wecken. Ich habe sie vor einer halben Stunde gefüttert und jetzt schläft sie fest. Im Gegenteil, ich rede absichtlich nicht leise, wenn sie schläft, damit sie nicht geräuschempfindlich wird. Das habe ich in irgendeinem Buch gelesen.

Doch ich will Pepper nicht wecken. Als wir in der Nacht nach Hause kamen, haben wir nicht gleich geschlafen.

Ich wurde heute so früh wie immer wach und fühlte mich erholt. Erst wollte ich Pepper wecken, aber dann hörte ich, wie Charlie wach wurde. Ich verbrachte eine wunderbare Stunde allein mit Charlie im Kinderzimmer. Ich fütterte meine Tochter, wechselte die Windel, schaukelte sie auf dem

Stuhl und sang ihr etwas vor. Dann begann ich, ihr Eishockeyregeln zu erklären, denn man kann mit der Bildung nicht früh genug anfangen.

Charlie schlief ein, als ich ihr gerade den Begriff Abseits erklärte, und ich dachte darüber nach, Pepper jetzt zu wecken. Ich setzte mich sogar aufs Bett und betrachtete sie wie ein Perverser beim Schlafen. Sie hat mit ihrer Nacktheit kein Problem und zieht sich nach dem Sex nichts über. Auch kuschelt sie sich zum Schlafen an mich, obwohl mein Samen aus ihr läuft. Ich finde das verdammt heiß, und so schlafen wir nackt.

Heute früh sah sie besonders erotisch aus, da die Decke verrutscht war und nur ihre untere Hälfte bedeckte. Einen Arm hat sie über den Kopf gelegt und der andere lag neben ihr. Ihr Gesicht war das eines Engels und ihre Titten zeigten Spuren von meinen Zähnen. Mein Schwanz erwachte und ich wäre am liebsten zu ihr gekrochen, aber dann hatte ich eine andere Idee.

Lucy hat sämtliche sauberen Milchflaschen auf dem Tresen aufgereiht. Sie lächelt mich an. „Ich helfe gern. Wenn Charlie schläft, ist mir langweilig, wenn ich nur herumsitze."

Ich nicke und lasse den Blick durch die Küche schweifen. „Ich glaube, in einer Stunde ungefähr kannst du gehen, ich brauche dich den Rest des Tages dann nicht mehr."

„Okay", sagt sie.

„Ah!" Ich finde, wonach ich gesucht habe, und nehme Peppers Handtasche von einem Küchenstuhl. Ohne nachzudenken und auch völlig ohne schlechtes Gewissen, greife ich hinein und hole ihre Schlüssel heraus. Ich lasse sie mit erhobener Hand klappern und sehe Lucy an. „Ich werde Peppers Auto waschen gehen. Ich glaube, das hat seit mindestens einem Jahr keine Seife und kein Wasser mehr gesehen."

Lucy grinst wissend. Immerhin ist das eine nette Geste, die ein fester Freund für seine Freundin tun würde.

„Charlie sollte eigentlich weiterschlafen, ich habe sie vor einer Stunde gefüttert. Aber falls nicht, weiß ich nicht, ob sie schon wieder gefüttert werden muss."

„Alles klar", sagt Lucy und räumt weiter die Spülmaschine aus.

„Pepper schläft noch."

„Ich werde mucksmäuschenstill sein", versichert sie mir.

Damit eile ich hinaus und über den Hof, schließe einfach Peppers Tür auf und marschiere hinein, als wäre es mein Haus. Zwar hat sie eine Alarmanlage, benutzt sie aber nie, weil sie ständig selbst den Alarm ausgelöst hat und sich dadurch gestresst fühlte. Stets vergaß sie das Passwort und sie mussten die Polizei schicken. Also schaltet sie die Anlage nicht ein und hofft, dass das Warnschild draußen, das die Sicherheitsfirma angebracht hat, abschreckend genug ist.

Ich finde einen Eimer, Schwamm und Handtücher. Mit dem Spülmittel aus der Küche gehe ich in ihre Garage. Ich bin nur ein Mal in Peppers Auto gewesen, als sie mich in die Klinik fuhr. Sie hat sich entschuldigt, wie schmutzig der Wagen war, doch ich habe nicht wirklich darauf geachtet, hatte andere Sorgen.

Seither war mir allerdings doch aufgefallen, wie dreckig das Auto ist. Sie sagte, dass sie Autowaschen hasst und keine Zeit hätte, in die Waschanlage zu fahren.

Das werde ich heute ändern. Vielleicht mache ich sogar eine wöchentliche Routine daraus. Oder bei meinem hektischen Terminkalender nur monatlich. Oder, bei dem wahnsinnig vielen Geld, das ich verdiene, könnte ich auch jemanden bestellen, der das wöchentlich erledigt.

Ja, das klingt nach einer guten Idee.

Ich spüle gerade das Heck des Wagens ab, als Pepper aus dem Haus geschlendert kommt. Ihr kurzes Haar gerät schon allein beim Schlafen durcheinander, und letzte Nacht haben wir uns mächtig herumgewälzt, sodass es jetzt in alle Richtungen absteht. Das ist eins der Dinge, die ich an Pepper so mag. Es ist ihr nicht wichtig.

Ich richte mich auf und betrachte sie, wie sie auf mich zukommt. Sie trägt nur mein T-Shirt, von dem sie fast verschluckt wird. Es reicht ihr bis zu den Knien, und ich frage mich, ob sie etwas drunter hat. Ein schneller Rundblick sagt mir, dass sonst niemand draußen ist, also spielt es keine Rolle.

Ihre Augen glänzen in der Morgensonne. „Was machst du denn da?", fragt sie grinsend.

„Dein Auto waschen." Ich kann nicht verhindern, etwas Unanständiges zu denken. Wenn ich den Wasserstrahl auf sie richten würde, würde das weiße T-Shirt an ihr kleben, durchsichtig werden und ihre Nippel würden sich bei dem kalten Wasser aufrichten und dann …

„Warum?"

Ihre Frage reißt mich aus den Fantasien und sie steht plötzlich neben mir. Himmel, ich muss mit den schmutzigen Gedanken aufhören.

„Weil es dreckig ist, Pep", sage ich neckend. „Schämst du dich nicht?"

„Nein", sagt sie überzeugt und tritt näher. „Besonders nicht vor dir."

Das stimmt. Im Bett hält sie sich nicht zurück, und da unsere sexuelle Beziehung gerade erst angefangen hat und wir noch viel zu entdecken haben, habe ich das Gefühl, dass sie mir noch eine Menge zu zeigen hat.

Pepper nimmt mir den Schlauch aus der Hand. Kurz glaube ich, dass sie mich nass spritzen will, doch sie wirft ihn achtlos auf den Rasen, den sie bei unserem milden Klima und mit der ausgeklügelten Bewässerungsanlage und ihrer Liebe tadellos pflegt.

Sie greift nach meiner Hand und führt mich Richtung Garage, die ich offen gelassen habe, als ich ihren Wagen hinausgefahren habe.

„Was hast du vor?", frage ich und nehme an, sie

will reingehen und mir Pfannkuchen machen oder so etwas in der Art.

Sie antwortet nicht, führt mich an einer Seitenwand vorbei, wo sich auf Regalen ihre Gartengeräte befinden. Am Ende und nahe an der Treppe zur Küche ist ein Bereich, wo sich Gartenschläuche und andere Gerätschaften befinden.

Hier greift Pepper mir an den Knopf meiner Jeans. Sie öffnet ihn und dann den Reißverschluss und mir geht ein Licht auf.

Ich schaue nach rechts und kann zwischen den Regalen durch die Garage ihr Auto und die Straße dahinter sehen. Ein zufällig vorbei spazierender Fußgänger würde uns wohl kaum entdecken, aber wenn jemand die Einfahrt hochläuft, würde er etwas zu sehen bekommen.

Doch ich habe keine Zeit, darüber nachzudenken, denn Pepper hat meine Hosen bereits heruntergezogen und meinen Schwanz in der Hand. Dieser reagiert sofort und wird in ihrer Hand hart. Ich schaue nach hinten und überlege, ob ich sie an der Wand nehmen kann, doch dort befinden sich zu viele Gartengeräte. Das würde wehtun.

Ich schaue wieder nach vorn und Pepper steht auf Zehenspitzen vor mir und küsst mich. Ich mache voll mit, denn ihr Kuss und das gleichzeitige Pumpen meines Schwanzes ist das beste Gefühl, das es gibt. Ich atme schneller und will nach ihren Hüften greifen.

„Nein", sagt sie.

Sie lässt mich los und holt etwas aus einem Regal.

Ich grinse, als ich erkenne, was sie da hat. Einen dieser Gartenhocker, auf dem man beim Unkrautjäten knien kann. Ich habe gedacht, dass wir in der Garage vögeln würden, aber dem ist nicht so. Pepper kniet sich auf den gepolsterten Hocker vor mich. Mein vollständig harter Schwanz wippt vor ihrem Gesicht auf und ab.

Sie zieht meine Hosen noch ein Stück tiefer und neigt den Kopf zur Seite. Dann leckt sie mich von den Eiern bis zur Wurzel des Schafts. Ich muss die Hände hinter mir um ein Regal klammern, um nicht schwache Knie zu bekommen.

Sie wiederholt das Lecken, und ohne jegliche Beherrschung lasse ich das Regal los und umfasse ihren Kopf, unsicher, ob ich sie wegschieben soll, weil wir in einer offenen Garage stehen, oder sie näher ziehen.

Als sie ihre kleine Hand um meinen Schaft legt und ihn in ihren Mund führt, wird mir klar, dass ich sie auf keinen Fall mehr stoppen werde. Ich bin ihr hilflos ausgeliefert.

Ähnlich wie mein Schwanz Peppers Pussy stets maximal dehnt, hat auch ihr Mund Probleme, ihn aufzunehmen. Sie öffnet ihn so weit, dass sie mit dem Durchmesser zurechtkommt, aber meine Länge ist zu viel für sie.

Ich liebe das Gefühl ihrer seidigen Haare zwischen meinen Fingern und bewege vorsichtig die Hüften vor und zurück, um sie nicht zu ersticken. Den Teil meines Schwanzes, der nicht in ihren Mund passt, vernachlässigt sie jedoch nicht. Sie pumpt ihn fest mit einer Hand und mit der anderen streichelt sie meine Eier.

Verdammt, das ist so gut.

Ich blicke nach unten und Pepper sieht mich an. Mit weit gedehnten Lippen läuft ihr ein Rinnsal Speichel aus dem Mundwinkel, und ihre Wangen sind hohl vom Saugen. Hier und da wirbelt ihre Zunge über die Unterseite meines Schafts, was mir lustvolle Schauer von den Eiern durch meinen Schwanz jagt.

Sie schließt die Augen und stöhnt, fasziniert von dem, was sie mir antut.

„Pepper", murmele ich und ficke langsam ihren Mund.

Sie öffnet die Augen und sieht mich saugend fragend an.

„Ich will dich ficken." Zwar bin ich total in diesen Blowjob versunken und werde gleich heftig kommen, doch ich würde viel lieber in ihrer engen Pussy stecken. Vielleicht liegt es an meinen tierischen Urinstinkten, die mit der Vaterschaft gekommen sind, dass ich unbedingt in ihr kommen will, jedenfalls ist es schwer, diesen Drang zu unterdrücken. Obwohl ich weiß, dass meine Süße keine Kinder bekommen kann, will ich dennoch lieber in ihr sein.

Sehr oft.

Pepper hat jedoch etwas anderes vor. Sie schüttelt leicht den Kopf und kratzt mit den Zähnen an mir entlang, als sie mich aus dem Mund entlässt. Sie leckt sich über die Lippen. „Ich will, dass du in meinen Mund kommst."

Okay, ich kann sie später immer noch ficken. Ich nehme meinen Schwanz in die Hand und lege die andere an ihren Hinterkopf. Genüsslich öffnet sie den Mund und ich führe mich auf ihre nasse Zunge ein. Pepper nimmt mich auf, so weit wie sie kann, und saugt. Ich bewege wieder die Hüften. Ich schließe die Augen, neige den Kopf zurück und gebe mich der Lust hin, die sie mir verschafft.

Zwar kann ich nicht verhindern, meine Hüften zu bewegen, doch Pepper bestimmt das Tempo. Sie fickt mich mit ihrem Mund und die entstehenden Geräusche durch die Nässe sind ein zusätzlicher Antörner. Ich beiße die Zähne zusammen und muss mich zusammenreißen, kein lautes Stöhnen oder Knurren zu produzieren, das ich zu gern von mir geben würde.

Schwer atmend, mit den Händen an ihrem Kopf, hauptsächlich, um aufrecht stehen bleiben zu können, fühle ich, dass ich gleich komme. Pepper muss es auch spüren, denn sie streichelt immer noch meine Eier, die sich jetzt zusammenziehen.

„Gleich", wispere ich erstickt.

Ich schwöre, dass ich ihr Lächeln an meinem Schwanz fühlen kann. Sie erhöht das Tempo und saugt fester. Als sie die Hand weiter nach hinten bewegt und über die empfindliche Haut dort streicht, verdrehe ich die Augen und höre auf, es zurückhalten zu wollen.

„Fuck!", stöhne ich. Viel zu laut, sodass es jeder Vorbeigehende hören könnte. Aber ich bin längst darüber hinaus, dass es mich noch interessiert.

Pepper antwortet mit einem kehligen Laut, der meinen Schwanz kitzelt, und ich lasse los. Der Orgasmus überrollt mich und ich spritze meine ganze Lust in ihren Mund. Sie schluckt und saugt an mir wie an einem Strohhalm, und es ist verdammt sexy, dass es ihr gefällt. Das erkenne ich daran, wie sie leise summt und genüsslich die Augen schließt.

Sie schwebt auf Wolke sieben, wenn sie mich verwöhnt.

Etwas in meiner Brust weitet sich. Pepper ist nicht die Erste, die mich gut bläst. Aber sie ist die Erste, die dabei meine Emotionen berührt.

Ich ziehe mich aus ihr heraus. Sie öffnet die Augen und ihr Ausdruck ist fast verträumt. Anmutig wischt sie sich die Mundwinkel ab.

„Das war schön", sagt sie.

Schön? Nein, nicht nur schön. Absolut fanfucking-tastisch, und nicht nur auf körperliche Art.

Mir wird klar, dass Pepper Nantais niemals nur eine Fickfreundin für mich sein kann.

KAPITEL 16

Pepper

Es kommt mir so lange her vor, dass ich an meinem Zeichentisch saß, dass sich der Stift in meiner Hand seltsam anfühlt. Ich starre eine Weile auf das leere Blatt vor mir und fange dann an, etwas zu skizzieren.

Als Autorin und Illustratorin meiner Geschichten habe ich die alleinige Verantwortung, meine Bücher für die Kinder lesenswert zu machen.

Ich habe nicht schon immer Kinderbuchautorin werden wollen, aber Kinder schon immer geliebt, und ich bin eine ganz gute Zeichnerin. Meine Eltern sowie meine Schwester sind Ärzte und ich bin die Künstlerische und Kreative in der Familie, folgte meiner Leidenschaft und machte einen Abschluss als Grafikdesignerin. Ich bekam eine Einstiegsstelle in einer Modefirma und war für die Entwürfe der Werbeanzeigen zuständig. In meiner Freizeit arbeitete ich an einer Idee. Ich brauchte fast drei Jahre, bis das Konzept von *Die großen Abenteuer von Penelope und Bert* grafisch umgesetzt war, aber ich war trotzdem stolz auf meine Arbeit.

Ich war von den Socken, als mich eine Agentur aufnehmen wollte. Und konnte es kaum glauben, als mir ein großer Verlag einen Auftrag gab, obwohl er leider nicht genug Geld zahlte, um meinen Brotjob zu kündigen.

Meine Geschichte klingt selbst wie ein Märchen.

Als mein Buch erschien – inklusive Wasserfarbenillustrationen von den kanadischen Wildgänsen Penelope und Bert, die sich jedes Jahr wieder am selben Teich treffen –, hat niemand damit gerechnet, dass es so ein Erfolg werden würde. Es stand siebzehn Wochen auf der Bestsellerliste der New York Times. Der nächste Auftrag meines Verlags war gleich ein Drei-Buch-Vertrag, und dann war das Einkommen mehr als genug, um meinen Brotjob zu kündigen.

Jede neue Veröffentlichung übertraf die vorherige und ich verdiene mehr Geld als die Ärzte in meiner Familie.

Doch jetzt kommt meine Deadline immer näher und ich habe meine Arbeit vernachlässigt. Die neue Geschichte, in der es darum geht, dass Penelope und Berts erstes Küken, das sie Princess nennen werden, aus dem Ei schlüpft, soll im Sommer erscheinen und der Lektor erwartet die ersten Zeichnungen in zwei Wochen. Die Wasserfarben kommen erst später dazu, nachdem die Skizzen für die einzelnen Szenen fertig sind und genau zur Geschichte passen, die ich bereits vor einem Monat an den Lektor geschickt habe.

Es ist zwei Wochen her, seit Charlie vor Legends Tür lag, und seither habe ich nicht mehr gezeichnet. Und zwar nicht nur, weil ich die ganze Zeit drüben bei ihm war und ihm mit Charlie geholfen habe oder er mich total verwöhnt hat. Nein, ich war sogar oft zu Hause, aber ich habe nicht gearbeitet.

Man könnte sagen, dass ich mit dem Kopf in den Wolken war und es mir schwerfiel, wieder auf den Boden zu kommen. Denn auch wenn wir uns von Anfang an einig waren, dass das zwischen uns zwanglos bleiben soll, wissen wir doch beide tief im Innersten, dass es alles andere als das ist.

Wir haben es aber noch nicht zugegeben, und ich weiß auch nicht, wann das geschehen wird. Es ist irgendwie kompliziert, sich mit unserer immer stärker werdenden Intimität zu beschäftigen, wenn die Dinge um uns so stürmisch sind.

Außerdem befindet sich mein Kopf in den Wolken, weil ich mich immer mehr in Charlie verliebe. Am Anfang war es nur eine pure Notwendigkeit, als Legend mich bat, ihm zu helfen, aber ich konnte mich von ihr emotional nicht distanzieren. Jedes Mal, wenn ich sie fütterte, ihr die Windeln wechselte oder sie in den Schlaf schaukelte, wurde mein Herz immer mehr von dem kleinen Mädchen eingewickelt. Schon immer liebte ich Kinder und ich genieße die enge Beziehung zu meiner Nichte und meinem Neffen sowie den Kindern meiner Cousins, aber ich habe nie von einem Kind für mich selbst geträumt.

Und ich träume auch nicht davon, Charlie für mich selbst zu haben, denn das würde eine Beziehung zu Legend voraussetzen, an die er sicherlich nicht denkt. Doch Charlie ist das erste Neugeborene, das ich so intensiv in den ersten Wochen seines Lebens versorgt habe, und ich fühle mich ihr auf jeden Fall näher als nur wie eine Nachbarin, die gelegentlich mal aushilft.

Aber heute muss das alles einmal den Prioritäten weichen. Heute muss ich wieder arbeiten, denn ich hasse es, Deadlines zu überschreiten, und mag es nicht, wenn ich so dicht dran bin.

Meine Hand bewegt sich frei über das Papier. Meine Gänse habe ich gefühlte tausend Mal gezeichnet, aber nie sehen sie exakt gleich aus. Penelope erwacht zum Leben und spreizt beschützerisch die Flügel, als sich ein neugieriger Reiher ihrem Küken nähern will. Das gehört nicht zur Geschichte, bringt aber meine Fantasie auf Touren.

Ich schaffe es, eine ganze halbe Stunde zu arbeiten, bis mein Handy klingelt. Ich zucke zusammen, denn es ist Legends Klingelton und er ruft selten an. Wir sind mehr ein textendes Pärchen.

Beispielsweise schrieb er mir, dass er den Blowjob in der Garage gestern nicht aus dem Kopf bekäme. Ich wurde rot, denn es war so aufregend, das zu tun, und auch noch an einem fast öffentlichen Ort, an dem man uns jederzeit hätte entdecken können.

Vielleicht habe ich eine exhibitionistische Ader?

Kopfschüttelnd greife ich nach dem Handy, das auf einem Regal neben dem Zeichentisch am Ladekabel hängt. Ich gehe ran. „Warum rufst du mich an? Solltest du nicht beim Training sein?", necke ich ihn.

Legends Lachen ist tief und amüsiert. Ich fordere ihn gern heraus. „Das Training ist vorbei, und wir sind auf dem Weg in den Besprechungsraum, um uns Spielaufzeichnungen anzusehen, und danach werde ich ein Work-out einschieben. Wollte mich nur einfach mal kurz melden.“

Ich antworte nicht sofort, sodass Legend hinzufügt: „Seltsam, oder? Normalerweise kontaktiere ich dich, um mich nach Charlie zu erkundigen, aber da Lucy heute den ganzen Tag Dienst schiebt, erkundige ich mich nur nach dir ganz allein.“

„Das ist wirklich seltsam. Aber es gefällt mir. Ich bin am Zeichnen. Versuche, meine Kreativität wieder anzukurbeln.“

„Tut es gut, wieder am Zeichentisch zu sitzen?“

„Ja, das tut es.“

„Freut mich.“ Seine Stimme klingt, als wäre er wirklich froh, dass ich mache, was ich liebe. „Hey, kann ich dich vielleicht anheuern, Penelope und Bert in Charlies Zimmer an die Wand zu zeichnen?“

Das erstaunt mich. „Wirklich?“ Legend weiß nichts über meine Bücher. Wir haben mal kurz allgemein darüber gesprochen, aber das war’s auch schon.

„Ich habe sie für Charlie gekauft und lese ihr manchmal daraus vor. Ich weiß, dass sie noch nichts versteht, aber ich hoffe, dass sie meine Stimme gern hört. Und ich liebe diese dummen Gänse. Die würden super im Kinderzimmer aussehen.“

Jetzt bin ich vollkommen sprachlos, denn dieses Kompliment über meine Arbeit von Legend regt albernerweise tiefe Emotionen in mir an. Ich öffne den Mund, um etwas zu sagen, bin aber nicht in der Lage dazu.

„Pepper? Bist du noch da?"

Ich räuspere mich. „Ja … äh … liebend gern."

„Das klingt aber nicht so sicher", sagt er besorgt. „Habe ich eine Grenze überschritten?"

„Gott, nein!" Endlich finde ich wieder Worte. „Ich bin nur … gerührt, dass du mich das fragst. Meine Arbeit ist etwas sehr Persönliches für mich, und dass sie dir so gefällt, dass du sie an der Wand im Zimmer deiner Tochter haben willst … ist ein bisschen überwältigend."

Legend lacht leise. „Da bin ich aber froh. Ich muss jetzt aufhören. Magst du heute Abend zum Essen zu Charlie und mir rüberkommen?"

Ich lächele und mein Kopf schwebt schon wieder in den Wolken. „Ich sag dir was … bring doch einfach Charlie mit zu mir rüber. Ich koche uns was."

„Ich kann's kaum erwarten", sagt er und legt auf.

Ich starre abwesend auf den Tisch, wo Penelope nur halb gezeichnet ist. Ich denke darüber nach, dass Legend will, dass meine Arbeit Charlies Zimmer dekoriert, und wie sexy er stöhnt, wenn er kommt, und dass seine Eltern übermorgen zum Essen kommen und er will, dass ich sie kennenlerne.

Ich habe jetzt tatsächlich eine Beziehung.

Und das macht mich vor allem glücklich.

Ich erlaube mir noch ein paar Minuten den Luxus dieser Gedanken. Überlege, was das bedeutet und wann ich Legend meinen Eltern vorstellen sollte. Als ich darüber nachdenke, wie es wohl wäre, mit ihm und Charlie zusammenzuwohnen, schüttele ich den Kopf und verscheuche diese Vorstellung. Dafür ist es noch viel zu früh.

Ich nehme den Stift, zeichne die inneren Schattierungen und versinke darin.

Als das Handy erneut klingelt, schaue ich auf die Uhr und stelle fest, dass es fast eine Stunde her ist, dass Legend mich angerufen hat. Das Display zeigt, dass Lucy anruft. Sie weiß, dass sie mich anrufen soll, wenn sie Hilfe braucht und Legend nicht da ist.

„Was gibt's?", frage ich sie lächelnd, denn ich rechne nicht damit, dass etwas nicht stimmen könnte.

Doch als ich ihre Stimme höre, stellen sich mir die Nackenhärchen auf. „Pepper, da ist eine Frau, die behauptet, Charlies Mutter zu sein, und sie besteht darauf, sie zu sehen."

Ein Gefühl steigt in mir auf, das sicherlich dem einer Bärenmutter ähnelt, die ihr Junges beschützen muss. „Ich komme."

Ich eile aus der Haustür, renne rechts von meiner Veranda und sehe Legends Haus, seine Veranda und eine Frau davor.

Die Haustür ist geschlossen und keine Spur von Lucy und Charlie. Gott sei Dank war Lucy klug genug, sie nicht reinzulassen, und bestimmt hat sie die Tür abgeschlossen. Ich merke mir, Legend zu sagen, dass Lucy eine Lohnerhöhung verdient hat.

Die Frau bemerkt mich nicht sofort, sodass ich sie genauer betrachten kann, während ich schnell durch meinen Garten gehe und über Legends breite Einfahrt.

Sie sieht umwerfend aus. Allerdings hätte ich von Legends Ex-Freundinnen auch nichts anderes erwartet. Groß, schlank und Killerkurven. Sie hat die dunkle Haut mediterraner Völker, langes, glänzendes, braunes Haar und sieht nicht aus, als hätte sie erst vor einem Monat ein Kind geboren. Sie trägt hautenge Jeans und High Heels und ein noch engeres T-Shirt, aus dem ihre Brüste herausquellen wollen. Ihr Make-up ist makellos und ihre Handtasche von einer Designermarke. Sie entspricht genau dem Typ schöner Frauen, die ich an Legends Seite vermutet hätte, was mich allerdings nicht verunsichert. Ich bin zufrieden mit meinem Körper und meiner Mode, aber ich bin auch kein Puck-Häschen.

Lida bemerkt mich aus dem Augenwinkel und sieht mich an. Sie lächelt zögerlich, aber offen, denn wahrscheinlich denkt sie, ich bin nur eine Nachbarin, die sich eine Tasse Zucker borgen will.

Das Lächeln vergeht ihr, als ich mit zwei Sprüngen die Treppe hoch auf der Veranda bin und frage: „Was willst du hier?"

Sie hebt die Brauen und Wut leuchtet in ihren Augen. „Wer zum Teufel bist du denn?" Sie hat einen leichten Akzent. Ich tippe auf zweite Generation Kubanerin.

„Ich bin die Person, die berechtigt ist, dir zu sagen, dass du hier nicht willkommen bist und schon gar kein Recht hast, Charlie zu sehen." Ich stelle mich vor die Tür und kreuze die Arme vor der Brust.

Meine Botschaft ist deutlich. Erst muss sie an mir vorbei. Zwar ist sie größer als ich, aber ich bin ein fieser Kämpfer. Zumindest glaube ich das, wenn es um Charlie geht.

Lida drückt den Rücken durch und sieht mich arrogant an. „Er hat sie also Charlie genannt?"

Ich antworte nicht. Sie hat keine Informationen verdient, und ich ärgere mich, ihren Namen ausgeplaudert zu haben.

„Ich bin ihre Mutter", sagt sie herrisch.

„Nein, bist du nicht. Du hast sie geboren und dann verlassen. Du bist nicht ihre Mutter."

Lida wird rot und presst kurz die Lippen zusammen. Dann zeigt sie mir die Zähne. „Das werden wir noch sehen. Wo ist Legend?"

„Nicht da." Mehr verrate ich nicht.

„Wann kommt er nach Hause?"

„Keine Ahnung."

Ich merke, dass sie stinksauer ist, doch sie ist auch nicht dumm und erkennt, dass sie bei mir nicht weiterkommt. Ihr Ausdruck wird weicher und ihre Stimme ist fast ein Flehen. „Ich habe sie nicht verlassen. Ich hatte Wochenbettdepressionen und war nicht ganz bei mir."

Ich spüre einen kleinen Stich des Mitgefühls, doch ich halte mich wacker. Deswegen werde ich sie nicht zu Charlie lassen. Falls Legend das anders sieht, dann soll es so sein, aber er ist nicht hier, um das zu entscheiden.

„Hör zu", sage ich freundlicher, in der Hoffnung, zu verhindern, dass eine brisante Situation entsteht. „Er kommt heute erst spät nach Hause. Ich verstehe, dass ihr miteinander reden müsst. Du solltest ihn anrufen und einen Termin vereinbaren. Du verstehst sicher, dass sein Kalender in der Saison ziemlich voll ist."

Sie sieht mich eine Weile nur an, und ich habe keinen Schimmer, was in ihr vorgeht. Sie denkt über meinen Vorschlag nach, und ihre gespitzten Lippen deuten an, dass sie nicht begeistert ist. Doch die Haltung ihrer gesenkten Schultern verrät, dass sie akzeptiert hat, jetzt nicht ins Haus zu gelangen.

„Na gut", sagt sie und dreht sich um.

Sie schreitet die Stufen wie ein Model hinab und fühlt sich in den hohen Schuhen sichtlich wohl. Ich sehe zu, wie sie zu einem blauen Auto geht, das auf der anderen Straßenseite steht. Als sie wegfährt, schreibe ich Legend an.

Ich: *Kein Notfall, aber Lida war eben hier. Ich konnte sie überzeugen, wieder wegzufahren.*

Ich sende die Nachricht ab, drehe mich zum An-die-Tür-Klopfen um, damit Lucy mich reinlässt, aber da kommt schon Legends Antwort.

Legend: *Ich komme heim. Bitte warte dort auf mich.*

Ich: *Okay.*

Lucy muss aus dem Fenster zugesehen haben, denn sie schließt die Tür auf, um mich reinzulassen. Sie hat Charlie in die eiförmige Wippe gelegt und hat das längste Küchenmesser in der Hand, das Legend besitzt.

„Du bist echt klasse", sage ich mit Blick auf das Messer.

Lucy atmet seufzend aus und lässt den Arm mit dem Messer sinken. „Das hat mir Angst gemacht."

„Wie lief das ab?", frage ich und schließe die Tür hinter mir zu.

„Sie hat geklopft und ich habe aufgemacht. Dachte, sie will mir was verkaufen oder so. Sie fragte nach Legend, und als ich sagte, dass er nicht da ist, wollte sie ihr Baby sehen. Ich bin in Panik geraten. Ich sagte ihr, dass sie gehen soll, und habe ihr die Tür vor der Nase zugemacht. Dann habe ich dich angerufen."

„Das hast du ganz super gemacht, Lucy." Ich nehme ihr das Messer aus der Hand. „Legend und Charlie haben echt Glück, dich zu haben."

Sie legt eine Hand auf ihre Brust und lacht nervös auf. „Ich glaube, ich bin um zehn Jahre gealtert."

„Alles ist gut", versichere ich ihr und hoffe, meine Stimme klingt zuversichtlicher, als ich mich fühle. Ich gehe in die Küche und stecke das Messer wieder in den Messerblock. „Legend ist auf dem Weg nach Hause."

KAPITEL 17

Legend

Ich habe gedacht, dass ich als berühmter Eishockeyspieler mit jeder Menge Kohle schneller an meinen Anwalt herankomme, doch da habe ich mich geirrt.

Anscheinend ist er vor Gericht beschäftigt, und seit ich zu Hause bin, laufe ich mit meinem unruhigen Herumwandern den Wohnzimmerteppich ab. Ich hatte Glück, dass mich die Polizei nicht angehalten hat, denn ich habe auf dem Nachhauseweg fast die Schallgeschwindigkeit durchbrochen. Als Peppers Nachricht kam, hatte ich nach der Videoanalyse gerade meine Trainingsklamotten angezogen.

Obwohl ich zuversichtlich war, dass Pepper alles unter Kontrolle hat, konnte ich nicht wissen, was Lida als Nächstes einfallen würde. Würde sie wiederkommen? Wie weit würde sie gehen, um ihr Kind zu sehen?

Sofort habe ich den Anwalt Jim Foppiano angerufen, doch die Sekretärin sagte, er habe keine Zeit. Ich bestand darauf, dass sie ihn unterbrechen solle. Sie erklärte mir, dass das nicht ginge, weil er mit einem Fall beschäftigt sei. Ich hinterließ meine Kontaktinfos und ließ sie mir versprechen, ihm sofort Bescheid zu sagen, sobald er fertig sei. Als ich ihr sagte, dass ich Legend Bay bin, schnappte sie überrascht nach Luft, sodass ich ziemlich sicher bin, dass sie ihm meine Nachricht ausrichten wird.

Pepper sitzt auf der Couch und beobachtet mich. Vor einer halben Stunde schickte ich Lucy nach Hause, denn auf keinen Fall verlasse ich heute noch mal das Haus. Mein Beschützerinstinkt arbeitet auf Hochtouren und sagt mir, dass ich vielleicht nie wieder weggehen werde, es sei denn, dass ich Charlie mitnehmen kann.

Charlie bekommt von all dem nichts mit. Vielleicht spürt sie meine Unruhe, denn als ich sie im Arm hatte, hörte sie nicht auf zu jammern. Pepper sprang ein, und als ich Charlie in ihre Arme legte, wurde sie still und schlief ein.

Das machte mich nicht im Geringsten eifersüchtig, und trotz meiner momentan negativen Gefühle wegen Lida, war die Zärtlichkeit, die ich spürte, als Pepper meine Tochter beruhigte, wie ein dringend benötigter Balsam.

Ich schaue auf die Uhr und prüfe, ob das Handy nicht stummgeschaltet ist – was ich bestimmt schon zehn Mal getan habe –, und blicke dann zu Pepper. Sie hat die Füße unter sich gezogen, während die *mamaRoo*-Wippe, in der Charlie schläft, langsam kreisend schaukelt.

Pepper sieht mich besorgt an und ich lächele.

„Sorry, ich versuche, cool zu bleiben."

„Nicht meinetwegen. Du hast jedes Recht, nervös zu sein."

Pepper erzählte mir alles, einschließlich ihrer Meinung über Lidas Verhalten. Sie schien alle Sinne beisammen gehabt zu haben, meint Pepper.

War zwar wütend, aber nicht übermäßig aggressiv.

Mich stresst am meisten, dass Pepper spürte, dass Lida fest entschlossen war. Sie wird nicht einfach wieder verschwinden, und daher will ich, dass mein Anwalt auf den Kampf vorbereitet ist.

Das Handy klingelt und erschreckt mich so sehr, dass ich es fast fallen lasse. Kurz schäme ich mich, weil ich zum ersten Mal im Leben so schwach bin.

Hilflos.

Nutzlos.

Ich schüttele diese Gedanken ab und sehe mit Erleichterung, dass es die Nummer des Anwalts ist.

„Hallo, Jim", sage ich höflich und erzähle ihm alles. Er hört aufmerksam zu und stellt ein paar Fragen.

„Ich will eine einstweilige Verfügung für ein Kontaktverbot gegen sie. Ich zahle jeden Preis."

„So einfach ist das nicht", sagt Jim gelassen, was mich aufregt.

„Dann suche ich mir einen Anwalt, für den es einfach ist", schnauze ich ihn an.

„Legend", sagt Jim jetzt bestimmt und geschäftsmäßig. „Lass mich dir das Gesetz erklären. Momentan hast du das alleinige Sorgerecht, und Lida hat kein Recht, Charlie zu besuchen. Sie kann aber die rechtlichen Möglichkeiten wahrnehmen, das zu ändern. Und einmal bei dir aufzutauchen, ist für das Gericht kein Grund, euch zu schützen. Damit ich etwas wegen einer akuten Bedrohung unternehmen kann, müsste Lida in den vergangenen zwölf Monaten mindestens zwei eindeutige Bedrohungen ausgeführt haben."

„Also kann ich momentan überhaupt nichts tun?", frage ich ungläubig und sehe Pepper an. Alarmiert von meinem Tonfall steht sie auf. „Sie kann einfach so bei mir erscheinen, wann immer sie will?"

Jim senkt die Stimme, um mich zu beruhigen, was nicht funktioniert. „Wenn sie wiederkommt, musst du ihr sagen, dass sie zu gehen hat und deinen Grund und Boden nicht mehr betreten darf. Sollte sie sich weigern, zu gehen, ruf die Polizei an, und dann können wir etwas dagegen unternehmen. Es tut mir leid, aber so ist es nun mal."

„Also das ist verfickt noch mal nicht hilfreich", knurre ich den Anwalt an.

Meine Ausdrucksweise stört ihn nicht. „Ich werde mich mit ihrem Anwalt in Verbindung setzen und ihn bitten, ihr zu sagen, dass sie sich fernhalten soll. Auch werde ich herausfinden, ob sie ihn angeheuert hat, um gegen dein Sorgerecht vorzugehen. Mal sehen, ob wir herausfinden, was in ihrem Kopf vorgeht."

„Der ist im verdammten La La Land." Das bringt Jim zum Lachen. Ich grinse leicht. „Okay, versuche, das alles herauszufinden. Eventuell würde ich beaufsichtigten Besuchen zustimmen, aber Sorgerecht kommt nicht infrage. Ihr psychischer Zustand ist mir scheißegal, sie hat ihr Kind verlassen und man kann ihr nicht trauen. Bleib standhaft, und wenn sie kämpfen will, dann sehen wir uns eben vor Gericht wieder.“

„Verstanden. Dieser Fall hat von jetzt an Priorität für mich.“

„Vielen Dank, Jim.“

Ich lege das Handy auf den Beistelltisch neben dem Sofa. Pepper steht vor mir, und es fühlt sich völlig normal an, dass ich sie in meine Arme nehme. Sie umarmt mich auch, und das brauche ich jetzt. Während wir uns festhalten, erzähle ich ihr, was Jim genau gesagt hat.

Als wir voneinander ablassen, gehe ich zu Charlie hinüber, bücke mich und sehe den sanft kreisenden Schaukelbewegungen zu. Charlies Gesicht ist entspannt und friedvoll. Sie ahnt nichts von dem schlimmen Tag, und ich hoffe, sie nie damit belasten zu müssen.

Seufzend setze ich mich auf den Boden neben die Wippe und strecke die Beine aus. Pepper lässt sich im Schneidersitz nieder und wir haben Charlie zwischen uns und sehen sie eine Weile schweigend an.

„Ist dir aufgefallen, wie aufgeregt sie wird, wenn sie ihre Flasche auf sich zukommen sieht?“, frage ich.

Sie grinst. „Ja, sie bewegt wild die Ärmchen. Man denkt fast, gleich reißt sie sie einem aus der Hand.“

„Ja“, antworte ich leise und wir schauen sie wieder lange an.

Dann blicke ich zu Pepper. „Ich weiß nicht, was ich machen soll. Ich habe Angst, Charlie allein zu lassen, und es ist unmöglich, Lucy in die Situation zu bringen, Angst vor Lidas Auftauchen haben zu müssen. Morgen ist ein Heimspiel, und ich denke ernsthaft darüber nach, nicht mitzuspielen. Aber das würde mich in echte Schwierigkeiten bringen."

Pepper kaut beim Zuhören auf ihrer Unterlippe. Dann sagt sie: „Du kannst nicht einfach mit deinem Leben aufhören, Legend. Ich weiß, dass du instinktiv Charlie beschützen willst, koste es, was es wolle, aber du musst einen Weg finden, der deinem Beruf nicht in die Quere kommt."

„Ich weiß." Ich seufze. Verdammt, und wie ich das weiß.

„Ich kann morgen mit Lucy hierbleiben, wenn du spielst, und wenn du es beruhigender findest, können wir auch zu meinen Eltern gehen. Nach dem Spiel kannst du uns dort abholen. Dann musst du dir um Lida gar keine Sorgen machen."

Lächelnd schüttele ich den Kopf. „Warum ich?"

Pepper zieht die Brauen zusammen. „Wie meinst du das?"

„Warum bindest du dich freiwillig an mich? Ich war immer ein Arsch zu dir, und jetzt bin ich so mit den Spielen und dem Baby beschäftigt, dass ich kaum Zeit habe, mit dir auszugehen, und jetzt auch noch dieses Mutter-Drama. Warum tust du das für mich?"

Pepper grinst schelmisch. „Du machst mir super Orgasmen."

Ich hebe eine Augenbraue, weil das keine befriedigende Antwort ist.

Ihr Blick wird ernst. „Ich habe doch schon gesagt, dass ich dich mag."

Ja, das hat sie in Winnipeg gesagt. Es jetzt zu hören, erleichtert mich unglaublich, was mir sagt, dass ich mich wirklich gefragt habe, wieso jemand so wunderbares wie Pepper etwas mit jemandem zu tun haben will, der ständig in irgendeinem Gefühlschaos steckt. Ich lächele sie an. „Ich mag dich auch."

„Schön. Dann ist das ja erledigt." Sie zieht die Beine an, schlingt die Arme um ihre Schienbeine und sieht mich nachdenklich an. „Wirst du deinen Eltern erzählen, was los ist?"

„Scheiße." Ich klatsche mir mit der Hand auf die Stirn. Ich habe total vergessen, dass übermorgen meine Eltern herkommen. Ich schüttele den Kopf. „Lieber nicht. Ich habe noch nie meine Probleme mit meinen Eltern besprochen. Das kommt von der militärischen Erziehung väterlicherseits. Er hat mir beigebracht, selbst mit mir zurechtzukommen."

„Aber es ist doch nichts Schlimmes daran, sich helfen zu lassen."

„Das stimmt." Ich schaue auf Charlie. „Und sie dürfen mich gern nach ihren Möglichkeiten dabei unterstützen, ein alleinerziehender Vater zu sein. Aber es hat keinen Sinn, sie zu beunruhigen, bis wir genau wissen, was los ist."

„Das klingt nach einer guten Strategie."

„Außerdem habe ich ja anscheinend dich, um meine Sorgen zu teilen."

„Ja, das stimmt." Sie nickt entschlossen.

„Aber ich will nicht, dass du denkst, das wäre alles zwischen uns." Plötzlich mache ich mir Gedanken, dass ich erst lediglich eine zwanglose Beziehung haben wollte und mir jetzt Sorgen mache, dass sie mich unter diesen Umständen für einen schlechten Fang hält.

„Ich glaube schon", sagt sie langsam und mit mitfühlendem Blick, „dass du mir zutrauen kannst, zu wissen, was zwischen uns ist."

„Du bist ja auch ein Schlaumeier", necke ich sie lachend.

„Es wird alles gut, Legend", versichert sie mir. „Das mit Lida wird vergehen. Natürlich musst du vorsichtig sein, aber trotzdem mit deinem Leben weitermachen. Lass dir davon nicht den Fokus auf deinen Job und dein Glück verderben."

Ich sehe sie an, und mir ist klar, dass ich jetzt etwas Ernstes sagen werde, doch ich möchte es auch unbeschwert klingen lassen. „Ich dachte immer, du bist nur eine verrückte Nachbarin, die dazu bestimmt ist, mich zu ärgern. Dabei bist du klug und weise."

„Und sexy."

„Supersexy", stimme ich zu. „Magst du rummachen, bis Charlie aufwacht?"

„Ich dachte schon, du fragst nie." Sie lacht und lockt mich mit ihrem Finger zu ihr.

Ich gehorche.

KAPITEL 18

„Nervös?", fragt Pepper, als wir zusehen, wie meine Eltern auf meiner Einfahrt parken.

Ich hatte ihnen angeboten, sie vom Flughafen abzuholen, doch sie wollten sich unbedingt einen Mietwagen nehmen. Meine Eltern wollen mir nicht zur Last fallen, genauso wenig wie ich ihnen.

„Kein bisschen", antworte ich, und das stimmt. Abgesehen davon, dass Dad mir vielleicht einen Vortrag halten wird, bin ich am meisten aufgeregt, ihnen ihr Enkelkind zu zeigen.

Mom steht vor Begeisterung neben sich, seit ich ihr von Charlie erzählt habe. Es würde mich nicht wundern, wenn sie sich weigern würde, mit Dad wieder nach Boston zurückzukehren.

Pepper sieht mich prüfend an und scheint mit meiner Antwort zufrieden zu sein. Sie gibt mir einen Klaps auf den Hintern. „Aber damit du Bescheid weißt, ich bin absolut nervös, deine Eltern kennenzulernen."

„Musst du nicht", sage ich leise, denn meine Eltern betreten gerade die Veranda und ich öffne ihnen mit einer Hand die Tür. Mein anderer Arm ist von einem wachen, neugierigen Baby besetzt.

Mom sieht mich nicht einmal an, sie hat nur Augen für Charlie. Dad wirft mir einen kurzen Blick zu und betrachtet dann ebenfalls Charlie.

Und verdammt … seine Augen glänzen feucht und er starrt fasziniert auf seine Enkelin.

„Habe ich es nicht gesagt, Nathan? Sieh sie dir an", wispert Mom und streckt den Arm aus.

Grinsend lege ich Charlie in ihre Arme. Sie hat mich immer noch nicht angesehen, aber das ist völlig in Ordnung.

Dad betrachtet Charlie über Moms Schulter hinweg. Mit einer Fingerspitze berührt er Charlies Gesicht. „Sie hat Legends Augen", sagt er überzeugt, und ich bin erstaunt, dass er das erkennt.

Außer ihrer Haar- und Augenfarbe sehe ich nichts an ihr, was mir ähnlich ist. Allerdings finde ich auch Lida nicht in ihr wieder.

So stehen wir auf der Veranda und Pepper betrachtet uns von der Tür aus. Ich sehe sie an und sie grinst. Ihr gefällt genauso gut wie mir, wie sehr meine Eltern von Charlie fasziniert sind.

„Jetzt will ich sie halten", verlangt Dad.

Überrascht blinzele ich. Ich hätte nie gedacht, dass er ein Baby halten wollen würde. Ich kann mir nicht mal vorstellen, dass er einst mich gehalten und mit mir geschmust hat, obwohl es wahrscheinlich so war. Er war einfach so ernst und strikt zu mir, dass ich immer dachte, die Fähigkeit zur Zärtlichkeit, die ich besitze, kommt allein von meiner Mom.

Mir klappt der Mund auf, als er Mom so bedrängt, dass sie keine andere Wahl hat, als ihm Charlie zu übergeben. Wie ein verdammter Profi stützt er ihren Kopf und legt sie sich sicher in die

Arme.

Ich lerne heute noch etwas über meinen Vater.

„Mom, Dad ...", sage ich, um ihre Aufmerksamkeit zu erlangen. Sie brauchen einen Moment, die Blicke von Charlie loszureißen, was ich echt süß finde. Ich reiche Pepper die Hand, die sie nimmt, und ziehe sie aus dem Türrahmen. „Ich möchte euch meine Freundin Pepper Nantais vorstellen."

Da meine Eltern alles andere als unhöflich sind, lächeln sie Pepper aufrichtig an. Zwar habe ich meinem Dad noch nichts von Pepper erzählt, doch hin und wieder Mom geschrieben, weil sie neugierig war. Ich bin sicher, sie hat ihm alles berichtet.

„Wir freuen uns sehr, dich kennenzulernen", sagt Mom zu ihr. „Legend hat uns erzählt, wie sehr du ihm geholfen hast, als er plötzlich Vater sein musste."

„Vielen Dank, Mrs. Bay. Und es freut mich auch, Sie kennenzulernen."

Dad gibt einen Knurrlaut von sich, schüttelt den Kopf und sieht Pepper ernst an. „Keine Förmlichkeiten bitte. Das ist Wendy und ich bin Nathan oder Nate. Wendy ist die Einzige, die Nathan zu mir sagt."

Pepper drückt meine Hand, was bedeutet, dass es sie amüsiert. „Okay, na dann ... schön, euch kennenzulernen, Nate und Wendy. Wie findet ihr eure Enkelin?"

Mom sieht gezwungenermaßen kurz von Charlie hoch, was qualvoll zu sein scheint. Nach einem kurzen Blick auf Pepper betrachtet sie wieder ihre

Enkelin. „Du kannst dir nicht vorstellen, wie begeistert wir sind, dass sie da ist. Legend wird ein wunderbarer Vater sein.“

„Das ist er schon“, sagt Pepper leise, was anscheinend nur ich wahrgenommen habe. Ich drücke kurz ihre Hand.

„Gib sie mir wieder“, befiehlt Mom Dad und macht eine greifende Handbewegung.

Zögerlich gehorcht Dad, und wieder ist Mom ganz verzückt von Charlie, die ihre Großmutter neugierig ansieht.

„Gehen wir rein“, schlage ich vor und glaube, sie wären zufrieden damit, hier draußen stehen zu bleiben und meine Tochter hin und her zu reichen.

Ich schließe die Haustür ab, was ich vor Lidas Erscheinen nie für nötig gehalten habe.

Pepper bietet uns allen Kaffee an. Mom reicht Charlie an Dad weiter und folgt Pepper in die Küche. Ich gehe mit Dad ins Wohnzimmer. Er lässt sich auf dem Fernsehsessel nieder, wiegt Charlie in seinen Armen und sieht sie an. Ich setze mich auf die Couch, lege einen Arm auf die Rücklehne und betrachte die beiden mit Freude. Nie hätte ich gedacht, dass Dad sich so bezaubern lassen würde. Als er mich ansieht, ist er ernst und mir zieht sich alles zusammen. Hier kommt die Predigt. Ich werde sie über mich ergehen lassen.

„Sie ist hübsch“, sagt er etwas brummig, sieht sie an und dann wieder mich. „Ich bin stolz auf dich.“

Ich kann nicht anders, mir klappt das Kinn nach unten. Nicht, dass Dad mich nie gelobt hätte, doch es war immer sehr mit Bedacht. Erst zweimal habe ich das von ihm gehört. Als ich die Highschool absolviert habe und als ich in die NHL gekommen bin. Nie hätte ich erwartet, es für ein uneheliches Unfallkind zu hören zu bekommen.

Er betrachtet mich und hebt leicht die Mundwinkel. Mein schockierter Ausdruck amüsiert ihn. Sicher versteht er meine Irritation, also erklärt er es mir. „Du wurdest mit einer ungewollten Situation konfrontiert und warst garantiert nicht darauf vorbereitet. Aber wie ich von deiner Mutter gehört habe, bist du die Lage weit reifer angegangen, als es deinem Alter entspricht, und mit einem An-stand, den nicht viele Männer an den Tag legen. Ich glaube, dieses kleine Mädchen hat sehr viel Glück gehabt."

Mit immer noch leicht geöffnetem Mund starre ich Dad an. Obwohl ich sein Lob für meine Selbst-sicherheit nicht brauche, bedeutet mir seine Mei-nung viel, denn ich respektiere ihn. Er mag ein strenger und nicht übermäßig liebevoller Dad sein, aber meinen heutigen Erfolg habe ich einzig ihm zu verdanken.

Charlie wimmert leise, und ich sehe, wie sie das Gesicht verzieht. Diesen Blick kenne ich und sofort stehe ich auf. Als ich die Arme nach ihr ausstrecke, beginnt sie auch schon zu weinen. „Sie hat Hun-ger, ich hole ihre Flasche."

Dad schüttelt den Kopf und spricht zu Charlie. „Hast du Hunger, Kleines? Warte, Opa füttert dich."

Ich starre ihn an und der nächste Schock lässt mich innehalten.

Dad verdreht die Augen und nickt Richtung Küche. „Geh schon die Flasche holen."

Ich kann nicht anders, ich muss es aussprechen. „Wer bist du und was hast du mit meinem Vater gemacht?"

„Sehr witzig", sagt er liebevoll.

Lachend gehe ich in die Küche. Pepper unterhält sich mit Mom und sie machen ein Tablett mit Kaffeetassen zurecht.

Mom lächelt mich an. „Legend, ich habe gerade Pepper gefragt, ob sie zum All-Star-Wochenende mitkommt."

Himmel, das habe ich total vergessen. Ich wurde ins All-Star-Team berufen. Diese Spiele und Wettbewerbe finden jedes Jahr Ende Januar statt, was in wenigen Wochen ist.

„Ich weiß nicht, ob ich teilnehmen kann", murmele ich.

„Warum nicht?", fragt Pepper herausfordernd. „Ein Kind zu haben, hält dich doch sicherlich nicht davon ab, Eishockeyspieler zu sein."

Sie weiß verdammt gut, dass ich wegen Lida besorgt bin. „Nein, aber mein Job bei den Vengeance ist etwas anderes, als in der Winterpause bei einem Spiel nur so aus Spaß mitzumachen."

Pepper schnaubt und Mom ist verwirrt. „Magst du denn nicht mitspielen, Legend?", fragt sie. „Da es in Boston stattfindet, wollen dein Vater und ich hingehen. Ihr könnt Charlie ja mitnehmen und wir können etwas Zeit zusammen verbringen."

Und hiermit appellieren meine Eltern zum ersten Mal an mein Gewissen und verursachen mir Schuldgefühle. Irgendwie niedlich.

Ich sehe Pepper an. „Würdest du gern mitkommen? Vorausgesetzt, der Rest des Abends mit diesen Leuten hier verläuft gut. Am Ende kannst du sie vielleicht gar nicht mehr ausstehen."

„Legend!", ereifert sich Mom gespielt. „Sei nett zu deinen Eltern."

Pepper lacht. „Ich glaube, ich werde deine Eltern auch nachher noch nett finden, und ich würde gern mitkommen."

Das ist schön, zu hören, auch wenn sie meine Leute erst seit fünf Minuten kennt. Allerdings habe ich Peppers Eltern, Richard und Meryl Nantais, gestern Abend auch nur fünf Minuten gesehen, als ich Pepper und Charlie abgeholt habe. Es war eine super Idee von Pepper, mit Charlie dorthin zu gehen, während ich spielen musste. So konnte ich mich voll auf den Job konzentrieren, statt mir Sorgen zu machen, dass Lida wieder erscheint und irgendwas Verrücktes tut. In diesen fünf Minuten waren Peppers Eltern überfreundlich, nett und hießen mich willkommen. Sie wirkten nicht entsetzt darüber, dass ihre Tochter mit einem Mann zusammen ist, der gerade zum Vater gemacht wurde. Ich wurde eingeladen, möglichst *bald* wiederzukommen, um mich *näher kennenzulernen* und mit meiner *entzückenden Tochter spielen zu können*. Das waren ihre Worte, und es gefiel mir.

Ich dankte ihnen ausgiebig dafür, ihr Haus für uns geöffnet zu haben. Pepper hatte ihnen alles über Lida berichtet, und sie boten mir an, Charlie bei jedem Heimspiel zu nehmen, wenn ich möchte, bis das mit Lida ausgestanden wäre.

Das will ich ihnen allerdings nicht aufbürden. Außerdem kann es gut sein, dass Lidas Auftauchen eine einmalige Sache war. Vielleicht, um meine Grenzen auszutesten.

Gestern Abend ist Lida jedenfalls nicht gekommen. Das weiß ich genau, weil ich das Video des Alarmanlagensystems gecheckt habe, als Charlie und Pepper schon lange schliefen. Niemand ist dem Haus nahe gekommen und hat die sechs Kameras mit Flutlichtern ausgelöst, die ich rund um Haus und Grundstück verteilt installiert habe.

Das beruhigt mich, denn hätte Lida vorgehabt, wiederzukommen, dann bestimmt noch am selben Tag. Mein Anwalt hat bisher noch keine Antwort von Lidas Anwalt erhalten, also bleibt mir nichts weiter übrig, als Peppers Rat zu beherzigen und mein Leben weiterzuführen und dabei extrem vorsichtig zu sein.

KAPITEL 19

Legend

„Das ist das Blödeste, was ich je gesehen habe", murmele ich, trinke mein Bier und sehe der Stripperin zu, wie sie sich um die Polestange windet.

„Das ist ein Talent", sagt Dax grinsend und stößt mich mit dem Ellbogen an.

Eine andere Tänzerin kommt über den Laufsteg und geht direkt vor uns breitbeinig in die Hocke.

Netter Waxing-Job.

Ich schaue auf meine Uhr, und als ich wieder aufsehe, steckt Dax einen Zwanzigdollarschein ins Strumpfband der Tänzerin. Mich lächelt sie sexy an. Ich trinke einen Schluck Bier, um anzudeuten, dass sie von mir nichts bekommt.

Ich drehe mich auf dem Barhocker um und betrachte die alberne Bande, die mein Team ist. Nicht alle Spieler sind zu dem gekommen, was Dax und Erik eine Babyparty nennen, die sie für mich organisiert haben, aber doch ein großer Teil. Alle Rookies, die keine Gelegenheit für Alkohol und nackte Titten auslassen, und fast alle der Veteranen, die solo sind. Die Verheirateten sind nicht gekommen, was heißt, dass sie genau wussten, was für eine Art Abend es werden würde.

Ich bin gewarnt worden, dass das Team eine Babyparty organisieren will, obwohl ich gesagt hatte, dass ich keine brauche. Ich habe gedacht, dass wir vielleicht nett essen gehen und hinterher Zigarren rauchen oder so etwas. Dass sie mir alberne Geschenke überreichen würden, wie Babyflaschen mit Bourbon gefüllt.

Aber das hier habe ich nicht erwartet.

Dax und Erik, diese bekloppten Ärsche, haben einen Raum in einem großen Strip-Club hier in Phoenix gemietet und diesen dann in Pink geschmückt. Pinke Luftballons, pinke Bänder, pinke Blumen auf dem Tisch, pinke Tischdecken.

Keine Geschenke.

Keine Zigarren.

Keine Flaschen mit Bourbon, keine Windeln. Die ich immer gebrauchen kann.

Nur sechs schöne Frauen, die ebenfalls pink gekleidet sind und Satin- und Spitzendessous tragen, Lapdance und Striptease für die Männer machen.

Normalerweise wäre das ein toller Abend mit meinen Kumpels. Partys gehören zu unserem Lebensstil und wir lassen gern Dampf ab. Und ich liebe es, mir halb nackte Frauen anzusehen.

Aber heute?

Ich spüre gar nichts und frage mich, warum.

Vielleicht liegt es daran, dass sich zu Hause alles beruhigt hat. Es ist fast eine volle Woche her, seit Lida bei mir war, und seither hat niemand mehr etwas von ihr gehört. Mein Anwalt hat ein paarmal mit ihrem gesprochen, und dieser schwört, dass sie das gemeinsame Sorgerecht beantragen wollte und er sie seitdem nicht mehr gesehen hat.

Ich weiß nicht, was das bedeutet.

Hat sie aufgegeben?

Hat sie immer noch Depressionen und es geht wieder abwärts mit ihr?

Wie dem auch sei, ich habe zwar in meiner Vorsicht nicht komplett nachgelassen, aber mich entschieden, abzuwarten, bis sie wieder auftaucht. Ich muss die Sache loslassen und mich darum kümmern, wenn es wieder akut wird.

Vielleicht spricht mich das hier auch nicht mehr an, weil ich zu Hause etwas viel Besseres habe. Auch wenn Pepper nicht groß und üppig ist, mit Haaren bis zum Hintern, ist sie für mich trotzdem perfekt. Ich habe festgestellt, plötzlich ein immenses Interesse an einer feengleichen Frau mit kurzen Haaren, die ihren Hals zeigen, und deren Augen heißen Sex versprechen, entwickelt zu haben.

Doch vor allem zieht mich ihre Liebe zu Charlie an. Lucy hat bewiesen, eine exzellente, liebevolle und gewissenhafte Betreuerin zu sein, doch für sie ist es dennoch nur ein Job. Aber für Pepper ist Charlie nicht nur eine Aufgabe oder ein Gefallen für mich. Sie ist ein wahrer Schatz, beschäftigt sich mit Charlie und kümmert sich um deren Wohlergehen und Glück. Es besteht ein Band zwischen den beiden, das ich nicht erwartet habe, und das ist keine schlechte Sache. Meiner Meinung nach kann Charlie gar nicht genug Menschen haben, die sie lieben.

Erik kommt näher und grinst mich anstößig an. „Komm schon, Legend. Du hattest noch gar keinen Lapdance. Sei kein verdammter Loser."

Ich grinse. „Ich will einen, wenn du einen willst.“

Erik schließt den Mund und sieht mich finster an. Mir ist längst aufgefallen, dass Erik sich mit dem Überfluss an Titten und Hintern auch nicht zu amüsieren scheint. Zweifellos stehen die Frauen hier für einen Fick im Hinterzimmer zur Verfügung, falls einer der Männer das will, doch Erik hat kaum einen Blick auf sie geworfen. Stattdessen läuft er herum, spielt den Gastgeber und verteilt Kondome statt Zigarren.

Erik macht nicht mit, weil er wie ich jemanden zu Hause hat. Ich nehme an, dass deshalb auch Bishop nicht gekommen ist, denn es wäre pure Zeitverschwendung für ihn. Außerdem ist er verlobt, und Brooke wäre sicherlich nicht begeistert, wenn er in einen Strip-Club gehen würde.

„Also, ich bin so solo, wie es nur geht, und übernehme gern alle Lapdances, die ihr Typen nicht wollt“, sagt Dax und winkt mit einem Hundertdollarschein der Frau, die vor ihm tanzt.

Er lockt sie mit dem Finger und sie steigt von der Bühne. Als sie bei uns ist, deutet sie auf einen Stuhl, auf den Dax sich setzen soll, anstatt auf dem Barhocker direkt vor der Bühne zu bleiben. Der wäre zu hoch für einen guten Lapdance.

Dax grinst und gehorcht gern.

Erik und ich sehen zu, wie sich die Frau breitbeinig über seine Schenkel begibt und über ihm mit den Hüften kreist. Sie zieht ihr Oberteil aus, und Dax schert sich einen Dreck um die Nichtanfassen-Regel, die in den meisten Clubs Standard ist. Er legt die Hände auf ihre üppigen Möpse und drückt sie, während er zu ihr hochsieht und grinst. Es scheint ihr zu gefallen, denn sie reibt ihre kaum bedeckte Pussy an ihm.

Dax hält kurz inne und holt sein Handy aus der Hosentasche. Er schaut auf das Display und grinst dreckig. „Lance … Mann, schade, dass du in New York bist, denn du verpasst die geilste Babyparty der Welt. Ich habe gerade eine halb nackte Frau auf dem Schoß."

Das muss Dax' bester Freund von den New York Vipers sein, aber sie kannten sich schon, bevor sie Spieler in der NHL wurden. Sie spielten zusammen Jugendeishockey und sind praktisch miteinander aufgewachsen.

Das Grinsen verschwindet aus Dax' Miene, sein Ausdruck ist verwirrt und besorgt zugleich. Er springt vom Stuhl auf und wirft die Stripperin fast zu Boden. Erik stürzt nach vorn und fängt sie auf.

„Hey!", beschwert sie sich bei Dax, doch er eilt bereits mit dem Handy am Ohr aus dem Club.

Erik lässt die Stripperin los und sieht mich an. Ich zucke mit den Schultern und stehe auf. Etwas stimmt nicht, also gehe ich Dax hinterher und Erik folgt mir.

Wir kommen in den Hauptteil des Clubs, und ich sehe Dax ganz hinten, wie er sich durch die Menge Richtung Ausgang drängt.

Als wir die Tür zum Parkplatz öffnen, blicke ich nach links, aber Erik zupft an meinem Shirt und ich schaue nach rechts. Dax lehnt mit dem Handy am Ohr mit gesenktem Kopf an der Wand.

Ich zögere, mich ihm zu nähern, denn seine Körpersprache sagt deutlich, dass es sich um eine sehr private Sache handelt. Doch als er die Schultern hängen lässt und sich eine Träne wegwischt, bewege ich mich automatisch.

Dax hebt den Blick, sieht mich an und schüttelt leicht den Kopf. Er wirkt tieftraurig, und ich weiß sofort, dass jemand gestorben sein muss. Vielleicht ein Elternteil. Sein Vater hat ein schwaches Herz.

Das wäre möglich, denn Lance ist praktisch bei den Monahans aufgewachsen und könnte derjenige sein, der Dax die schlechte Nachricht überbringt.

„Du musst jetzt stark sein", sagt Dax leise ins Handy. „Ich gehe jetzt nach Hause und buche den ersten Flug nach New York, den ich kriegen kann."

Stark sein?

New York?

Seine Eltern leben in Michigan.

Langsam lässt er das Handy sinken und stößt sich von der Wand ab. Tränen überfluten seine Augen, und seine Stimme zittert so sehr, dass ich ihn kaum verstehe.

„Lance ist tot", bringt er heraus und sieht aus, als ob er gleich zusammenklappt.

„Was?" Ich mache einen großen Schritt und packe Dax stützend am Arm. Erik tritt ebenfalls näher.

„Das war seine Schwester", sagt Dax leise.

Regan.

Ich kenne sie, denn ich habe eine Saison lang für

die Vipers gespielt. Lance hat sie großgezogen, nachdem ihre Eltern bei einem Autounfall ums Leben gekommen waren.

„Oh Gott", murmele ich und tausche mit Erik einen Blick aus. „Was ist denn passiert?"

„Ermordet", sagt Dax und schüttelt den Kopf, als könnte er es noch nicht glauben. „Ich weiß noch nichts Genaues, aber es war ein Raubüberfall und er wurde erschossen."

„Fuck." Mir wird übel.

„Ich muss nach New York, Regan ist völlig verzweifelt", sagt Dax, macht sich von mir los und taumelt über den Parkplatz.

Er hat einiges getrunken, aber ich glaube, sein Gang ist seiner Trauer geschuldet.

Erik und ich eilen ihm hinterher. Ich baue mich vor Dax auf und halte eine Hand hoch. „Du kannst nicht fahren, du hast viel zu viel getrunken. Ich bin auch an der Grenze, also machen wir Folgendes: Ich bestelle uns ein Uber und fahre mit dir nach Hause. Du kannst packen, während ich einen Flug buche."

Dax nickt nur dumpf und lässt sich von mir auf den Bürgersteig führen. Ich hole mein Handy hervor und öffne die Uber-App. Dann sehe ich Erik an. „Sag du drinnen allen Bescheid. Und kannst du Christian anrufen?"

Dax wird ein paar Spiele verpassen, und da ist die richtige Kontaktperson der Manager.

„Na klar", sagt Erik und legt eine Hand auf Dax' Schulter. „Es tut mir so leid, Mann. Sag Bescheid, wenn ich etwas für dich tun kann."

Dax bringt ein Lächeln zustande. „Danke."

Ich begleite Dax nach Hause zu seinem Stadthaus in Scottsdale. Für fünfzig Dollar zusätzlich wartet der Uber-Fahrer auf uns.

Dax ist still und distanziert, aber ich lenke ihn ab, so gut ich kann. Er erzählt mir mehr über Lance' Schwester Regan. Lance war in seiner vierten Saison in der NHL und erst einundzwanzig, als er die Vormundschaft für seine Schwester übernahm, die damals vierzehn war. Da Dax und Lance zusammen aufgewachsen sind, ist Regan für ihn genauso seine Schwester wie Willow.

Während er eine Tasche packt, reserviere ich ihm einen Flug. Ich ergattere einen um 01:10 Uhr mit nur einer Zwischenlandung, sodass er am Vormittag in New York landen wird. Weil ich nicht weiß, wann er wiederkommen will, buche ich nur den Hinflug.

Erik textet mir, dass er den Manager informiert hat. Christian wird es dem Team mitteilen, denn es wird sowieso bald durch die Presse gehen. Wenn ein Profispieler überfallen und erschossen wird, ist das immer eine große Sache in den Medien, auch außerhalb der Sportwelt.

Problemlos fährt uns der Uber zum Flughafen und wir steigen aus. Der Mann holt Dax' Tasche aus dem Kofferraum.

„Wenn du Hilfe brauchst, ruf mich an. Und sag mir Bescheid, wann die Beerdigung ist."

Er nickt, aber es ist fraglich, ob einer von uns zur Beerdigung fliegen kann. Unser Terminkalender nimmt auf so etwas keine Rücksicht, und wir haben diese Woche zwei Auswärtsspiele in Kalifornien und ein Heimspiel am Samstag. Sicherlich wird das Management mit Dax nachsichtig sein, dass er ein paar Spiele aussetzt, auch wenn er unser First Line Left Wing ist, aber der Rest von uns wird nicht freibekommen.

Zumindest hoffe ich auf deren Nachsicht, denn Dax ist der Typ Mensch, der ihnen ansonsten einfach den Mittelfinger zeigen würde, falls sie darauf bestehen, dass er sofort zurückkommt und nicht an der Beerdigung teilnimmt oder Ähnliches. Dann würde er ohne Bezahlung suspendiert werden und das Team müsste unter seiner Abwesenheit leiden.

Ich schüttele Dax die Hand, ziehe ihn in eine halbe Umarmung und klopfe ihm auf den Rücken. „Gute Reise, Mann. Halte mich auf dem Laufenden."

„Mache ich", sagt er und boxt mir leicht an die Schulter. Er sieht mir in die Augen. „Danke für deine Hilfe."

„Für dich jederzeit." Wir sind Teamkameraden und somit wie Brüder.

Er geht ins Flughafengebäude und ich verliere ihn aus den Augen. Von dem Uber lasse ich mich nach Hause fahren. Dafür bekommt er noch ein saftiges Trinkgeld.

Um fast Mitternacht schleppe ich mich meine Stufen hoch. Pepper ist heute nicht bei mir und Lucy ist mit Charlie allein. Da Pepper ihre Arbeit fertig bekommen muss, wollte sie bei sich drüben bleiben, was ich für keine große Sache hielt. Natürlich können wir auch einmal eine Nacht getrennt sein.

Andererseits …

Ich schaue zu ihr rüber und stelle fest, dass ich nach diesen Ereignissen – einen Kollegen zu verlieren und einen Freund trauern zu sehen – liebend gern Pepper bei mir hätte. Das mag egoistisch sein, doch ich zögere nicht, mein Handy hervorzuholen. Ihr Haus ist dunkel und sicherlich werde ich sie aufwecken. Beim dritten Klingeln geht sie dran.

Ihre Stimme ist verschlafen, doch alarmiert, weil ich so spät anrufe. „Ist alles okay?"

„Ich stehe vor meiner Haustür", sage ich müde. „Würdest du bitte bei mir schlafen?"

Pepper stellt keine Fragen. Sie hört es an meiner Stimme und sagt lediglich: „Schon auf dem Weg."

Ich lege auf und warte auf sie.

KAPITEL 20

Legend

Es ist ein herrlicher Tag für Mitte Januar. Fast Mittag, und die Temperatur wird vielleicht einundzwanzig Grad erreichen. Ich fahre durch mein Wohngebiet und sehe die Leute in ihren Gärten arbeiten, ihre Autos waschen oder auf dem Gehsteig spazieren.

Ich war gerade bei einem kurzen Teamtraining auf dem Eis, und anstatt aufs Laufband zu gehen, war ich fünf Meilen joggen. Nach dem Duschen fahre ich jetzt nach Hause und denke darüber nach, mit Charlie im Park spazieren zu gehen oder so etwas. Zwar kann sie nichts tun, aber wir könnten ein bisschen Sonne tanken. Bestimmt kann ich Pepper für eine Stunde von ihrem Zeichentisch weglocken.

In dieser Woche haben wir uns in unsere Beziehung eingelebt. Nach Lance' Tod ist sie zu mir gekommen, als ich sie brauchte. Sie war mein Cheerleader, als ich in Kalifornien war, hat mir geschrieben und mich angerufen und mich aufgebaut. Sie hat meine Ängste beruhigt, weil ich Lucy bei Charlie allein gelassen habe und mich auf Pepper in ihrer Nähe verlassen konnte.

Und die Orgasmen erst.

Egal, ob wir zusammen waren oder per FaceTime unanständige Dinge taten, wurde der Sex immer besser.

Gestern kam Pepper zu meinem Heimspiel gegen die Dallas Mustangs, und Lucy blieb bei Charlie zu Hause. Das war fast ein Date, denn meine Freundin ist ins Stadion gekommen, trug ein Trikot mit meiner Nummer auf dem Rücken und schrie so laut, dass ihre Stimme nach dem Spiel fast weg war.

Ich fahre auf meine Einfahrt und muss zweimal hinsehen, was da in meinem Vorgarten steht. In der Kurve des Weges zur Veranda stehen drei Keramikschweine.

Drei rosa Schweine.

Und zwar keine kleinen Dinger wie Peppers Gartenzwerge. Das Größte ist ungefähr sechzig Zentimeter hoch, das nächste etwas kleiner und das dritte ungefähr dreißig Zentimeter. Innen sind sie hohl und sie sollen wohl Pflanzkübel darstellen. Das große Schwein ist bereits mit bunten, herunterhängenden Blumen bepflanzt.

Pepper sitzt auf meiner Veranda und grinst mich frech an. Lucy sitzt daneben und hat Charlie auf dem Arm, die einen Schnuller in der Hand hat. Sie mag die Dinger nicht lange im Mund haben, aber wedelt gern damit herum.

Ich öffne die Garage und fahre den Wagen hinein. Ich lasse sie offen, gehe aber durchs Haus und direkt zur Veranda.

Ich deute auf die Schweine und wende mich Pepper zu. „Was zum Geier soll das werden?"

„Blumenkübel", sagt sie nüchtern. „Ich finde, die sehen großartig aus."

„Die sehen vor allem pink aus", knurre ich.

„Sie bringen Schwung in dein trostloses Domizil."

Ich starre sie kurz an und wende mich dann an Lucy. Sie hat den Blick gesenkt und beschäftigt sich mit Charlie, doch ich sehe, dass sie grinst und dieses Geplänkel witzig findet.

Ich schaue wieder Pepper an. „Du willst wohl, dass ich dir den Hintern versohle, ja?"

Sie reagiert wie geplant und errötet, weil ich vor Lucy sexuelle Anspielungen mache. Lucy hat natürlich längst kapiert, dass wir miteinander ins Bett gehen, aber sie hat keine Ahnung, was hinter der verschlossenen Tür abgeht.

Tja, zumindest nicht bis eben.

Pepper steht überraschenderweise auf und kommt auf mich zu. Sie legt die Hände auf meine Hüften und sieht zu mir hoch. „Ich wusste, dass die Dinger dich amüsieren werden, und wollte dich aufheitern. Aber ich nehme sie gern mit rüber in meinen Garten."

Sie wollte mich aufheitern.

Weil heute Lance' Beerdigung stattfindet und ich nicht dabei sein kann. Keiner von uns, weil wir gestern ein Spiel hatten und morgen noch eins haben. Dax bekam frei, um sich um den Besitz von Lance zu kümmern, aber er fliegt heute noch wieder her. Ich habe ein paarmal mit ihm telefoniert, und er war ungewohnt distanziert und hat nur vage Angaben gemacht, wie alles läuft. Ich nehme an, dass das Ganze ihn schwer belastet.

Ich gleite mit der Hand in Peppers Nacken und liebe ihre zarte Haut und wie ihre kurzen Haare meinen Handrücken kitzeln. Mit den Lippen küsse ich sanft ihre. „Das ist sehr lieb von dir und es amüsiert mich wirklich."

„Dachte ich mir." Sie grinst und sieht mich mit einem Wimpernaufschlag an.

Ich schaue kurz auf die Schweine und verkünde dann etwas Unerwartetes. „Weißt du was? Ich denke, sie verleihen meinem Garten tatsächlich ein bisschen was Verrücktes. Ich möchte sie gern behalten. Schließlich ist es gut für Charlie, alle möglichen Stilrichtungen zu sehen, oder?"

Pepper schnaubt, geht zu den Schweinen hinüber und zupft ein paar vertrocknete Blüten ab. Ich wende mich meinem anderen Mädchen zu. Lucy ist bereits aufgestanden und reicht mir meine Tochter.

„Sie ist heute ein besonders braves Mädchen", sagt sie und legt mir Charlie auf den Arm.

Sie weitet leicht die Augen, als sie mich erkennt. Ja, sie erkennt mich, und ihre kleinen Mundwinkel gehen leicht nach oben. Vor allem sehe ich das Lächeln auch in ihren Augen. Sie strahlen irgendwie, als sie ihren Daddy sieht.

„Wie geht's meiner kleinen Charlie?", sage ich im Singsang-Ton und streichele sie am Kinn. Sie gurrt und das Lächeln wird breiter. Und verdammt, es gibt wohl nichts Schöneres, als wenn einen sein Kind anlacht. Ich wippe auf den Hacken hin und her. „Hast du Lust auf einen Spaziergang, meine

Hübsche? Vielleicht durch den Park oder durchs Viertel? Wir fragen mal das andere hübsche Mädchen, das da mit den Schweinen spielt, ob es mitkommt, was meinst du? Dann werde ich von den beiden schönsten Mädels der Welt flankiert."

Ich schaue Pepper an, um zu sehen, ob ich sie irgendwie mit meinem Babygeplapper bezaubert habe, doch sie sieht uns nicht an. Sie starrt über meine Schulter hinweg und ihr Ausdruck alarmiert mich sofort.

„Legend", sagt Pepper warnend.

Schnell drehe ich mich um und sehe Lida von meinem linken Nachbarn her auf uns zukommen. Dort war sie bestimmt nicht zu Besuch, sondern sie hat weiter oben geparkt und hat die Abkürzung durch die nicht eingezäunten Gärten genommen. Sie schlendert auch nicht, sondern macht lange, entschlossene Schritte. Ihr Gesicht zeigt Wut.

Mein Beschützerinstinkt springt an. Ich reiche meine Tochter an Pepper weiter und spreche leise. „Geh mit Charlie und Lucy ins Haus. Schließ die Tür ab und ruf die Polizei."

Pepper nickt und geht schnell die Stufen hoch. Lucy hält ihr bereits die Tür auf und die beiden verschwinden im Haus. Ich höre, dass abgeschlossen wird, und drehe mich zu Lida um.

Zweifellos hat sie sich verändert. Zwar ist sie immer noch mit himmlischer Schönheit gesegnet und hat eine Figur, die nicht vermuten lässt, dass sie vor sechs Wochen ein Kind geboren hat. Sie trägt eine enge, weiße Hose, die bis zu den Knö-

cheln reicht, hohe Keilabsatzschuhe und eine blau
gestreifte Bluse, die wie eine zweite Haut anliegt.
Ihr langes, dunkles Haar ist in der Mitte gescheitelt
und wellig, und ihr Make-up ist makellos.

Doch da ist etwas in ihrem Gesicht … in den Tiefen ihrer Augen. Etwas wie Wahnsinn.

Ich stelle die Beine etwas auseinander und kreuze
die Arme vor der Brust, bilde eine Wand, durch
die sie muss, um sich auch nur der Haustür zu
nähern. „Du bekommst sie nicht zu sehen, Lida.
Nicht so. Du musst dich an die gesetzlichen Vor-
gaben halten."

Sie faucht mich an. „Einen Scheiß muss ich tun,
um mein eigenes Kind zu sehen. Ich habe sie geboren. Uns verbindet etwas, was du nie verstehen
wirst."

Ich weiß, dass ich cool bleiben sollte. Sie nicht
noch mehr aufstacheln. Aber was fällt ihr ein, mir
etwas von Verbindungen erzählen zu wollen?
Charlie hat eben noch mich angelächelt. Sie hat
keine Ahnung, wer Lida ist.

„Ich bin ziemlich sicher, diese Verbindung ist ab-
gerissen, als du sie verlassen hast", sage ich gefährlich leise und wappne mich innerlich für ihren
Angriff.

Stattdessen überrascht sie mich. Sie sinkt auf die
Knie, direkt neben Peppers Schweinen. Sie nimmt
die Hände vors Gesicht und beginnt zu schluch-
zen.

Ich starre sie an, ohne dass sich ein Funken Mitleid in mir regt. Ihr Geheule ist nicht gespielt. Es ist

echt, feucht und laut.

Dann blickt sie hoch, legt die Hände auf ihre Schenkel und sieht mich flehend an. „Legend, bitte. Wenn dir je etwas an mir gelegen hat, dann lass mich sie bitte sehen. Ich bleibe auch nicht lange. Aber ich habe das Gefühl, als wäre ein Teil von mir weggerissen worden, und das tut so weh."

Okay … ich fühle einen kleinen Stich und sie tut mir ein bisschen leid. Aber ich darf nicht vergessen, dass sie das Kind im Dunkeln auf meiner Veranda allein gelassen hat. Charlie hätte umkommen oder von Kojoten gebissen werden können. Allein bei dem Gedanken wird mir übel. Ich knirsche mit den Zähnen. „Du darfst nicht zu ihr, Lida. Ruf deinen Anwalt an und besorge dir eine Erlaubnis bei Gericht."

„Aber sie lassen mich nicht", jammert sie und dicke Tränen laufen über ihre Wangen. Flehend streckt sie die Arme aus. „Ich war krank im Kopf, Legend. Ich war depressiv und hatte mich nicht unter Kontrolle. Aber jetzt geht es mir besser. Du musst mir vertrauen."

Aber das tue ich nicht. Kein bisschen. Der Beweis dafür ist, dass sie jetzt hier ist und eine Szene macht. Eins weiß ich über Lida. Sie ist nicht dumm. Sie hat einen Abschluss in bildender Kunst, was heißt, dass sie Hirn haben muss. Aber ihr gesunder Menschenverstand muss ihr abhandengekommen sein, wenn sie glaubt, sie könnte hier einfach auftauchen und Charlie wiederhaben.

„Ich will, dass wir eine Familie sind", sagt sie mit

bebender Stimme. „Du, ich und unser Baby."

Es gibt kein *unser* Baby. Es ist *mein* Baby.

„Wir haben uns gut verstanden", bringt sie mir in Erinnerung. „Das kann wieder so sein."

Ich reiche ihr die Hand und lächelnd ergreift sie sie. Ich helfe ihr auf die Beine und lasse sie wieder los. „Du und ich und unsere Tochter werden niemals eine Familie sein. Ob du eine Mutter sein kannst, muss sich noch herausstellen, doch nicht an meiner Seite."

Lidas Kiefer verhärtet sich und etwas von ihrem Latina-Feuer kommt durch. Sie sieht zur Tür und dann wieder zu mir. „Wer waren diese Frauen bei meinem Kind?"

Eigentlich fühle ich mich nicht bemüßigt, das zu beantworten, doch ich muss Lida noch etwas aufhalten, bis die Polizei kommt. „Eine Nanny, die hilft, wenn ich auf Reisen und bei Spielen bin, und die andere ist meine Nachbarin."

„Die mit den kurzen Haaren", sagt Lida abfällig. „Das sah nach mehr aus als nur einer Nachbarin."

„Das geht dich nichts an."

In Lidas Augen flackert Wut und ich mache mich auf alles gefasst. Wird sie wieder aggressiv oder weinerlich?

Letztendlich spielt es keine Rolle. Ein Polizeiwagen fährt auf meine Einfahrt. Mit blinkenden Lichtern, aber ohne Sirene.

Lida folgt meinem Blick und dreht sich dann abrupt zu mir um. „Du hast die Cops gerufen? Warum? Ich habe nichts getan."

„Du hast unerlaubt mein Grundstück betreten, und ich will, dass zu Protokoll genommen wird, dass ich dir das verboten habe."

Ein Polizist steigt aus und kommt auf uns zu.

„Du bist so ein verdammtes Arschloch!"

Der Mann stellt sich zwischen uns. „Was ist hier das Problem?"

Er ist klein, untersetzt und hat graue Haare. Ein erfahrener Polizist, der sicherlich schon alles gesehen und gehört hat.

Was eine gute Sache ist, denn Lida deutet auf mich und beschuldigt mich theatralisch. „Dieser Mann lässt mich nicht zu meiner Tochter."

Der Cop sieht mich an, aber in dem Moment geht die Haustür auf. Pepper erscheint mit einem Schriftstück in der Hand. Meinem Sorgerechtsbescheid. Den habe ich am Kühlschrank unter einem Magneten hängen, um täglich daran erinnert zu werden, was für ein Glück ich habe.

Pepper reicht mir das Blatt, sieht mich kurz an und geht wieder ins Haus. Dafür werde ich ihr später ordentlich danken.

Ich reiche das Dokument an den Cop weiter. „Ich habe das alleinige Sorgerecht für meine Tochter, und diese Bescheinigung verbietet dieser Frau, das Kind zu besuchen. Ich hatte ihr verboten, mein Grundstück zu betreten, aber sie weigert sich."

„Wie ist Ihr Name?", fragt er mich.

„Legend Bay." Er zuckt nicht mit der Wimper. Ich weiß nicht, ob er mich nicht kennt oder es ihm einfach nur egal ist.

„Und das hier ist Ihr Haus?"

„Ja."

Der Cop nickt, liest den Gerichtsbeschluss durch und reicht ihn mir dann zurück. Er sieht Lida an. „Ma'am … sagen Sie mir bitte Ihren vollen Namen."

Lida hebt das Kinn. „Lida Martin. Und dieses Stück Papier darf einer Mutter nicht verbieten, ihr Kind zu sehen. Das ist nicht fair."

Der Cop klingt gelangweilt, als er antwortet. „Ma'am, ich kann Ihnen versichern, dass dieser Beschluss das durchaus darf. Mr. Bay sagt, dass Sie unbefugt sein Grundstück betreten haben, also muss ich Sie jetzt bitten, zu gehen."

Lida starrt mich an und schenkt dann dem Cop denselben hasserfüllten Blick. „Na gut."

Sie will gehen, doch der Cop ruft sie zurück. „Moment, Ms. Martin, noch nicht sofort. Ich muss noch ihren Ausweis sehen."

Misstrauisch sieht sie ihn an. „Warum?"

„Weil ich einen Bericht schreiben und die Sache offiziell behandeln muss. Sollten Sie noch einmal Mr. Bays Grundstück betreten, kann er eine einstweilige Verfügung gegen Sie erwirken." Der Cop sieht mich fast entschuldigend an. „Ihren Ausweis brauche ich auch, Mr. Bay."

„Gern", sage ich und greife nach meiner Geldbörse in meiner Hosentasche.

KAPITEL 21

Pepper

Ich mache es mir in Legends Bett gemütlich, lehne mich an ein paar Kissen am Kopfteil. Als ich nach dem Buch auf dem Nachttisch greife, fällt mir auf, dass wir uns als Pärchen zusammen eingelebt haben. Wenn er nicht auf Reisen ist, schlafe ich bei ihm, da muss er mich gar nicht erst bitten. Es wird einfach erwartet, dass ich bleibe. Von uns beiden. In seinem Badezimmer liegt meine Zahnbürste und auf dem Nachttisch der Liebesroman, den ich gerade lese.

Zwar hätte ich das nie zwischen mir und meinem mürrischen Nachbarn erwartet, doch nirgends wäre ich lieber.

Legend kommt ins Schlafzimmer und lächelt mich an. Er geht zum Babyfon und dreht am Lautstärkeregler. Charlie wacht mindestens zweimal in der Nacht hungrig auf, und Legend kümmert sich ganz allein um sie, obwohl ich meine Hilfe angeboten habe. Dann löst er sich sanft von mir und flüstert mir ins Ohr: „Ich gehe schon, schlaf weiter."

Er ist unglaublich, und ich bewundere ihn dafür, dass er so ein guter Vater ist.

Ich betrachte den Mann, als er sich auszieht und sich in seiner Haut absolut wohlfühlt. Warum auch nicht? Er ist wie ein Gott gebaut und muskulös. Er behält die Boxers an. So kommt er meistens ins Bett, und er sagte einmal, dass ich etwas dafür tun muss, wenn ich haben will, was darunter ist. Ich trage wie üblich eins seiner T-Shirts, aber nur, weil ich leicht friere. Das Höschen lasse ich weg, sodass er nicht so viel tun muss, um an das zu gelangen, was er haben will.

Legend lässt sich aufs Bett fallen und nimmt mir das Buch aus der Hand. Er dreht sich auf die Seite und hält es hoch, um sich das Cover anzusehen.

„*Lost and Found Sisters*. Ist das gut?"

„Es ist phänomenal, allerdings ist alles, was Jill Shalvis schreibt, Gold wert." Ich nehme ihm das Buch wieder ab. „Aber es ist nichts für dich."

Legend stützt den Kopf auf seiner Hand ab und sieht mich prüfend an. „Woher willst du das wissen?"

„Ich weiß es einfach." Ich lege das Buch auf den Nachttisch und bin ziemlich sicher, dass ihm Frauenliteratur und Liebesromane nicht gefallen. Ich drehe mich ihm zu auf die Seite und stopfe mir ein Kissen unter die Wange. „Du erscheinst ganz schön ruhig trotz des aufregenden Tages."

Zu sehen, wie der Polizist Lida vom Grundstück verwiesen hat, war unterhaltsam und vor allem erleichternd. Jetzt ist es polizeilich erfasst, dass sie nicht wiederkommen darf.

Legend zuckt mit einer Schulterseite. „Ich habe ein wundervolles Kind, das behütet im Kinderbett schläft, einen Job, den ich liebe, und eine unglaublich sexy Frau im Bett. Warum sollte ich mir über irgendwas Sorgen machen?"

„Gute Argumente." Ich lache. „Ich denke mal,

dass Lida jetzt weiß, wie ernst du die Sache nimmst und dass sie den gesetzlichen Ablauf einhalten muss."

„Das will ich hoffen." Er nimmt meine Hand und hält sie fest. „Kann ich dir eine persönliche Frage stellen?"

Mein Herzschlag stolpert gefühlt und es gibt nur eine Antwort darauf. „Selbstverständlich."

Mit ernstem Gesicht drückt er meine Hand. „Wir haben nie darüber gesprochen, dass du keine Kinder haben kannst. Ich wüsste gern, wie es dir damit geht."

In diesem Moment verliebe ich mich in Legend Bay. Bei dieser Frage überwältigen mich so viele Gefühle, weil er sich überhaupt dafür interessiert, dass ich mich erst sammeln muss, bevor ich antworten kann.

Das beunruhigt ihn und er fügt schnell hinzu: „Aber wenn es zu persönlich ist …"

Ich schüttele den Kopf und drücke seine Hand. „Nein, ist es nicht. Es bedeutet mir nur viel, dass du dir überhaupt darüber Gedanken machst."

„*Du* bedeutest mir viel, Pepper", sagt er ernst. „Und du gehst so wunderbar mit Charlie um, dass ich finde, dass du zur Mutterschaft geboren bist. Deshalb interessieren mich deine Gefühle darüber."

Ich habe keine Ahnung, ob es ihm genauso geht, aber … ja, ich liebe ihn.

„Ich kann ja auch Mutter werden", sage ich selbstsicher. „Adoption wäre eine wunderbare

Möglichkeit."

Er lächelt, als ob er sich an etwas Schönes erinnert. „Als du mir geholfen hast, einen Namen für Charlie auszusuchen, hast du als Erstes Emma gesagt. Aber dann wolltest du den Namen lieber für später für dich selbst behalten."

„Das weißt du noch?" Ich bin beeindruckt.

„Ich behalte alles, was du mir erzählst." Sein Lächeln fühlt sich wie ein warmer Kokon um mein Herz an.

„Komm her", sagt er und zieht an meiner Hand. Ohne zu zögern, rutsche ich näher an ihn. Er nimmt mich in die Arme, schiebt ein Bein zwischen meine und flüstert in mein Ohr: „Lass mich dich eine Weile halten."

Ich spüre seine allumfassende Zärtlichkeit und das Herz klopft in meiner Brust. Beide sind wir in diese Sache ohne jegliche Erwartungen gegangen, aber die Ereignisse haben uns an diesen Punkt gebracht, und ich hoffe sehr, dass da wirklich noch mehr ist.

Das muss es einfach.

Ich weiß nicht, wie lange wir so daliegen. Leicht könnte ich so einschlafen, aber ich möchte keine Sekunde dieser Gefühle verpassen.

Legend denkt vielleicht, dass ich schon eingeschlafen bin, denn er flüstert: „Pepper?"

„Vollständig anwesend."

Sein tiefes Lachen vibriert durch mich hindurch. Dann wird er still. „Was meinst du, was ich wegen Lida machen soll?"

Ich erstarre, denn ich habe ihm absichtlich noch nicht meine Meinung dazu gesagt. Bisher hat er mich nicht danach gefragt, und ich hatte das Gefühl, dass es mich nichts angeht. Das Thema, ob die Mutter des Kindes irgendwelche Rechte haben sollte, ist heikel, und für mich steht nicht so viel auf dem Spiel wie für Legend.

„Deine Meinung ist mir wirklich wichtig", sagt er leise. „Auch wenn sie gegen meine Gefühle spricht."

Ich kenne seine Gefühle genau. Er ist so wütend auf Lida, dass sie Charlie verlassen hat, dass er eigentlich keinen Millimeter nachgeben und sie nicht in Charlies Nähe lassen will.

Ich räuspere mich. „Was ich denke, spielt keine Rolle ..."

„Hör auf." Er lockert seinen Griff um mich und sieht zu mir herunter. Ich beuge den Kopf zurück und sehe seine saure Miene. „Natürlich spielt es eine Rolle, sonst hätte ich nicht gefragt. Bei anderen Dingen zögerst du auch nicht, mir deine Meinung zu sagen. Also bitte, sag mir, wie du darüber denkst."

Ich stütze mich auf dem Ellbogen ab, um ihn leichter ansehen zu können. Er hebt die Hand und schiebt mir meine Haare aus der Stirn. „Wenn sie wirklich unter Wochenbettdepressionen litt, weiß ich nicht, ob sie voll zurechnungsfähig war. Meine Schwester Amy hatte das nach beiden Schwangerschaften, und das ist wirklich nicht witzig. Es nimmt einem viel von seiner Selbstkontrolle und

bewussten Wahrnehmung. Lida war wahrscheinlich nicht sie selbst, als sie das getan hat."

„Also sollte ich sie in Charlies Leben lassen?"
Sein ablehnender Ton ist deutlich.

Doch er hat auf meiner Meinung bestanden, also
gebe ich sie ihm. „Nein, nicht sofort. Aber ich
glaube, du solltest ein Besuchsrecht erlauben, unter Aufsicht. Ich selbst weiß nicht aus Erfahrung,
wie es ist, ein Kind zu bekommen und eine tiefe
Verbindung zu ihm zu haben, aber wenn diese so
stark ist, wie ich es mir vorstelle, dann muss Lida
schrecklich darunter leiden, Charlie nicht sehen zu
können."

Legend sieht mich eine Weile an, dann stöhnt er
frustriert und rollt sich auf den Rücken. Ein Mus-
kel zuckt an seinem Kiefer, und ich weiß, dass da
noch mehr ist.

Ich rutsche näher, lege eine Hand auf seine Brust
und beuge mich über ihn, sodass er mich ansehen
muss. „Was belastet dich wirklich?" Er weiß genauso gut wie ich, dass Lida Charlie immer an
einem sicheren Ort treffen könnte, wo er alles unter Kontrolle hat.

„Sie hat gesagt, dass sie eine Familie sein will",
sagt er.

Meine Hoffnungen sinken, denn das ist etwas,
worüber er ernsthaft nachzudenken scheint. Ich
habe mich in einen Mann verliebt, der bereits eine
fertige Familie haben kann, wenn er es will.

„Willst du wissen, was mir wirklich Sorgen
macht?", fragt er.

Mein Blick ging ins Leere und nun sehe ich Legend wieder direkt an. „Was?"

„Ich will nicht, dass sie zwischen uns beide gerät." Er umfasst meine Wange. „Du musst wissen, dass sie mir nichts bedeutet. Und wenn ich sie in unser Leben lassen muss … wenn ich ihr eine Beziehung zu meiner Tochter erlauben muss, sollst du ganz sicher wissen, dass ich selbst kein Teil davon bin. Das betrifft nur sie und Charlie und mehr wird da nie sein. Okay?"

„Okay", wispere ich, doch das Wort kommt fast nicht durch die Gefühle, die mir den Hals zuschnüren, hindurch.

Legend lächelt erleichtert, umfasst meinen Hinterkopf und zieht mich näher. Ich seufze bei seinem Kuss, und diese Nacht könnte nicht perfekter sein.

Seine Hand gleitet an mir hinunter bis zu meinem Hintern. Er drückt ihn fest und eine Welle der Begierde trifft mich zwischen den Beinen.

Der Kuss wird inniger, meine Hände wandern, finden seinen großen Schwanz und holen ihn aus den Boxers. Ich löse mich von dem Kuss und knie mich hin. Meine Haare sind glücklicherweise nicht lang genug, um in den Weg zu geraten, als ich ihn in meinen Mund sauge.

Legend stöhnt überrumpelt und stößt die Hüften nach oben. „Fuck, Pepper, du hättest mich vorwarnen können."

Ich kichere mit vollem Mund und beginne mit den Auf- und Ab-Bewegungen. Aber ich komme gar nicht in den Rhythmus, weil Legend mich an den Hüften packt. Mit seiner wahnsinnigen Muskelkraft hebt er mich einfach über sich.

„Mach die Beine breit."

Ich gehorche, und schon befinden wir uns in der Position 69 und meine Pussy ist direkt über Legends Mund. Verblüfft, falsch herum über seinem Gesicht zu knien, habe ich natürlich seinen Schwanz aus dem Mund verloren. Kurz blicke ich nach hinten. Legend versucht, seitlich an mir vorbeizuschauen. Er grinst und dringt mit der Zunge in mich ein. Ich lasse einen Schrei los.

Legend fackelt nicht lange. Er leckt und saugt, lässt die Zunge um meine Klit kreisen, und ich verdrehe die Augen. Ich komme wieder zu mir, als er die Hüften nach oben stößt, um mich daran zu erinnern, ihn wieder in den Mund zu nehmen. Ich blinzele den Lustnebel vor den Augen fort und versenke seinen Schaft wieder zwischen meinen Lippen. Legend stöhnt dankbar und ich spüre die Vibrationen in meiner Pussy.

Ich weiß nicht, ob ich mich dafür schämen sollte, doch ich spreize die Beine noch weiter und senke mich auf ihn. Ich reite seine Zunge, während ich an seinem Schwanz sauge, und es ist die schönste schmutzige Sache, die ich bis jetzt gemacht habe.

Ich winde mich auf Legend und gebe ihm, was ich kann, mit Lippen, Zunge, Mund und Hand. Der Raum ist erfüllt von keuchendem Atmen und nassem Saugen, und als wir diese Lust nicht mehr ertragen können, explodieren wir beide unter

Schreien der Ekstase.

Ich fühle mich knochenlos und benebelt, spüre jedoch noch, wie mich Legend in seine Arme zieht. Er kuschelt sein Gesicht an meinen Hals, und ich glaube zu hören, dass er mir eine gute Nacht wünscht, aber ich bin nicht sicher.

Mit seinem Geschmack auf der Zunge und einem Lächeln schlafe ich ein.

KAPITEL 22

Legend

Die Busfahrt vom Hotel zum Stadion der Phantoms in Uniondale, New York, dauert normalerweise nur eine Viertelstunde, aber heute stehen wir im Stau. Wir haben diese Woche zwei aufeinanderfolgende Spiele in New York. Vorgestern spielten wir gegen die Vipers und heute sind die Phantoms dran.

Falls sich der Verkehr je wieder bewegt.

„Meine Aufwärmzeit vor dem Spiel wird immer kürzer, je länger wir hier rumstehen", sagt Dax neben mir.

Er hat den Fensterplatz, schaut jedoch nicht raus auf den Stau, sondern spielt ein Spiel auf dem Handy. Ich betrachte ihn genauer. Er ist etwas stiller geworden seit Lance' Beerdigung, aber sein Spiel ist auf den Punkt. Dax ist unser First Line Left Winger und unter den Top Ten in der Liga.

„Wie geht es dir?" Das habe ich ihn seit der Beerdigung schon oft gefragt, tue es aber dennoch erneut. Weil er so still ist.

Er sieht mich kurz an. „Mir geht's gut, Mann."

„Du bist ein wenig schweigsam seit der Beerdigung", erkläre ich. „Willst du reden?"

Mit Sicherheit leidet er noch unter dem Verlust seines besten Freundes. Sogar mir wurde die Kehle eng, als ich vorgestern in die Arena der Vipers gegangen bin. Ein Jahr lang war das mein Zuhause und Lance mein Bruder auf dem Eis. Dort zu spielen, ohne ihn auf der gegnerischen Bank sitzen zu sehen, war irgendwie surreal. Und dass seine Teamkameraden Trauerflor trugen, zu Ehren ihres toten Kameraden, war wie ein Schlag in den Magen.

„Ich mache mir Sorgen um Regan", sagt Dax.

Kurz bin ich irritiert, denn ich bin so auf Lance konzentriert und was sein Tod für Dax bedeutet, dass ich Regan ganz vergessen habe. Dax betrachtet seine kleine Schwester jetzt als seine Verantwortung.

„Hält sie sich nicht gut?"

Dax zuckt mit den Schultern. „Kann ich nicht genau sagen. Sie erzählt mir nicht viel. Als ich dort war, schien sie sich gut zu halten. Sie hat alles mit Würde erledigt. Sie ist jetzt erwachsen, und das hatte ich gar nicht erwartet. In meiner Vorstellung ist sie immer noch ein kleines Mädchen."

„Wann hattest du sie das letzte Mal gesehen?"

„Ich glaube, das war bei ihrem Highschoolabschluss. Danach ging sie in Kalifornien aufs College."

„Und wie alt ist sie jetzt?"

„Zweiundzwanzig." Er verzieht das Gesicht. „Ich fühle mich steinalt, denn ich kann mich noch erinnern, wie sie Lance und mich über den zugefrorenen See gejagt hat, als wir versuchten, Hockey zu spielen."

Ich lache bei dieser Erinnerung, die er mir anvertraut. „Klar, mit achtundzwanzig bist du steinalt", scherze ich. „Aber im Ernst, was macht dir Sorgen?"

Dax schüttelt den Kopf. „Ich kann es nicht beschreiben. Äußerlich wirkt sie stark. Benimmt sich stark. Wie ich schon sagte, sie erledigt alles würdevoll. Sie hat sogar eine wundervolle Grabrede gehalten. Aber ich habe den Eindruck, dass es ihr nicht so gut geht, wie sie nach außen hin tut. Das ist vielleicht nur ein Gefühl."

„Hast du sie jetzt schon gesehen?"

„Heute Abend treffe ich mich mit ihr auf ein paar Drinks. Ich glaube, sie will bald wieder nach Kalifornien zurück."

„Hier kommt mein Rat." Ich drehe mich auf dem Sitz zu ihm. „Wenn du glaubst, dass da was ist, dann bedränge sie, es dir zu erzählen. Ansonsten wird es dich innerlich auffressen."

„Ich weiß", sagt er resigniert. Er schaut auf sein Handy, hebt aber wieder den Kopf. „Ach, da fällt mir ein, dass ich dich fragen wollte, ob es was Neues von Lida gibt."

Ich halte nur meinen engen Kreis, bestehend aus Bishop, Dax und Erik, auf dem Laufenden, was die anstehenden gerichtlichen Streitereien mit Lida angeht. Außerdem noch Christian Rutherford, denn das Team kann keine negative Presse brauchen, falls das Ganze ein Drama wird. Bisher haben die Medien nicht mitbekommen, dass ich über Nacht Vater geworden bin, und das soll möglichst lange auch so bleiben.

„Bis jetzt verhält sie sich ruhig." Die neueste

Entwicklung kennt er schon, nämlich dass Lidas Anwalt das gemeinsame Sorgerecht beantragt hat. Dieser Schritt hat mich wütend gemacht, und ich habe meinen Anwalt angewiesen, keine Kosten und Mühen zu scheuen, dagegen anzugehen. Jetzt wird er eine gerichtliche Verfügung beantragen, dass Lida ihre medizinischen Befunde und ein psychologisches Gutachten vorlegen muss. Ich kann mir nicht vorstellen, dass sie es ablehnen wird, da sie ja eine vorübergehende psychologische Krankheit als Grund angibt, Charlie verlassen zu haben. Aber man kann nie wissen.

Ich habe viel über Lida nachgedacht und mich um Mitgefühl bemüht. Ich habe auch versucht, Peppers Meinung in Betracht zu ziehen, aber in mir rebelliert alles gegen den Gedanken, Lida in Charlies Leben zu lassen. Ich kann nicht so recht den Finger darauf legen, was mich so stört, aber momentan will ich mir keine allzu großen Gedanken darüber machen. Der Termin für die Anhörung ist nächsten Monat, und bis dahin mag ich nicht an Lida denken. Lieber sorge ich mich um meine Tochter, das Team und Pepper, und das in keiner festen Reihenfolge. Pepper wird mir von Tag zu Tag wichtiger.

„Fällt es dir schwer, von Charlie getrennt zu sein?"

„Ja", gebe ich zu. „Ich habe jetzt einen ganz neuen Respekt vor all den Vätern im Team."

„Bestimmt ist es noch schwerer, weil du alles bist, was Charlie noch hat."

„Ich würde durchdrehen vor Sorge, wenn ich nicht Lucy und Pepper bei ihr hätte."

Dax' Blick erhellt sich. „Apropos Pepper. Es wird ernst mit euch, oder?"

„Ja", sage ich, ohne zu zögern. Es ergibt keinen Sinn, etwas abzustreiten, was klar auf der Hand liegt, wenn man uns zusammen sieht. Neulich waren wir abends zum Essen mit Brooke und Bishop aus. Bishop sagte, wenn ich Pepper ansehe, sehe ich aus wie ein liebeskranker Idiot.

Tja.

„Pepper bringt Charlie am Wochenende zum All-Star-Spiel nach Boston mit." Ich versuche nicht, mein freudiges Lächeln, weil ich die beiden dort haben werde, zu verstecken. Ich werde morgen nicht mit dem Team nach Hause fliegen, sondern einen Linienflug nach Boston nehmen, da ich einer von zwei Pacific-Division-Goalies bin, die ausgewählt wurden, die Besten der Liga zu repräsentieren.

„Ich wette, deine Eltern sind verdammt stolz auf dich."

Ich habe ihm erzählt, dass sie ganz verrückt nach ihrer Enkelin sind und gedroht haben, mich zu enterben, wenn ich Charlie nicht mitbringe. „Wahrscheinlich werde ich meine Tochter das ganze Wochenende nicht zu sehen bekommen", sage ich mit einem Lachen. „Sie haben bereits bestimmt, dass Charlie bei ihnen schlafen wird, was auch okay ist. Dann habe ich mehr Zeit für Pepper."

Dax schnaubt und schüttelt den Kopf. „Ich kann das mit euch immer noch nicht glauben. Du hast sie immer gehasst."

„Gar nicht", widerspreche ich grummelnd. „Ich hasse niemanden. Aber ich mochte eine Menge an ihr nicht."

„Ich habe immer gefühlt, dass da was ist." Dax grinst. „Deshalb habe ich sie ausgeführt. Ich dachte, das bringt dich dazu, einen Annäherungsversuch bei ihr zu machen."

„Und ich dachte, du datest sie, damit ich sie niemals anspreche."

„Ende gut, alles gut, oder?"

„Genau." Ich nicke.

Der Bus bewegt sich. Ich sehe nach vorn und der Verkehr kriecht weiter. Wenigstens das, doch wir werden uns verspäten. Ich sollte meine Ohrhörer einstecken, Musik hören und mich meditativ auf das Spiel vorbereiten. Aber ich denke an Pepper. Wahrscheinlich denke ich viel zu oft an sie, doch ich werde mich nicht selbst dafür rügen. Es macht mich glücklich, wenn sie meine Gedanken dominiert, und niemand muss mir erst sagen, was für ein Glück ich habe, sie zu haben. Schon rein oberflächlich gesehen ist sie perfekt. Klug, witzig, schön, und sie fordert mich ständig heraus. Tiefer geblickt ist es beneidenswert, dass ich eine Frau gefunden habe, die sich wirklich um Menschen sorgt. Nie hat sie gezögert, mir zu helfen. Sie kümmert sich um Charlie, als wäre sie ihr eigenes Kind. Sie ist meine Heldin, tagein, tagaus.

Ich glaube, es ist leicht zu erkennen, warum ich sie liebe, und dennoch zögere ich ein bisschen, bevor ich an ein Happy End glauben kann.

Und das hat mit Lida zu tun.

Ich muss das mit ihr glatt kriegen, denn es ist möglich, dass sie für immer Teil meines Lebens sein wird, wenn sie Besuchsrechte oder sogar das gemeinsame Sorgerecht bekommt. Zwar habe ich darin keine Erfahrung, aber ich kann mir vorstellen, dass es schwer für Pepper sein würde, damit zurechtzukommen. Dass da eine andere Frau ist, die ich zumindest in Betracht ziehen muss, während wir Charlie gemeinsam als Eltern großziehen.

Noch einen Schritt weitergedacht … wenn es mit mir und Pepper wirklich ernst wird, was es wohl bereits ist, wird sie sich dann vorkommen, als hätte sie in Charlies Welt keinen richtigen Platz?

Natürlich muss ich nicht alle Antworten parat haben, aber dass ich bereits über Lösungen nachdenke, sagt mir, dass Pepper die Richtige für mich ist. Ich warte nur noch auf den passenden Moment, es ihr auch zu sagen.

Bis dahin sage ich ihr alles andere, was ich sagen kann. Ich schicke ihr eine Nachricht mit den Worten: *Ich vermisse dich.*

KAPITEL 23

Pepper

Ich trete aus dem Starbucks und genieße die Nachmittagssonne im Gesicht. Mit einem Cold-Brew-Kaffee in einer Hand und einem Stück Bananen-Nuss-Brot in der anderen, bin ich mit meiner Mittagessenwahl zufrieden.

Ich wähle einen der schmiedeeisernen Tische am Rand der Außenterrasse neben dem Bürgersteig. Manchmal mag ich es, Leute zu beobachten, und dafür ist der Platz ideal.

Ich bin in der Innenstadt von Phoenix, weil ich zu Legends Anwalt musste. Sieht so aus, als wäre ich eine wichtige Zeugin in Charlies Fall. Ich war bei Legend, als er sie fand. Ich habe sie vom Boden aufgehoben. Außerdem war ich zweimal Zeugin, als Lida kam und eine Szene machte. Ich musste eine eidesstattliche Erklärung meiner Aussage bei dem Anwalt und Notar unterschreiben.

Legend schien es peinlich zu sein, mich darum zu bitten, und wir hatten unseren ersten Streit. Ich musste ihm klarmachen, dass ich auf seiner Seite bin und bereit zu allem, was er braucht. Danach küsste er mich atemlos und wir vertrugen uns sofort wieder.

Ich mache es mir bequem und hole das iPad hervor, das ich überallhin mitnehme. Damit plotte ich meine Bücher. Währenddessen zeichne ich oft mit dem Apple-Stift grobe Skizzen dazu, damit ich sie später nicht vergesse. Heute ist ein zu schöner Tag, um ihn drinnen zu vergeuden, aber ich muss trotzdem arbeiten.

Ich esse von dem Bananenbrot und trinke zwischendurch den Kaffee. Verliere mich in der Welt von Penelope und Bert. Die arme Princess wird vermisst und ihre Eltern suchen panisch nach ihr. Lächelnd skizziere ich die kleine Princess, die noch ein gelbes, flauschiges Küken ist, das am Ufer des Teichs ein Nickerchen macht, während ihre Eltern nach ihr suchen.

Ein leises Pling meldet mir auf dem iPad, dass ich eine Textnachricht bekommen habe. Ich verlasse das Zeichenprogramm und sehe, dass sie von Legend ist. Kurz und bündig, aber sie wärmt mir das Herz.

Legend: *Ich vermisse dich.*

Ich zögere nicht, meine Gefühle zu offenbaren.

Ich: *Ich dich auch. Ich kann es kaum erwarten, dich morgen zu sehen.*

Legend: *Ich bin im Bus zum Stadion. Wirst du dir das Spiel ansehen?*

Ich: *Wenn du spielst, immer.*

Ich bin gespannt, was er noch schreibt, doch ein Schatten fällt über meinen Tisch. Ich sehe hoch und kann fast nicht begreifen, dass Lida da steht und auf mich herunterblickt.

„Kann ich mich zu dir setzen?", fragt sie mit bebender Stimme. „Nur kurz."

Gelassen tippe ich auf das iPad und schließe das Fenster, damit sie die Unterhaltung mit Legend nicht lesen kann. Am liebsten würde ich Nein sagen, denn ich sollte lieber keinen Kontakt mit ihr haben.

Vor allem aber würde ich gern wegrennen, denn sie muss mir ganz offensichtlich aufgelauert haben. Wir wurden einander nie vorgestellt, doch sie hat mich schon zweimal gesehen, und jedes Mal war ich eingeschritten, wenn sie Charlie sehen wollte. Das erste Mal hat sie gesehen, wie ich aus meinem Haus kam, was bedeutet, dass sie weiß, wo ich wohne. Also ist sie mir heute von dort gefolgt.

Ich sehe mich um und betrachte eine Mutter mit zwei Kindern am Nebentisch, die keine Ahnung hat, dass hier ein potenzielles Drama lauert. Ich sehe wieder zu Lida, die angespannt wirkt, und ihr Blick fleht mich an, ihr zuzuhören. In der Hoffnung, es nicht zu bereuen, deute ich auf den freien Stuhl an meinem Tisch.

„Danke", sagt sie leise und setzt sich.

Sie trägt Jeans, über den Knöcheln aufgerollt, ein weißes T-Shirt und einen blauen Blazer. Seltsamerweise verleihen ihr die Wildlederschuhe ein Flair von Normalität. Vielleicht, weil ich sie vorher nur in übertrieben hohen Schuhe gesehen habe.

Die Haare hat sie zu einem konservativen tief sitzenden Pferdeschwanz gebunden und das Make-up ist nur minimal.

Sie stellt ihre Handtasche auf ihren Schoß und lächelt entschuldigend. „Bitte entschuldige, dass ich dir hierher gefolgt bin. Ich weiß, dass das verrückt rüberkommen muss, aber ich drehe bald durch, weil ich meine Tochter so vermisse."

„Das tut mir leid", sage ich leise und spüre, wie mir das ans Herz geht.

Ihr Lächeln wird traurig. „Ich weiß, dass er sie Charlotte Elise genannt hat. Mein Anwalt hat mir die Papiere gezeigt. Das ist ein schöner Name."

„Alle nennen sie Charlie", sage ich und könnte mir sofort in den Hintern treten. Legend will bestimmt nicht, dass sie zu viel weiß, aber es macht wohl keinen Unterschied, weil mir das schon einmal herausgerutscht ist.

Freude glänzt in Lidas Augen und sie lehnt sich erwartungsvoll vor. „Ja. Das ist süß. Dann werde ich sie auch so nennen. Was kannst du mir sonst noch erzählen?"

Ich schüttele den Kopf und halte eine Hand hoch. „Es tut mir leid, Lida. Aber ich sollte überhaupt nicht mit dir darüber reden. Dafür ist Legend die richtige Person …"

„Legend will nicht mit mir reden." Sie legt ihre manikürte Hand auf meinen Arm. „Aber vielleicht hörst du mir zu … und machst ihm klar, dass es mir jetzt besser geht und ich in der Lage bin, eine Mutter zu sein."

Ich frage mich, ob das ein verzweifelter Versuch ist, das Gericht zu umgehen, oder ob Lida wirklich glaubt, ich würde ihr gegen Legend helfen.

„Hör zu … wir kennen uns gar nicht", sage ich fest, doch hoffentlich verständnisvoll. „Es steht mir nicht zu, da involviert zu werden."

„Aber du bist doch schon involviert", antwortet sie wissend.

Wir starren uns an, nach dem Motto, wer zuerst wegsieht, hat verloren, und ich frage mich, was sie wohl alles über mich weiß. Auf jeden Fall, wo ich wohne, und anscheinend beobachtet sie mein Haus. Sie ist mir gefolgt. Aber hält sie mich nur für eine hilfsbereite Nachbarin, oder hat sie uns intensiv genug beobachtet, um zu wissen, dass Legend und ich ein Paar sind?

„Pepper", sagt sie und beugt sich noch weiter vor. Sie muss sehr genau spioniert haben, wenn sie meinen Namen kennt. Wahrscheinlich ist sie meinen an der Straße stehenden Briefkasten durchgegangen. „Ich weiß, dass ich einen schweren Fehler gemacht habe. Das will ich zwar nicht als Ausrede benutzen, aber ich möchte betonen, dass es mir jetzt wieder gut geht."

„Dann wird das Gericht das sicher auch berücksichtigen." Ich ziehe meinen Arm unter ihrer Hand weg.

„Genau", sagt sie und nickt heftig. „Aber bis dahin muss ich meine Tochter sehen können. Mir bricht es das Herz, sie nicht im Arm halten zu können. Und sie sollte eine Mutter haben, findest du nicht auch?"

Fuck … schon tut sie mir wieder leid.

„Vielleicht erlaubst du mir, sie heute zu sehen?" Sie testet scheinbar meine Grenzen aus. „Ich werde auch nicht lange bleiben. Ich weiß, dass du jederzeit ins Haus kannst. Lass sie mich bitte nur kurz halten …"

„Das darf ich nicht, Lida." Ich schüttele bedauernd den Kopf. „Ich habe nicht das Recht …"

„Wie kannst du bloß so grausam sein?", zischt sie mich an und verzieht das Gesicht. „Wie kannst du als Frau nicht sehen, wie sehr ich leide?"

„Lida", sage ich vorsichtig, in der Hoffnung, sie zu beruhigen, bevor sie sich noch mehr aufregt. „Ich kann mir vorstellen, wie schwer es für dich sein muss, aber …"

Sie verengt die Augen und verzieht die Lippen. Und speit pures Gift. Und das laut. „Du hast leicht reden, Bitch. Du fickst Legend und spielst Mama für mein Kind."

Die Mutter neben uns weitet entsetzt die Augen.

An diesem Punkt sehe ich ein, dass es ein Fehler war, mich überhaupt auf sie einzulassen. Ich murmele eine Entschuldigung und packe schnell das iPad ein. Bereit, meinen Kaffee und den Kuchen zu opfern, will ich aufstehen.

Lida packt mein Handgelenk, bohrt ihre spitzen Nägel in meine Haut und ich zucke zusammen. Ihre Stimme ist schrill, und sie hat keine Scham, eine Szene zu machen. „Du kennst mich nicht, aber ich lasse mich von nichts aufhalten. Wenn du mir nicht helfen willst, Pepper, dann bist du ab jetzt meine Feindin."

Okay … dann sind wir jetzt wohl Feinde.

Ich verdrehe meinen Arm, spüre, wie ihre Nägel mich verletzen, greife nach meinem Handy und halte es hoch.

„Was soll das werden? Willst du die Cops anrufen?"

„Nein", sage ich gelassen und drücke auf den Aufnahmeknopf. „Ich nehme das auf, damit der Richter sieht, wie irre du bist, wenn er entscheiden muss, ob du Besuchsrecht bekommst oder nicht."

Lidas Gesichtsausdruck ändert sich schlagartig. Die Wut verblasst und ihr Blick ist nur noch besorgt. Sie sieht in die Kamera. „Es war schön, dich zu treffen, Pepper. Danke, dass du dir die Zeit genommen hast, mit mir zu reden."

Ich schalte die Aufnahme ab. Sie lässt nicht zu, dass ich ihren Wahnsinn aufnehme. Kurz erwäge ich, die Mutter neben mir um ihre Kontaktdaten zu bitten, damit sie Lidas Ausraster bezeugen kann, aber ich werde lieber sofort gehen, solange Lida gerade ein normales Gesicht zeigt.

Ich lächele sie kurz höflich an und schwinge mir meine Tasche über die Schulter. Ich drehe mich um und gehe davon, habe aber das Gefühl, ihr besser niemals den Rücken zuzukehren. Sie ist ein Mensch, der mit einem Messer zustechen könnte.

Im Auto rufe ich Lucy an und erzähle ihr, was passiert ist, damit sie aufpasst. Sie soll mit Charlie im Haus bleiben, und Gott segne sie, dass sie nicht in Panik gerät. Lucy versichert mir, dass es Charlie gut geht.

„Tu mir bitte den Gefallen und packe eine Tasche mit Charlies Sachen für das Wochenende in Boston."

„Gern. Willst du früher fliegen?"

Morgen werde ich mit Charlie fliegen und mich mit Legend im Flughafen treffen. Von da aus geht es zu seinen Eltern, wo wir Charlie lassen werden. Legend hat uns für das All-Star-Wochenende in einem Angeberhotel ein Zimmer reserviert. An dem Wochenende finden Wettbewerbe statt und ein Turnier im Play-off-Stil zwischen den vier Divisions der Liga.

„Nein." Obwohl ich kurz darüber nachgedacht habe. „Dann müsste ich es Legend sagen, aber ich will ihn nicht beunruhigen, während er sich auf ein Spiel vorbereiten muss. Ich werde zu meinen Eltern fahren. Ich glaube nicht, dass Lida so dumm ist, etwas anzustellen, aber falls doch, hat mein Dad eine Knarre und keine Angst, sie auch zu benutzen."

Lucy schweigt einen Moment. „Du meinst wirklich, dass es zu so etwas kommen könnte?"

Ich lache, um meine Befürchtungen abzuschütteln. „Nein, natürlich nicht. Ich halte Lida nicht für gefährlich. Aber für unvernünftig. Trotzdem fühle ich mich bei meinen Eltern heute sicherer. Stimmst du mir da zu?"

„Total. Bis du hier bist, habe ich alles gepackt."

„Danke, Lucy."

Ich lege auf und rufe Dad an. Ja, er ist Arzt, und manche würden das für einen Beruf für ruhige Gemüter halten. Aber Dad hat früher an der Uni von Arizona Football gespielt und hat noch immer die Statur eines Linebackers. Er ist Orthopäde und hat die Kraft, Oberschenkel einzurenken.

Und er besitzt eine Waffe.

Für alle Fälle.

KAPITEL 24

Wir hatten geplant, uns an der Gepäckausgabe zu treffen, aber jetzt warte ich
lieber am Ausgang des Terminals. Eine
lange Schlange Passagiere kommt auf mich zu,
und die Leute haben es eilig, den Flughafen zu
verlassen. Mit meinen fast zwei Metern kann ich
locker über die Menge schauen, und schon sehe
ich Peppers schönes Gesicht. Verdammt, sie ist ein
Engel und gleichzeitig ein Kumpel. Über der
Schulter trägt sie die Tasche mit den Babysachen
und sie hat Charlie im Arm. Noch erstaunlicher ist,
dass sie nach fünf Stunden Flug mit einem Baby
trotzdem lächelt und mit einem flotten
Hüftschwung auf mich zukommt.

Als sie mich entdeckt, wird ihr Lächeln noch
strahlender. Sie bewegt sich an die Menschenmen-
ge angepasst, und ich kann es kaum erwarten, bis
sie vor mir steht. Erst werde ich sie küssen und ihr
dann Charlie abnehmen, um sie zu knuddeln.

Von irgendwo unter mir höre ich eine Stimme.
„Entschuldigung, Mr. Bay?"

Ein kleiner Junge zieht an meiner Jacke. Mein Ge-
hirn braucht einen Moment, um zu begreifen, dass
es sich um einen kleinen Fan handelt, denn ich bin
gedanklich noch beim Küssen meiner Mädels. Ich
blinzele. Der Junge lächelt mich in Abwesenheit
seiner beiden Vorderzähne an.

„Kann ich bitte ein Autogramm haben?"

Durch die fehlenden Zähne klingt er lustig. Ich sehe seine Eltern hinter ihm, die ihn anlächeln. Die Mutter hat einen kleinen Block und einen Stift in der Hand, die sie bestimmt aus ihrer Handtasche gekramt hat, als sie mich entdeckt haben. Ich liebe meine Fans, besonders die Kinder, daher würde ich nie Nein sagen. Aber mir ist auch klar, dass dies in einen Tumult ausarten könnte, wenn mich noch mehr Leute erkennen. Zwar spiele ich jetzt für die Vengeance, aber ich komme aus Boston und habe außerdem am Anfang meiner Karriere für die Boston Eagles gespielt. Die Leute hier lieben mich.

Deshalb trage ich eine Baseballkappe tief ins Gesicht gezogen, damit man mich nicht sofort erkennt.

„Na klar, Kumpel", sage ich und nehme den Block und den Stift entgegen. „Wie heißt du?"

„Cletus", sagt er stolz.

Das „S" klingt gelispelt. Ich bin erstaunt und wiederhole fragend den Namen. „Cletus?"

„Das ist eigentlich ein Nachname", antwortet er, und ich merke, dass ich wohl nicht der Erste bin, der sich über den Namen wundert.

„Der gefällt mir gut", sage ich und überlege kurz, was ich Persönliches schreiben könnte. Dann füge ich meinen Namen und meine Trikotnummer hinzu, die siebenundzwanzig, und reiche dem Kind alles zurück.

In diesem Moment ist Pepper bei mir angekommen. Sie bleibt etwas entfernt stehen, um keine Aufmerksamkeit auf sich zu ziehen und nicht zu stören.

„Dürfen wir ein Foto machen?", fragt Cletus' Vater.

„Wie wäre es mit einem Selfie?", schlage ich vor, denn das fällt weniger auf, als wenn stolze Eltern ein Foto von einem Eishockey-Star machen.

„Wahnsinn!", sagt Cletus und reicht seinem Dad das Handy.

Inzwischen bin ich Selfie-Meister, weil ich eine Million Selfies gemacht habe, wenn ich mit Charlie allein war. So konnte ich ihr erstes Lächeln verewigen, mit mir grinsend daneben, und ich liebe diese verdammte moderne Technologie.

Ich gehe in die Hocke, nehme das Kind in den Arm und mache ein paar Fotos. Er bedankt sich überschwänglich, genau wie seine Eltern, und ich verwuschele seine Haare. Sie gehen weiter und niemand sonst achtet auf uns, denn alle strömen nur schnell aus dem Flughafen.

Endlich kann ich mich Pepper zuwenden. Sie grinst mich an. „Du bist echt heiß, wenn du so berühmt bist und all das."

„Du bist hier die Heiße, wenn du so mit der Windeltasche und dem niedlichen Baby durch den Flughafen läufst."

Sie tritt vor mich, und ich lege eine Hand an ihren Hinterkopf, um sie zu küssen. Dann blicke ich auf Charlie hinunter, die mich mit großen Augen ansieht. „Da ist ja mein kleiner Engel." Geschickt nehme ich sie Pepper aus dem Arm. Ich hebe sie hoch, schnüffele an ihrem Kopf. Gott, ich liebe ihren Duft. Ich sehe Pepper wieder an. „Du bist unglaublich. Überstehst einen Fünfstundenflug mit einem Baby.“

Sie zuckt mit den Schultern. „Das war leicht, allerdings ist es nicht so einfach, in einem Flugzeug Windeln zu wechseln.“

„Wie hast du das gemacht?“ Das interessiert mich wirklich. Inzwischen kann ich recht schnell Windeln wechseln, aber ich habe ja auch einen Wickeltisch und viel Platz.

„Eine Stewardess hat mir ihren breiten Sitz angeboten, wo ich Charlie hinlegen konnte.“ Mit Stolz lächelt sie Charlie an. „Sie ist so ein braves Kind, auch im Flugzeug. Sicher wird sie mal viel fliegen, um ihren Daddy spielen zu sehen.“

Das hoffe ich sehr.

„Komm“, sage ich und deute auf das Schild der Gepäckausgabe. „Ich habe einen Leihwagen mit Kindersitz. Wir müssen nur noch deinen Koffer holen.“

Pepper hat nur eine mittelgroße Reisetasche mit Rollen dabei, in die ihre und Charlies Sachen für ein Wochenende passen. Ich halte Charlie weiter im Arm und Pepper greift sich ihre Tasche vom Band, zieht den Griff heraus und zieht sie hinter sich her, während wir zum Parkplatz gehen.

Ich habe einen mittelgroßen SUV gemietet, weil ich den sicherer finde als einen normalen Pkw. Ich schnalle Charlie auf dem Kindersitz hinter dem

Beifahrer an. Sie brabbelt vor sich hin und lächelt mich an. Ich gebe ihr einen Beißring in die Hand, um sie zu beschäftigen.

Dann will ich Peppers Tasche nach hinten zu meinem Gepäck legen. Als sie mir die Tasche reicht, sehe ich Kratzer und blaue Flecken an ihrem Handgelenk.

„Wie ist das denn passiert?" Als ich ihr die Windeltasche abnehmen will, kaut sie auf ihrer Unterlippe und wirkt, als ob sie sich über etwas Sorgen macht. Ich ziehe die Augenbrauen zusammen und drehe ihren Arm um, damit ich mir die Sache genauer ansehen kann. Vier halbkreisförmige Abdrücke über den Flecken. „Was ist passiert?", will ich erneut wissen. Diesmal klinge ich etwas schärfer.

Peppers Blick wird entschlossener. „Als ich gestern bei Starbucks saß, kam Lida zu mir."

Wut kommt in mir hoch und ich betrachte ihren Arm erneut. „Hat sie das getan? Sie hat dich angegriffen?"

„Nein." Sie schüttelt den Kopf. „Das heißt, ja, so könnte man es nennen. So hat es aber nicht angefangen."

„Erzähl von vorne", knurre ich. „Und bitte sag mir, warum ich erst jetzt davon erfahre."

Sie drückt das Kreuz durch. „Weil ich dich vor dem Spiel nicht aufregen wollte."

Damit rückt sie mir den Kopf zurecht. Ich umfasse ihr Gesicht und küsse sie auf die Stirn. „Entschuldige. Ich bin nicht auf dich wütend. Nur wie verrückt auf sie, und sie wird noch bereuen, dass sie dich angegriffen hat. Also, wie ist das abgelaufen?"

„Ich saß draußen an einem Tisch und plötzlich stand sie neben mir. Erst war sie ruhig und vernünftig. Ich hatte Mitleid mit ihr."

Ich kann nicht verhindern, die Augen zu verdrehen.

Pepper erzählt weiter. „Sie hat sich zu mir gesetzt und wollte Charlie sehen und dass ich bei dir ein gutes Wort für sie einlege. Aber als ich ihr gesagt habe, dass ich mich nicht einmischen will, ist sie ausgerastet. Als ich aufstehen und gehen wollte, hat sie mich am Arm gepackt und eine Szene gemacht. Es war schrecklich."

„Ich werde ihr den verdammten Hals umdrehen", fauche ich, ohne es wörtlich zu meinen. Aber Mann, es würde mich befriedigen, wenn es jemand anderes für mich erledigen würde.

„Legend", sagt Pepper und ich sehe sie an. „Sie ist nicht ganz richtig im Kopf. Ja, ich habe Mitgefühl für sie, aber irgendwas stimmt nicht mit ihr. Sie kann diese Aggression an und abschalten, wie sie will. Das ist unheimlich. Es tut mir wirklich leid, aber das Gericht darf ihr einfach kein Sorgerecht zusprechen."

„Das werde ich verhindern", verspreche ich Pepper und sage mir selbst, dass ich mit Pepper und Charlie nach Südamerika auswandern werde, falls das Gericht Lida in die Nähe meines Kindes lassen wird.

„Danach habe ich Charlie abgeholt und bin mit ihr über Nacht zu meinen Eltern gefahren."

Eine Woge der Zärtlichkeit und Dankbarkeit überrollt mich, dass sich Pepper nie um sich selbst sorgt, sondern sich auf den Schutz meiner Tochter konzentriert. Auch ihren Eltern bin ich dankbar, besonders ihrem Vater, der ein harter Kerl ist. Als Pepper und Charlie zum ersten Mal zusammen dort waren, hat Richard mich beiseitegenommen und mir versichert, dass Charlie immer willkommen sei, wann immer ich es brauche.

Pepper hat noch die große Windeltasche über der Schulter. Ich nehme sie ihr ab und hebe den Träger über ihren Kopf. Als die Tasche ebenfalls verstaut ist, drücke ich den Knopf der automatischen Heckklappe und sie schließt sich.

„Komm", sage ich und führe sie mit der Hand an ihrem Rücken zur Beifahrertür. „Fahren wir zu meinen Eltern."

Sobald wird im fließenden Verkehr sind, hole ich das Handy hervor und Siri fragt mich, wie sie mir helfen kann. „Jim Foppiano anrufen."

Ich lege das Handy aufs Armaturenbrett und Pepper sieht mich fragend an.

„Ich habe genug von dem Scheiß", erkläre ich ihr. „Ich will, dass das ein Ende hat."

Beim zweiten Klingeln geht mein Anwalt dran. Nachdem ich ihn schlecht erreichen konnte, als Lida das erste Mal aufgetaucht war, gab er mir seine Privatnummer. Er wollte mich als Klient nicht verlieren und steht mir jederzeit zur Verfügung.

„Jim", sage ich etwas rau, „Lida hat sich an Pepper herangemacht und sie angegriffen."

„Was?", schallt es entrüstet aus dem Lautsprecher.

„Sie hat sie am Handgelenk festgehalten und sie dabei verletzt. Hat versucht, sie dazu zu bringen, mich zu beeinflussen, damit sie zu Charlie kann."

„Das ist strafbar", sagt er.

„Dachte ich mir", antworte ich und fahre achtsam durch den einsetzenden Stoßverkehr Bostons. „Ich möchte, dass du in Peppers Namen Anzeige erstattest. Sie ist übers Wochenende mit mir in Boston, aber sie kann eine telefonische Aussage machen und eine persönliche am Montag."

„Nein", ruft Pepper dazwischen. Kurz sehe ich sie fragend an. „Sie hat mich nur am Arm festgehalten, dafür will ich sie nicht verhaften lassen."

„Vor dem Gesetz ist es Körperverletzung", sagt Jim. „Dafür kann sie verhaftet werden."

„Nein", wiederholt Pepper fast panisch.

„Ich weiß, dass sie dir leidtut …"

Pepper unterbricht mich. „Darum geht es mir nicht. Es ist nur … ich glaube, das würde die Situation nur verschlimmern. Das wird sie nicht dazu bringen, sich zurückzuziehen, im Gegenteil. Ich glaube, dass sie verzweifelt ist, und verzweifelte Menschen tun verzweifelte Dinge."

Ich umklammere fest das Lenkrad. Jede Faser in mir will Lida ins Gefängnis stecken, wenn auch nur für eine Nacht, um ihr zu zeigen, dass sie sich nicht alles erlauben kann. Doch etwas in Peppers Stimme lässt mich innehalten.

„Hört mal", sagt Jim vermittelnd. „Am besten redet ihr beide am Wochenende darüber. Ich gehe davon aus, dass Charlie bei euch in Sicherheit ist, also muss nichts überstürzt werden. Wir können am Montag noch einmal darüber reden."

Ich seufze. „Okay, na gut. Aber du solltest ihren Anwalt informieren, vielleicht kann er sie an die Leine legen oder so was. Ihr erklären, dass sie sich ihr eigenes Grab schaufelt."

„Das kann ich tun", versichert mir Jim. „Ich werde ihm sagen, dass sie sich unbedingt zurückziehen muss."

„Und rede mit ihm über die Zustimmung zu einem psychiatrischen Gutachten." Das wollen wir den Richter bei der Anhörung nächsten Monat fragen, aber wenn sie sich vorher schon dazu bereit erklärt, könnte es hilfreich sein. Vielleicht sieht sie dann ein, dass sie Hilfe braucht.

„Das werde ich", sagt Jim. „Ich rate euch, das Wochenende zu genießen und nicht mehr darüber nachzudenken."

Tja, das ist ein guter Rat, der aber unmöglich zu befolgen ist. Lida und ihr Wahn dominieren mein ganzes Leben. Jetzt muss nicht nur Charlie beschützt werden, sondern auch Pepper ist bedroht, was ganz und gar inakzeptabel ist.

Nach dem Gespräch frage ich Pepper: „Wie stehst du zu Südamerika? Warst du schon mal da?"

Sie sieht mich an, als wäre ich verrückt geworden.

„Warum?“

„Weil wir vielleicht auswandern müssen, um dieser Wahnsinnigen zu entkommen.“

Pepper lacht und nach einer Sekunde lache ich mit. Sie streckt mir ihre Hand hin. Ich ergreife sie. Pepper drückt meine Finger. „Ich bin an deiner Seite. Wohin auch immer du gehen willst.“

Und verdammt … das bedeutet mir alles.

KAPITEL 25

Legend

„Okay, jetzt bin ich zum ersten Mal einge-schüchtert, mit einem Profi-Eishockeyspieler auszugehen", wispert Pepper, als ich auf den Parkplatz des Restaurants fahre.

Das erstaunt mich und ich sehe sie kurz an. „Wieso denn?"

„Weil wir schick angezogen sind und Gray Brannon treffen", sagt sie mit großen Augen. „Sicher werde ich etwas Dummes sagen und dich blamieren."

Ich halte vor dem Parkservice an. Ich ignoriere den Hoteldiener, der ihre Tür öffnet, und lege einen Finger unter Peppers Kinn, sodass sie mich ansieht. „Du brauchst dir keine Gedanken zu machen. Du bist wundervoll und könntest mich niemals blamieren."

Erleichterung entspannt ihren Ausdruck.

„Es sei denn, du hast einen schlimmen Fall von Flatulenzen am Tisch. Dann würde ich dich bitten, im Auto zu warten, bis ich gegessen habe."

Pepper schnaubt und dreht ihr Kinn weg. „Ich glaube, ich kann mich zusammenreißen."

Ich greife erneut an ihr Kinn und halte es fest. „Du bist perfekt. Und es wird dir heute sehr viel Spaß machen."

Ich weiß, dass ich es auf jeden Fall genießen werde. Heute fanden die Talentwettbewerbe statt, und das macht immer viel Spaß. Es handelt sich um freundschaftliche Rivalität mit viel Gelächter, wenn die besten Spieler der Liga gegeneinander antreten.

Mom, Dad, Pepper und Charlie saßen in der ersten Reihe, und da ich mich nicht auf ein ernstes Spiel konzentrieren musste, konnte ich oft in ihre Richtung schauen. Charlie wird sich zwar nicht daran erinnern, doch ich werde das erste Mal, dass sie ihren Dad auf dem Eis gesehen hat, nie vergessen.

Danach verabschiedete ich mich mit einem Kuss von meiner Tochter, vertraute sie ihren Großeltern an, die dieses Wochenende mit ihr lieben, und fuhr mit Pepper ins Hotel, wo wir Sex hatten und ein kurzes Nickerchen einlegten. Dann hatten wir noch eine schnelle Nummer unter der Dusche und machten uns fertig, um Gray Brannon und Ryker Evans zum abendlichen Dinner zu treffen.

Diese Einladung hat mich positiv überrascht. Letzte Woche hat mich Ryker angerufen und gefragt, ob ich etwas Zeit erübrigen könnte. Ich habe keinen Schimmer, warum sie nach Boston zum All-Star-Wochenende gekommen sind. Als Manager der Cold Fury hat Gray sicherlich Besseres zu tun. Und Ryker, der Goalie-Coach der Cold Fury, wird hier ebenfalls nicht gebraucht, auch wenn deren Goalie, Max Fournier, die Atlantic Division hier repräsentiert. Wahrscheinlich ist es für die beiden nur ein schönes Wochenende fern des Managements. Ich habe die Einladung gern angenommen. Ryker und ich haben am Anfang meiner Zeit in der Liga für die Boston Eagles gespielt und er war mir über die Jahre stets ein guter Mentor und Freund. Aber wir sind beide sehr beschäftigt und wohnen Hunderte Meilen voneinander entfernt, sodass es eine Besonderheit ist, ihn treffen zu können.

Der Abend wurde noch besser, als Pepper zurechtgemacht aus dem Badezimmer gekommen ist. Sie trug ein einfaches, ärmelloses schwarzes Kleid, das vorn tief ausgeschnitten ist und die runden Ansätze ihrer Brüste präsentiert. Das Kleid reicht ihr anständig fast bis zu den Knien, aber der eng anliegende Schnitt schmiegt sich von oben bis unten an sie. Die umwerfenden schwarzen High Heels mit den Riemchen um die Knöchel machen das Outfit noch sexyer.

Am meisten beeindruckte mich ihr Gesicht. Sie ist selten geschminkt, weil sie es nicht braucht. Aber Mann, wenn sie es tut, dann betont das Make-up ihre Vorzüge wunderbar. Die Augen dunkel und smokey, die Wangenknochen leicht hervorgehoben, die Lippen voll, glänzend und sinnlich. Am liebsten hätte ich sie sofort aufs Bett geworfen und vernascht.

Pepper lässt sich elegant vom Parkportier aus dem Auto helfen, indem sie seine Hand annimmt. Ich steige aus und gebe dem Mann zehn Dollar Trinkgeld. Das ist übertrieben, doch ich erinnere mich noch daran, wie es war, einen Job zu haben, bei dem man auf Trinkgeld angewiesen ist. Während der Highschoolzeit hatte ich als Kellner gearbeitet und weiß, wie wichtig das Zusatzgeld ist.

Ich hake Peppers Hand bei mir unter, wir gehen ins Restaurant und finden Gray und Ryker sofort.

Gray ist groß und von klassischer Schönheit, hat flammend rotes Haar und kristallblaue Augen. Sie wirkt eher wie ein Model aus Paris als wie die Managerin eines Eishockeyteams. Ihr Ehemann Ryker übertrifft sie jedoch mit seiner Körpergröße. Als er noch spielte, nannte man ihn Brick, weil er wie eine Mauer gebaut ist. Auch wenn er vor einem Jahr aufgehört hat, um Goalie-Coach bei den Cold Fury zu werden, trainiert er sicherlich immer noch seine Fitness.

„Legend", begrüßt mich Ryker strahlend.

Wir schütteln uns die Hände und umarmen uns kurz mit einem Klaps auf den Rücken des anderen. Ich wende mich Gray zu, die ich das letzte Mal bei anderer Gelegenheit bei einer Preisverleihung sah, und küsse ihr höflich die Wange.

Ich ziehe Pepper nach vorn und stelle sie vor. „Das ist meine Freundin Pepper Nantais."

Nach dem Händeschütteln amüsiert mich, dass Gray aus ihrer riesigen Handtasche eins von Peppers ersten Kinderbüchern hervorholt. Die Abenteuer von Penelope und Bert.

„Ich hoffe, das ist okay", sagt Gray und hält Pepper das Buch und einen Stift hin, „aber als Ryker sagte, wer du bist, musste ich es einfach mitbringen, damit du es mir bitte signierst. Unsere Mittlere, Ruby, liebt deine Bücher so sehr."

Eine Welle des Stolzes überrumpelt mich so sehr, dass meine Augen brennen, was alles andere als männlich ist. Ich blinzele und sehe Pepper an, die peinlich berührt, aber gleichzeitig auch erfreut ist. Sie signiert das Buch für Gray.

Der Kellner unterbricht uns und führt uns zu unserem Tisch. Während die Getränke serviert werden, plaudern wir miteinander. Gray sitzt neben Pepper, löchert sie mit Fragen, wie es ist, Autorin für Kinderbücher zu sein, und schlägt vor, doch mal eins über Eishockey zu schreiben. Ryker und ich reden über die Saison, und da er jetzt Coach ist, gibt er mir ein paar Tipps. Ich vertraue seinem Wissen und seiner Erfahrung und höre ihm aufmerksam zu.

Bei den Appetizern reden wir über Kinder. Ryker hat zwei Mädchen aus erster Ehe, Violet und Ruby, die bei ihm und Gray leben. Gray hat im Mai ein Baby bekommen. Auf ihrem Handy zeigt sie uns Fotos vom kleinen Milo Evans. Schon mit seinen acht Monaten erkennt man die Ähnlichkeit mit seinem Dad. Ich frage mich, wie Charlie in dem Alter wohl aussehen wird.

Gray lächelt beim Anblick eines Fotos von Milo, und man sieht ihr an, dass sie ihren kleinen Jungen vermisst. Als sie meinen Blick bemerkt, wirkt sie leicht verlegen. „Warte nur, bis du ein eigenes Kind hast, Legend."

Pepper und ich tauschen einen Blick aus. Aus gutem Grund hat die Presse noch nichts von Charlie erfahren. Alles ist noch so unsicher, und ich will nicht, dass die Presse in unser Privatleben eindringt, solange sich Lida noch so verrückt verhält.

Doch das hier sind Ryker und Gray, und ich weiß, dass sie den Mund halten können. „Äh … tatsächlich habe ich eine Tochter. Sie ist zwei Monate alt."

Gray und Ryker halten kurz inne, doch dann erwachen sie aus ihrer Starre. „Das ist ja wundervoll!", sagt Gray und Ryker schlägt mir auf den Rücken.

„Was ist los, Alter?" Ryker lacht und sieht Pepper an. „Das hättest du uns ja mal sagen können."

Pepper schüttelt den Kopf.

„Sorry, aber sie ist nicht Peppers Tochter", sage ich mit einem Lachen.

Verwirrt sehen sie mich an. Also erzähle ich ihnen die ganze Geschichte, inklusive meines Rechtsstreites mit Lida und dass ich die Sache nicht an die Presse dringen lassen will. Am Ende sage ich: „Charlie ist bei meinen Eltern, damit sie Großeltern sein können, sonst hätten wir sie mitgebracht."

Gray schüttelt erstaunt den Kopf. „Ich muss sagen, ich bin wirklich beeindruckt. Du hast die Vaterschaft echt gut angenommen."

„Was das ganze Mutterdrama angeht", sagt Ryker und verzieht den Mund, „wünschte ich, dass wir irgendwas für euch tun könnten, um zu helfen."

Ich lache und greife nach Peppers Hand. „Wir haben schon spaßeshalber daran gedacht, nach

Südamerika auszuwandern, um Lida zu entgehen."

Ryker lacht, aber Gray grinst hinterlistig. „Oder ihr kommt zu uns nach Raleigh, North Carolina."

Mein Lächeln vergeht, als ich merke, dass sie es ernst meint. Ich versuche, locker zu klingen. „Soll das ein Jobangebot sein, Gray?"

„Ja", antwortet sie kurz und bündig.

Ich bin sprachlos.

Pepper folgt dem Gespräch und sieht zwischen uns beiden hin und her. Ein kurzer Blick auf Ryker sagt mir, dass er wusste, dass das kommen würde. Hier geht es nicht nur darum, dass sich alte Freunde zum Dinner treffen. Gray ist da, um für die Cold Fury zu scouten, und dabei lässt sie meine Agentur völlig außer Acht.

Kluge Frau.

Ich nehme mein Weinglas und trinke einen Schluck. Meine Antwort klingt gelassen ablehnend, so wie ich sein sollte. „Mal im Ernst, Gray. Mit Max Fournier hast du bereits einen der besten Goalies der Liga. Ich spiele gerade das beste Eishockey meines Lebens und will in keinem Team der Welt die zweite Geige spielen. Und ich nehme an, dass es Max genauso geht."

„Ihr wärt beide Nummer-eins-Goalies", sagt sie, was Blödsinn ist. Dann wirft sie ihr Ass auf den Tisch. „Ich bezahle dir mehr, als du jetzt bekommst. Dein Ansehen würde in den Himmel steigen, in ein Siegerteam zu kommen. Du weißt auch, dass du bei uns die besten Chancen hast, deinen ersten Pokal zu gewinnen. Es wäre ein perfekter Deal, Legend, und du würdest unser Team so verstärken, dass keiner mehr an uns herankommt."

Sie hat gute Argumente. Doch so einen Deal würde ich nie in Betracht ziehen. „Zwar bin ich dir für das Angebot dankbar, aber wir beide wissen doch, dass du damit nicht die Cold Fury stärken willst, sondern die Vengeance schwächen. Und das würde ich meinem Team niemals antun."

In Grays Blick schimmert Respekt. Sie zuckt mit den Schultern. „Na gut, es war einen Versuch wert."

„Deshalb bist du auch einer der besten Manager der Liga beziehungsweise eine der besten Managerinnen." Ich hebe mein Weinglas und proste ihr zu.

Gray lächelt und Ryker korrigiert mich. „*Die* beste überhaupt."

Ich lache und neige den Kopf leicht zur Seite. „Da würde ich gern zustimmen, aber erzähle das nie Christian Rutherford, der würde mich sofort rauswerfen."

„Aber dann hättest du einen Platz in meinem Team." Gray grinst verschlagen. „Vielleicht sollte ich dich bei Christian verpetzen."

Wir lachen alle und das Thema ist erledigt. Das Essen wird serviert.

„Wie lange seid ihr schon zusammen?", fragt Ryker.

Pepper übernimmt das Antworten. „Ungefähr zwei Monate. Seit Charlie in sein Leben kam."

„Wir sind direkte Nachbarn, also kennen wir uns schon eine Weile", erkläre ich.

„Erst hat er mich gehasst", sagt Pepper so ernst, dass die beiden innehalten.

Ich verdrehe die Augen und korrigiere diese falsche Behauptung. „Ich habe dich nicht gehasst. Aber ich mochte dich nicht besonders."

„Das klingt nach einer spannenden Geschichte", sagt Gray in einem Ton, der die Aufforderung, sie zu erzählen, enthält.

„Ihm gefällt mein Stil nicht", sagt Pepper.

„Das hat sich geändert", werfe ich ein.

Sie lächelt mich süß an und spricht weiter. „Ich habe ihn ständig aufgeregt. Wir stritten uns über meine Gartendeko, und da habe ich rosa Flamingos in seinen Vorgarten gestellt."

„Oh mein Gott!" Gray lacht und wedelt mit ihrer Steakgabel in der Luft herum. „Ihr zwei seid zu goldig. Aus Feinden werden Liebende und dann wird noch ein Überraschungsbaby dazugeworfen. Ihr seid wie ein klassischer Liebesroman."

„Du liest Liebesromane?", fragt Pepper.

„Ja", sagt sie, und schon sind die beiden im Gespräch über ihre Lieblingsautoren und Bücher.

Ich sehe zu Ryker, der mit den Schultern zuckt, wie um zu sagen: „Frauen!"

KAPITEL 26

Legend

Heute ist ein Spieltag, und so langsam steigt das Adrenalin in mir, je näher ich dem Stadion komme. Schade, dass Pepper nicht dabei sein kann, doch ich habe sie gebeten, mit Charlie zu Hause zu bleiben. Nicht, dass ich Lucy nicht zutrauen würde, Charlie zu beschützen, denn sie hat erstklassig gehandelt unter dem Druck durch Lidas Auftauchen. Aber ich brauche die zusätzliche Sicherheit, um mich aufs Spiel zu konzentrieren. Pepper beruhigte mich sogar noch mehr, indem sie mit Charlie zu ihren Eltern gefahren ist und sich das Spiel dort ansieht. Ihr Dad war nie ein besonderer Fan dieses Sports, aber seit seine Tochter „etwas Ernstes mit einem Eishockeyspieler hat", ist er einer geworden. Als Pepper mir das erzählte, lachte ich und freute mich heimlich, dass sie ihren Eltern erzählt hat, dass sie es ernst mit mir meint.

Ich fahre auf den Parkplatz für die Spieler und grinse, als ich Bishop und Erik zusammen Football spielen sehe. Sie tragen bereits ihre Work-out-Klamotten und wärmen sich mit etwas auf, das Spaß macht. Unsere Autos sind noch die einzigen hier, aber es ist noch früh.

Ich hole meine Sporttasche aus dem Kofferraum. Dort hinten liegt ein Spucktuch von Charlie. Das muss uns am Sonntag aus der Tasche gefallen sein, als wir aus Boston zurückkamen. Es war ein zau-

berhaftes Wochenende, und seit Langem habe ich
mal wieder die Zeit mit meinen Eltern richtig ge-
nossen. Als hätte Charlie die kleine Lücke zwischen uns überbrückt, und ich habe Seiten an meinem Dad entdeckt, die ich nie für möglich gehalten
hätte.

Das Schönste war, Zeit für Pepper gehabt zu haben. Die zwei Nächte im Hotel, ohne auf ein Baby
achten zu müssen, waren absolut fantastisch. Pepper kann ganz schön laut werden, wenn sie will,
und ich habe Sachen mit ihr gemacht, die ihr Laute
entlockt haben, die ich von ihr noch nicht kannte.

Ich schwöre mir, dass wir in unserer Beziehung
öfter mal Zeit für uns einräumen werden. Ich habe
das Gefühl, dass wir irgendwie erfrischt und ener-
getisch aus Boston zurückgekommen sind und
entschlossener an die Probleme herangehen können.

Ich lege mein Jackett in den Kofferraum, gehe zu
Bishop und Erik hinüber, und trotz des Anzugs
spiele ich mit. Ich klatsche in die Hände und Bishop wirft mir den Ball zu. Ich greife fester zu und
werfe ihn zu Erik.

„War es schön in Boston?", fragt Erik Bishop und
mich.

Ich habe Bishop und Brooke nur beim Wettbewerb gesehen und war ansonsten nicht im Stadion.
Erik war nicht im All-Star-Team, aber Dax und
Tacker. Allerdings lehnte Tacker ab, was nicht
überraschte, und Dax sagte ebenfalls ab, was ungewöhnlich war. Er gibt gern an und ist wahnsin-

nig schnell auf dem Eis. Er war für den Wettbewerb der Skills Competition wie geschaffen, blieb jedoch lieber in New York. Sicher hat er Regan geholfen, die Sache mit Lance' Besitz zu klären.

„Es war ein tolles Wochenende", sage ich und sehe zu, wie Erik den Ball zu Bishop wirft. „Pepper und ich brauchten mal etwas Zeit für uns."

Erik lacht in sich hinein und Bishop fragt: „Wie ist der letzte Stand mit der Irren?"

Ich zucke mit den Achseln und fange den Ball von ihm. „Nichts mehr, nachdem sie Pepper letzte Woche angegriffen hat."

„Sie hat Pepper angegriffen?", ruft Erik erstaunt.

Ich habe es Bishop bereits erzählt, aber Erik weiß noch nichts davon. Ich nicke. „Sie ist ihr stalkermäßig gefolgt. Als Pepper bei Starbucks draußen saß, hat sie sich dazugesetzt. Sie war erst ganz vernünftig und fragte Pepper, ob sie ihr hilft, an Charlie ranzukommen, und als Pepper das ablehnte, hat sie sie am Arm gepackt und sie mit ihren Fingernägeln verletzt."

„Ach du Scheiße", murmelt Erik. Ich will ihm den Ball zuwerfen, doch er schüttelt den Kopf und kommt auf mich zu. „Und was zum Geier machst du jetzt?"

Ich zucke ratlos mit den Schultern und Bishop tritt ebenfalls näher. „Pepper will sie nicht anzeigen. Sie meint, das stachelt Lida nur noch mehr auf. Ich will einfach nur, dass sie uns in Ruhe lässt. Es ist sonnenklar, dass die Frau nicht richtig im Kopf ist, und ich kann nur hoffen, dass das Gericht das genauso sieht, wenn der Fall angehört wird."

„Und wann ist das?", will Erik wissen.

„Übernächste Woche."

Er nickt und will etwas sagen, doch wir drei wirbeln herum, als wir quietschende Reifen hören. Auf der Straße nimmt ein Geländewagen die Kurve so schnell, dass die Reifen qualmen. Der Truck schlittert, schlingert und geht aus. Ich höre, wie der Motor wieder anspringt, und sehe, wie der Truck hüpfend vorwärtskommt. Er fährt direkt auf uns zu. Wir sehen erst interessiert, dann erschrocken zu, wie er links abbiegt, über den hohen Bürgersteig poltert und auf den Parkplatz der Spieler zuhält.

„Fuck!", ruft Bishop, während wir wie angewurzelt zusehen. „Das ist Tacker."

Die Scheiben sind geschwärzt, aber ich erkenne seinen riesigen Ford F-450 wieder. Er gibt Gas, der Motor heult auf und der Truck schießt los. Er fährt irre Schlangenlinien und direkt auf die Betonmauer des Stadions zu, die den Ladebereich abtrennt.

Kurz denke ich, dass er nur herumalbert und schleudernd vor der Wand einparken will, aber er gibt Gas und der Motor wird lauter.

„Nein!", schreie ich hilflos, und wir sehen alle zu, wie er frontal gegen die Betonwand kracht. Der Wagen ist massiv, aber kommt zu einem abrupten Halt, und die Motorhaube wird zusammengeschoben. Ich kann durch die Scheiben nichts sehen, hoffe aber, dass der Airbag ausgelöst wurde.

Wir rennen alle drei los und zwei Arbeiter des

Stadions kommen angerannt.

Erik ist zuerst an der Fahrertür und reißt sie auf. Tacker lehnt zurück und hat Kratzer und Abschürfungen vom Airbag im Gesicht, der tatsächlich ausgelöst wurde.

Schnell betrachte ich Tacker gründlich, und es sieht nicht so aus, als wäre der vordere Teil des Wagens nach innen gekommen. Ich habe schon befürchtet, dass wir zwei zerquetschte Beine vorfinden würden, was eine Verletzung wäre, die seine Karriere beenden würde.

Tacker ist nicht ganz bei sich, und als wir drei ins Innere schauen, rieche ich seine Fahne. Er dreht den Kopf hin und her und brabbelt unverständliches Zeug.

Bishop öffnet den Gurt und legt eine Hand an Tackers Gesicht. „Tacker, alles okay?"

Tacker öffnet die Augen und starrt Bishop mit trübem Blick an. „Ich werde nie wieder okay sein", lallt er, sodass man ihn kaum versteht.

Einer der Arbeiter fragt: „Soll ich einen Krankenwagen rufen?"

Bishop sieht mich besorgt an. Krankenwagen bedeutet auch eine polizeiliche Untersuchung, und Tacker ist betrunken gefahren.

„Fuck", sagt Bishop und fährt sich ratlos durch die Haare.

Plötzlich brüllt Tacker: „Gottverdammt! Verfickte Scheiße!"

Seine Augen sind geweitet, und er sieht sich um, erkennt, was passiert ist. Allerdings glaube ich nicht, dass sein Fluchen etwas damit zu tun hat. Er wirkt eher enttäuscht, dass es nicht noch schlimmer ist.

Tacker lehnt sich aus dem Truck. Bishop und Erik wollen ihm helfen, sind aber nicht schnell genug. Tacker verpasst das Trittbrett, fällt aus dem Wagen und landet auf den Knien.

„Fuck", merkt Bishop noch mal an.

Tacker versucht, aufzustehen, und Erik hilft ihm mit einem Arm um dessen Taille. Ein Rinnsal Blut läuft über Tackers Schläfe und ich sehe Glassplitter in seinen Haaren.

„Schaffen wir ihn rein", sagt Bishop und sieht sich besorgt um. Ohne den Arbeiter anzusehen, der den Krankenwagen rufen wollte, sagt er: „Ihr Jungs könnt wieder an eure Arbeit gehen."

Zwar sagt er damit nicht direkt, dass er keine Polizei will, doch die Botschaft wird auch so klar.

Tacker murmelt vor sich hin, sturzbetrunken, sodass man nichts versteht, und lässt sich von Erik und mir halb getragen, halb geschleift durch den Spielereingang ziehen.

Drinnen wird er zu schwer, weil ihn seine Beine nicht mehr tragen, und wir sind gezwungen, ihn auf den Boden sacken zu lassen. Er lehnt mit ausgestreckten Beinen an der Wand. In Zeitlupe kippt er zur Seite und Erik richtet ihn wieder auf.

„Was machen wir jetzt?", fragt Erik und sieht Bishop und mich an. „Das wird echten Ärger geben."

Das ist wichtig und wir müssen uns etwas einfallen lassen, aber momentan mache ich mir mehr Sorgen um Tackers psychische Stabilität. Niemand würde bezweifeln, dass dies mit dem Tod seiner Verlobten zu tun hat.

Er hat gesagt, dass er nie wieder okay sein wird.

Doch zuerst müssen wir herausfinden, ob er ins Krankenhaus muss. Ich hocke mich neben ihn und berühre seine Wange. Sie ist verkrustet von dem Puder des Airbags. „Hey, Tucker. Kumpel …“

Er öffnet die Augen zu Schlitzen. „Was los?“, lallt er.

„Alles in Ordnung? Das war ein ziemlich schlimmer Unfall. Tut dir irgendwas weh?“

Er lacht freudlos aus. „Mir tut alles weh.“

„Deute drauf“, sagt Erik.

Tacker hebt die Hand und tippt sich auf die Brust.

Genau aufs Herz.

„Noch irgendwo anders?“, frage ich etwas lauter, denn er will schon wieder die Augen schließen. Ich habe Angst, dass er das Bewusstsein verliert. Entweder durch den Alkohol oder die inneren Verletzungen. Fast will ich jetzt doch den Notruf anrufen, da öffnet er die Augen.

Er starrt mich an und sein Blick ist plötzlich wieder klarer. Und seine Stimme lallt auch nicht. „Wie kann man damit leben, wenn man einen geliebten Menschen umgebracht hat?“

Tackers Stimme ist gebrochen und in mir zieht sich vor Mitgefühl alles zusammen. „Du hast nichts falsch gemacht“, erinnere ich ihn. „Es war eine Fehlfunktion der Maschine."

Er verzieht den Mund. „Ja, aber ich habe sie zum Mitfliegen überredet. Also ist es meine Schuld."

Tacker schließt wieder die Augen, und man sieht, dass es ihm schwerfällt, wach zu bleiben. Ich sehe Erik an und treffe eine Entscheidung. „Ruf die 911 an und bestelle einen Krankenwagen."

Er starrt mich an und weiß genau, dass wir damit Tacker einer Anzeige wegen Trunkenheit am Steuer ausliefern.

Dann ist es eben so. Ich möchte lieber, dass er überlebt.

„Tacker", sage ich und tippe ihn wieder an. „Du musst wach bleiben, Kumpel, okay? Kannst du das versuchen?"

Er öffnet die Augen. Sein Blick ist leer und leblos. Ich glaube, er möchte tot sein, deshalb ist er an die Wand gefahren.

„Heute ist ihr Geburtstag", murmelt er und Tränen laufen ihm über die Wangen. „Sie wäre achtundzwanzig geworden."

„Jesus", flüstert Bishop und geht auf und ab.

Erik entfernt sich etwas von der traurigen Gestalt namens Tacker Hall. Er holt sein Handy hervor und macht den Anruf.

Ich nehme Tackers Hand und lege meine andere obendrauf. Drücke zu. „Okay, Tack. Alles wird gut. Ich verspreche es dir."

Ich sehe zu Bishop hoch, der langsam den Kopf schüttelt. Er denkt, was ich denke. Für Tacker wird nie wieder alles gut.

KAPITEL 27

Legend

Im dritten Stock des St. John's Memorial Hospital trete ich aus dem Aufzug und folge den Schildern, bis ich Zimmer 3027 finde. Besuchszeit ist erst in einer Stunde, aber wir haben ein Team-Meeting heute Morgen und vorher will ich nach Tacker sehen.

Nach dem Spiel gestern Abend, bei dem wir von einem Team ganz unten in der Tabelle mit 5:0 fertiggemacht wurden, gingen einige der Spieler direkt ins Krankenhaus zu Tacker. Er war stationär aufgenommen worden, doch es gab nur vage Informationen über seinen Zustand.

Dann wurden wir weggeschickt, denn er wollte keinen Besuch. Nicht mal Coach Perron, der stinksauer auf ihn war, aber auch sehr besorgt, ließ man ins Zimmer.

Und nun bin ich hier, schleiche mich vor der Besuchszeit ein, um meine Sorgen zu beruhigen.

Der Flur ist recht einsam. Zwei Schwestern sitzen in der Station mit den Köpfen vor einem Computer. Ich gehe einfach gelassen vorbei und sie sehen nicht einmal auf.

Die Tür von Zimmer 3027 ist zu. Ich klopfe nur kurz an, bevor ich sie öffne, denn ich werde nicht darauf warten, dass er brüllt, ich solle verschwinden.

Mein kurzer Rundblick zeigt ein Standardzimmer

mit Bett, Besucherstuhl an einer Wand, kleinem Fernseher und einem kleinen Bad mit Waschbecken. Tacker steht im Krankenhaushemd am Fenster und blickt auf die Straße hinunter. Am linken Arm hat er einen kurzen Gipsverband.

„Hey", sage ich und schließe die Tür.

Er dreht sich ruckartig um.

Verdammt, er sieht scheiße aus. Blutunterlaufene Augen mit blauen Ringen darunter, überall Kratzer und ein düsterer Ausdruck.

„Ich muss wohl nicht erst fragen, wie es dir geht", sage ich und nicke zu dem Gips. „Was ist gebrochen?"

„Ein kleiner Knochen im Handgelenk", antwortet er. „Sicher vom Lenkradumklammern."

„Gegen eine Betonwand zu fahren, hat manchmal diesen Effekt", sage ich mit einem ironischen Grinsen.

Er grinst nicht zurück, sondern schleicht zum Bett. Er bewegt sich wie ein Neunzigjähriger und stützt sich mit dem gesunden Arm aufs Bett beim Hinsetzen. Ihm muss wirklich alles wehtun.

Ich halte die Tüte hoch, die ich mitgebracht habe, und stelle sie auf den Besucherstuhl. „Ich weiß nicht, wie lange du hierbleiben musst, daher habe ich dir ein paar Sachen mitgebracht. Nur ein paar T-Shirts und Jogginghosen. Das ist sicher bequemer als das Krankenhaushemd."

Tacker sitzt zusammengesunken auf dem Bettrand. „Ich werde heute entlassen. Ich habe eine Gehirnerschütterung, aber sie haben das gecheckt und ich kann trotzdem gehen.“

„Brauchst du einen Fahrer?“ Ich glaube, dass simple Fragen, die keine tiefen Gedanken erfordern, momentan das Beste sind.

„Habe ich schon.“ Er sieht mich an. „Ein Polizist nimmt mich mit auf die Wache wegen Trunkenheit am Steuer.“

Gewissensbisse überkommen mich, denn das ist die direkte Konsequenz daraus, dass ich den Krankenwagen habe rufen lassen.

„Kannst du einen Anwalt brauchen?“

„Ja.“ Er fingert an dem Gips herum. „Das wäre gut.“

Ich sehe ihn nur an, unsicher, was ich noch sagen soll. Um Zeit zu schinden, schaue ich aus dem Fenster. Tacker ist mit seiner Karriere in einer prekären Lage. Ich weiß nicht, wie es für ihn weitergehen wird, bin aber mehr um seine Psyche besorgt.

„Du kannst die Frage ruhig stellen“, sagt er.

Das gibt mir einen Stich. Er ist doch aufmerksamer, als ich dachte.

Ich stecke die Hände in die Hosentaschen und sehe ihn an. „Hast du versucht, dich umzubringen?“

Er hält meinen Blick. „Nein. Aber ich wollte mir wehtun. Ich wollte etwas, das stärker schmerzt als mein Innerstes. Ich war besoffen und offensichtlich nicht rational. Nüchtern hätte ich das nie getan. Aber die Wahrheit ist, dass ich gestern Früh aufgewacht bin und wusste, dass ich ein Spiel habe, aber es war mir scheißegal. Ich konnte nur daran denken, dass MJ Geburtstag hat, und habe angefangen zu saufen. Dabei war mir bewusst, dass ich wahrscheinlich meine Karriere runterspüle."

Ich reibe mir das Kinn und atme sorgenvoll aus. „Du brauchst Hilfe, Tacker. So kannst du nicht weiterleben."

Endlich ein Funken Leben in seinen Augen. „Welches Leben? Was für ein Leben ist das denn?"

„Ein langes, wenn du gut zu dir bist. Eins voller Möglichkeiten und Träume, die sich immer noch erfüllen können."

Er schüttelt den Kopf und wendet den Blick ab.

„Du wirst das auch sehen können, wenn du aufhörst, nach hinten zu blicken. Aber ich weiß, dass das leichter gesagt als getan ist. Deshalb brauchst du Hilfe. Du kommst allein nicht voran. Du hast dich vor allem verschlossen außer dem Eis. Und so kann man nicht existieren."

Es klopft an der Tür. Tacker nimmt den Blick nicht von der Wand, aber ich drehe mich um.

Eine Krankenschwester kommt mit einem Polizisten herein.

„Mr. Hall", sagt die Schwester, geht an mir vorbei, ums Bett herum und stellt sich vor Tacker. „Ich habe Ihre Entlassungspapiere hier, um sie mit Ihnen durchzugehen."

Sie spricht nicht aus, dass ein Polizist hier ist, um ihn zu verhaften, doch das überrascht Tacker nicht. Ich lege eine Hand auf seine Schulter. Er sieht mich nicht an, aber ich weiß, dass er mir zuhört.

„Du kannst da rauskommen", sage ich überzeugt. „Du hast mich an deiner Seite und alle anderen vom Team. Wir stehen dir bei."

Zu meiner Überraschung dringe ich zu Tacker durch. Er spricht leise und verdammt leer, aber ich spüre, dass er die Wahrheit sagt. „Vielen Dank."

Ich nicke, drücke seine Schulter und verabschiede mich. Der Cop nickt mir zu, als ich an ihm vorbeigehe, und ich hoffe, dass er Tacker hier nicht in Handschellen rausführt. Auf dem Weg durch den Flur schaue ich auf die Uhr. In einer halben Stunde muss ich in dem Meeting sein.

„Du bist spät dran", knurrt Coach Perron, als ich den Saal betrete.

Hier sind die Sitze wie im Stadion angeordnet und es ist fast voll.

„Sorry, Coach." Ich gehe drei Reihen hoch zu einem Sitz, den Bishop mir freigehalten hat. „Ich war bei Tacker im Krankenhaus."

Das löst ein allgemeines Murmeln aus.

„Wie geht es ihm?", fragt Bishop.

„Er hat eine Gehirnerschütterung", antwortet Coach Perron für mich und alle Augen blicken in seine Richtung. „Ich war gestern Abend noch spät mit Mr. Rutherford bei ihm. Außerdem hat er eine Faktur im Handgelenk. Er hat einen Gips bekommen, den er in etwa vier Wochen ablegen kann."

Niemand sagt ein Wort. Es ist, als hätte man die Luft aus dem Raum abgesaugt, denn keiner ist wegen eines Bruches im Handgelenk besorgt. Von so einer Verletzung wird Tacker sich wahrscheinlich schnell erholen. Aber alle wissen, dass er betrunken war, als er seinen Wagen in die Mauer gefahren hat. Coach Perron hat es dem Team gesagt, als wir in der Kabine waren. Außerdem haben alle seinen zerbeulten Wagen gesehen oder den Abschleppwagen, als sie auf dem Parkplatz waren.

Deswegen haben wir gestern auch verloren. Denn alle waren erschüttert über das, was Tacker getan hat. Keiner wollte es aussprechen, doch garantiert denken alle, dass es ein Selbstmordversuch war. Man kann gar nicht in Worte fassen, was für ein Schlag es für die Teammoral ist, wenn der Captain und beste Spieler seiner Sicherheit und Gesundheit etwas so Ungeheuerliches antut.

„Ich habe dieses Meeting einberufen, um über Tacker zu sprechen", sagt der Coach unheilschwanger. „Mr. Carlson ist gestern eingeflogen und hat sich heute Morgen mit mir und Mr. Rutherford getroffen. Wir wollen die Angelegenheit ganz offen mit dem Team besprechen, abhaken und weiterarbeiten."

Der Coach macht eine Pause und blickt durch den Raum, bis er sicher ist, unsere volle Aufmerksamkeit zu haben. „Tacker wird heute nach seiner Entlassung zur Polizei gebracht und wegen Trunkenheit am Steuer angezeigt. Unser Anwalt hat gesagt, dass die Möglichkeit einer Haftstrafe besteht. Daher ist Mr. Carlson auf dem Weg, um die Kaution für ihn zu stellen."

Betroffenes Murmeln breitet sich aus.

„Na wunderbar", sagt Erik neben Bishop.

Ich wundere mich, dass Carlson dafür angereist ist. Normalerweise hält sich Dominik Carlson aus solchen Spielerangelegenheiten raus. Es obliegt dem Coach und dem Management, sich darum zu kümmern. Doch unser Teambesitzer ist dafür bekannt geworden, sich deutlich mehr für seine Spieler zu interessieren, also ist es vielleicht gar nicht so überraschend. Ich muss sagen, dass mein Respekt für diesen Mann immer größer wird.

Der Coach wartet, bis es im Saal wieder leiser wird, und liest dann von etwas auf seinem Podium ab. „Es wurde entschieden, Tacker so lange zu suspendieren, bis wir die Situation besser einschätzen können. Wir möchten betonen, dass uns diese Entscheidung nicht leichtgefallen ist, wir sie aber für das Beste im Interesse des Teams …"

Ich kann mich nicht zurückhalten. Ich stehe auf und unterbreche den Coach. „Er braucht Hilfe, keine Suspendierung."

Coach Perron sieht mich grimmig an. „Wenn du mich bitte fertig lesen lässt, Bay, dazu habe ich auch etwas zu sagen."

Ohne verlegen zu sein oder mich gerügt zu fühlen, setze ich mich langsam wieder hin.

Der Coach blickt mich noch einen Moment an und fährt fort, ohne auf seinen Text zu schauen. „Jeder hier weiß, dass Tacker durch die Hölle ging nach dem Flugzeugabsturz und dem Verlust seiner Verlobten. Und wir wissen, dass er immer noch täglich mit seinen inneren Dämonen kämpft. Der gestrige Tag hat gezeigt, dass er dabei ist, diesen Kampf zu verlieren, und dass er Hilfe braucht. Die Suspendierung soll keine Strafmaßnahme sein, sondern ihm helfen, einen Schritt in die richtige Richtung zu tun. Nur unter der Bedingung, dass er eine Therapie macht und aufrichtig versucht, sich mit seiner Trauer auseinanderzusetzen, kann er wieder ins Team zurückkommen."

„Was können wir tun, um ihm zu helfen?", fragt Dax neben Erik.

„Tja, zum Beispiel", sagt der Coach mit eisiger Stimme, „könnt ihr darauf achten, euch davon nicht vom guten Spielen abhalten zu lassen. Tacker will sicher nicht, dass das Team seinetwegen leidet. Also gebt euch Mühe, spielt besser und gleicht aus, dass wir erst mal auf ein großes Talent verzichten müssen."

Einige Spieler murmeln ihre Zustimmung.

„Ich glaube, ich muss euch nicht erst sagen, wie ihr seine Freunde sein könnt, aber Freundschaft braucht er jetzt mehr denn je." Er blickt kurz nach unten und hüstelt. Als er wieder aufsieht, ist seine Stimme voller Emotionen. „Wir haben Tacker wie ein rohes Ei behandelt, aber das muss jetzt aufhören. Wenn er Teil des Teams sein will, was wir momentan noch nicht wissen, müsst ihr alle ihn ermutigen, hart daran zu arbeiten, wiederkommen zu können. Und damit meine ich nicht seine sportlichen Leistungen. Sein Talent wird er immer behalten. Ich spreche über seine mentale Stärke. Es ist egal, ob ihr ihn in die Kirche schleppt, zum Essen einladet oder mit ihm trainiert, Hauptsache, ihr spornt ihn an.“

Ich schaue nach links zu meiner Kerngruppe, bestehend aus Bishop, Erik und Dax. Sie sehen mich an, und wir stimmen sozusagen schweigend überein, dass wir uns um Tacker kümmern werden, ob er will oder nicht.

„Ich werde Rafe zum First Line Center machen“, verkündet der Coach, was nicht überraschend ist.

Im November, als Tacker für zehn Spiele suspendiert wurde, weil er versucht hatte, Lars Nilsson zu killen, hat Rafe bereits seine Position übernommen und es gut gemacht. Rafe Simmons ist einer der Spieler, die besser sind, wenn sie etwas zu beweisen haben.

„Irgendwelche Fragen?“ Niemand meldet sich. Er nickt, geht vom Podium und zerknüllt seine Notizen in der Hand. „Okay, gut. Dann alle umziehen und ab aufs Eis. In zwanzig Minuten fängt der Drill an.“

KAPITEL 28

Pepper

Ich starre so intensiv auf mein iPad, dass es vor meinen Augen verschwimmt. Seit über einer Stunde versuche ich, etwas zustande zu bringen, irgendwas, doch mein Hirn ist völlig leer.

Ich glaube aber nicht, dass ich eine Schreibblockade habe. Wenn ich eine Idee habe, fallen mir immer auch die Worte dazu ein. Zwar bin ich kein großartiger Plotter, habe aber immer eine grobe Vorstellung von der Geschichte und vor allem der Moral dahinter, was der Kernpunkt bei Kinderbüchern ist.

Princess ist herumgewandert, ohne ihren Eltern zu sagen, wohin sie geht. Sie erlebt ein Abenteuer und trifft die Nachbarn um den Teich herum, während ihre Eltern krank vor Sorge sind. Sie gerät in Gefahr, zum Beispiel durch einen gerissenen alten Fuchs, und bekommt Heimweh.

Die Geschichte ist voll entwickelt, doch ich bekomme sie nicht aus dem Kopf und in mein iPad. Ich tippe mir mit dem Digitalstift an die Schläfe, in der Hoffnung, dass sich etwas lockert. Aber … es geschieht nichts.

Frustriert atme ich aus, lege den Stift ab und sinke in meinem Bürostuhl zurück. Ich habe eins der oberen Schlafzimmer zum Arbeitszimmer umgewandelt, das nach hinten raus geht. Der Zeichentisch steht mitten im Raum und der Schreibtisch vor dem Fenster, damit ich in meinen Garten sehen kann, mein kleines Heiligtum. Wenn Legend meint, mein Vorgarten wäre mit Farben überfüllt, dann muss ihn mein hinterer Garten überwältigen. Aber ich liebe es so und es macht mich glücklich. Normalerweise regt es auch meine Kreativität an, weil es die Künstlerin in mir anspricht, doch heute funktioniert es nicht.

Ich mache mir große Sorgen um Legend, denn er macht sich große Sorgen um Tacker. Nach dem Unfall hat Legend mich kurz angerufen. Unter Druck ist Legend der Inbegriff von Stärke. Das hat er mir immer wieder bewiesen, dennoch konnte er das Beben in seiner Stimme nicht verbergen, als er mir erzählte, dass Tacker absichtlich gegen eine Mauer gefahren ist.

Mir wurde das Herz schwer und mein Magen zog sich zusammen. Das Ausmaß seiner Verzweiflung ist ganz klar von allen unterschätzt worden, und ich weiß, dass Legend vor allem Schuldgefühle hat, das nicht erkannt zu haben. Darüber konnte ich aber nicht mit ihm reden, denn der Anruf war nur kurz und ich wäre nicht wirklich zu ihm durchgedrungen. Als er am Abend nach Hause kam, versuchte ich, ihm meine Gedanken mitzuteilen, aber er war nicht in der Stimmung, zu reden. Er hatte schlechte Laune, gelinde ausgedrückt, weil man ihn nicht zu Tacker gelassen hat. Inzwischen kenne ich Legend gut genug, um zu wissen, wann ich ihn drängen kann und wann ich ihn in Ruhe lassen muss.

Gestern Abend wollte er nur noch ins Bett und schlafen. Dafür zog er mich eng an sich und zerquetschte mich fast. Später lockerte sich sein Griff, doch ich blieb so liegen und wollte, dass er auch im Schlaf wusste, dass ich da bin.

Heute Morgen ist er früh aufgestanden und bat mich, für Charlie da zu sein, bis Lucy um acht kam. Er wollte vor dem Training noch seinen Work-out machen. An der Tür küsste ich ihn zärtlich und er legte eine Hand an meine Wange. Wir sahen uns in die Augen. Dann lächelte er und ging.

Charlie und ich warteten auf Lucy. Dann tranken wir zusammen Kaffee, und danach half ich Lucy, Charlies Spucktücher aus dem Trockner zusammenzulegen. Anschließend ging ich nach Hause, um zu arbeiten.

Das war vor fast zwei Stunden. Das Einzige, was ich fertiggebracht habe, ist zu duschen und mir die Zähne zu putzen.

Vielleicht brauche ich eine Pause und muss etwas anderes tun. Also gehe ich nach unten und räume die Spülmaschine aus. Ich wische über die Küchenoberfläche, obwohl es unnötig ist. Gestern erst habe ich Staub gesaugt und gewischt, und mein Haus ist ziemlich sauber.

Ich denke darüber nach, Wäsche zu machen, aber da fällt mir ein, dass ich das auch gestern getan habe.

Backen.

Vielleicht Kekse oder so.

Meine Hüften rufen mir zu, dass das eine blöde

Idee ist.

Ich denke über meine Optionen nach, aus dem Haus zu gehen und mich mit irgendwem zu verabreden, aber die Wahrheit ist, dass ich gar keine guten Freunde habe. Meine Schwester Amy und ich stehen uns nah, aber in ihrem Job kann sie nicht einfach mit ihrer Schwester einen Kaffee trinken oder etwas essen gehen. Sie ist wie Dad Orthopäde und sie arbeiten zusammen in einer Praxis.

Mom kommt auch nicht infrage, weil sie ebenfalls immer beschäftigt ist. Sie ist Allgemeinmedizinerin und steckt jetzt bis zum Hals in Patiententerminen.

Kurz empfinde ich Schadenfreude. Meine Eltern und meine Schwester üben ihre Berufe zwar mit Leidenschaft aus, aber ich habe einen, bei dem ich freier bin und so viele Dinge tun kann, die sie sich nicht erlauben können. Zum Beispiel zu Starbucks fahren und einen Kaffee oder eine Cola trinken. Wieder mischen sich meine Hüften ein, dass das keine gute Idee wäre. Also darf es wirklich nur ein Kaffee sein. Ich muss zugeben, besorgt zu sein, dass mich Lida immer noch beobachtet und mich wieder belästigen könnte, doch ich bin nicht der Typ Mensch, der sich wegen solcher Ängste im eigenen Haus einsperren lässt.

Ja, ich glaube, ich werde zu Starbucks fahren.

Und danach zum Supermarkt, um heute Abend für Legend etwas zu kochen. Er hat erwähnt, essen gehen zu wollen, aber ich liebe das Kochen und so kriege ich ihn mal wieder rüber in mein Haus. Wir sind zu neunzig Prozent in seinem Haus, weil Charlies Sachen dort sind. Tatsächlich hat er noch nie in meinem Bett übernachtet, seit wir zusammen sind.

Erst checke ich noch, ob die Tür der Küche, die in den Garten führt, abgeschlossen ist. Ich nehme meine Handtasche von der Arbeitsplatte und angele die Schlüssel heraus. An der Haustür fällt mir ein, dass ich mein Handy in der Küche gelassen habe. Also gehe ich zurück und stecke es in die Handtasche. Durch das Wohnzimmer wandere ich zur Haustür und schwinge diese weit auf.

Ich trete über die Schwelle und halte dann abrupt inne.

Eine Waffe ist auf mein Gesicht gerichtet.

Mein Blick folgt dem ausgestreckten Arm entlang und landet auf Lida.

Wahnsinn ist das Wort, das mir spontan einfällt, als ich die dunklen Ringe unter ihren Augen sehe und ihre blasse Haut. Ihre Pupillen sind riesig und die Haare verknotet und zerzaust, als wäre sie heute aus dem Bett aufgestanden und hätte vergessen, sich zu kämmen. Ihre Kleider sind zerknittert und fleckig. Die Hand mit der Waffe zittert leicht.

Ich beuge mich nach hinten und hebe automatisch die Hände zum globalen Zeichen für Kapitulation.

„Geh rein", sagt sie mit bebender Stimme. Ihre Augen schauen nach links und rechts und dann wieder mich an. „Sofort."

Mein Puls hämmert laut in meinen Ohren. Panik macht mich bewegungslos, doch als sie mit der Waffe deutet und „Rein!" sagt, marschieren meine Beine los.

Lida drängt mich rückwärts ins Haus. Mit einer Hand macht sie die Tür zu, und ich finde es ein beunruhigendes Zeichen, dass sie sich nicht die Mühe macht, abzuschließen. Als ob sie nicht vorhätte, lange zu bleiben, mich also nicht als Geisel nehmen will. Die Alternative dazu ist nicht berauschend.

„Hier anhalten", befiehlt sie, als ich weiter rückwärts ins Wohnzimmer gehe.

Mit immer noch erhobenen Händen folge ich ihrer Anweisung.

„Lida", sage ich hoffentlich gelassen, doch ich höre, dass meine Stimme zittert. „Was willst du?"

„Dir ist egal, was ich will", faucht sie. „Ich habe versucht, dich dazu zu bringen, mir zu helfen, aber du hast es nicht getan."

„Das tut mir leid", sage ich schnell und senke die Arme. Ich neige den Kopf zur Seite und lächele sie zittrig an. „Aber jetzt hast du meine volle Aufmerksamkeit. Was kann ich für dich tun? Wie kann ich dir jetzt helfen?"

In ihren Augen flackert Wut und sie lacht höhnisch. Das scheint ihr einen Schub Selbstvertrauen zu geben, denn ihre Hand mit der Waffe zittert nicht mehr. Sie verengt die Augen. „Zweimal war ich hier, um Charlie zu sehen. Jedes Mal warst du da und hast es verhindert. Ich will jetzt meine

Tochter sehen, also bin ich hier, um dafür zu sorgen, dass du dich nicht wieder einmischst, bevor ich rübergehe."

Lieber Gott, bitte mach, dass Lucy die Tür abgeschlossen hat und nicht so dumm ist wie ich und einfach rausgeht.

„Lida, so geht das nicht", erkläre ich ihr sanft. „Damit machst du es endgültig unmöglich, Charlie eine Mutter zu sein. Das verstehst du doch, oder?"

Das macht sie noch wütender. Sie tritt vor und legt den Lauf der Waffe direkt an meine Stirn. Ich kneife die Augen zu und die Zähne zusammen, warte darauf, dass sie abdrückt.

Ich spüre ihren sauren Atem im Gesicht, als sie leise sagt: „Du weißt einen Dreck, Pepper. Aber ich. Willst du wissen, was ich weiß?"

Der Lauf der Waffe verschwindet von meiner Stirn. Langsam öffne ich die Augen. Lida hat sich wieder von mir entfernt. Die Waffe ist jetzt auf meine Brust gerichtet, und meine Kehle ist so trocken, dass ich nichts sagen kann.

„Willst du wissen, was ich weiß?", brüllt sie mich an.

„Ja!", bringe ich heraus und schluchze auf, bereite mich darauf vor, erschossen zu werden. „Ich will es wissen." Ich muss alles tun, um Zeit zu gewinnen, und mir etwas einfallen lassen.

„Ich weiß, dass du ein Hindernis für mich bist", sagt sie aalglatt. „Du hast Einfluss auf Legend. Du hast sein Gehör, vielleicht sogar seine Zuneigung. Wir können nie eine Familie sein, wenn du im Weg stehst."

„Also willst du mich einfach umbringen?", frage ich und verabscheue, wie hysterisch ich klinge. „Glaubst du wirklich, ungestraft davonzukommen?"

„Natürlich", sagt sie selbstsicher. „Und ich werde vom Gericht das gemeinsame Sorgerecht bekommen. Ich werde Legend beweisen, wie vernünftig ich sein kann. Das wird wunderbar klappen, wenn du erst mal von der Bildfläche verschwunden bist."

„Lida … nein", flehe ich sie an. „Du wirst nicht davonkommen. Man wird dich schnappen und dann wirst du deine Tochter nie wiedersehen."

Sie lacht und es klingt wahnsinnig und entzückt zugleich. Als sie mich wieder direkt ansieht, stirbt ihr Lachen ab und das Lächeln schmilzt dahin. Ihr Blick ist entschlossen, und mir wird klar, dass ich nur noch Sekunden davon entfernt bin, erschossen zu werden.

Ich muss sie überwältigen.

Ich bereite mich darauf vor, doch in dem Moment geht hinter Lida die Tür auf und Lucy spaziert herein.

„Pepper, ich gehe mit Charlie spazieren. Magst du mitkommen?"

Jetzt geht alles so schnell, dass ich es gar nicht richtig begreife. Lucy überrascht Lida so sehr, dass sie kurz nach hinten sieht. Lucy betritt mit Charlie auf dem Arm das Haus. In ihrem Gesicht lese ich, dass sie die Situation erfasst und bestimmt auch, dass eine Waffe im Spiel ist.

Das ist meine einzige Chance.

Ich stürme auf Lida zu und starre dabei auf die Waffe, die immer noch auf mich gerichtet ist. Sie spürt es und dreht den Kopf in meine Richtung. Ich bin noch gut einen halben Meter von ihr entfernt, als die Waffe losgeht und Lucy schreit.

Ich stolpere rückwärts. Es fühlt sich an, als hätte man mir in den Bauch geschlagen.

Lucy schreit erneut und Lida dreht sich zu ihr um.

Ich öffne den Mund, um Lucy zu sagen, dass sie weglaufen soll, doch nichts kommt heraus. Meine Beine geben nach. Ich sacke auf die Knie. Der Boden kommt mir entgegen und ich sehe Blut aus meinem Bauch laufen und in meine gelbe Bluse sickern. Ich drücke auf den Fleck, und das tut weh.

Oh mein Gott … ich wurde angeschossen.

„Dreh dich um", befiehlt Lida.

Ich sehe auf. Sie hat die Waffe auf Lucy gerichtet.

„Nein", bringe ich heiser heraus, aber Lida ist fertig mit mir.

Es dreht sich alles und ich sacke auf die Hüfte hinunter, stütze mich auf die Hand, um irgendwie aufrecht zu bleiben. Mit der anderen Hand drücke ich auf die Wunde, die seltsamerweise nur ein bisschen pocht.

„Bewegung", schnauzt Lida Lucy an, die rückwärts auf die Veranda stolpert und Charlie beschützend in den Armen hält.

Lida folgt ihr und dann tut sie etwas Gemeines. Sie schließt die Tür, und ich kann nicht mehr sehen, was passiert. Ich sehe mich um und mein Hirn ist so leer wie beim Arbeiten vorhin. Hilflos sehe ich die Wände, die Möbel, die Haustür, meine Handtasche an.

Die Handtasche.

Neben der Tür habe ich sie fallen lassen und in ihr ist mein Handy. Seit Jahren besitze ich keinen Festnetzanschluss mehr.

Ich versuche, aufzustehen, aber schnell wird klar, dass ich dazu zu schwach bin. Auf allen vieren bewege ich mich bemitleidenswert langsam vorwärts. Das Handy ist weniger als drei Meter entfernt, doch es fühlt sich wie ein Kilometer an. Ich versuche, nicht in Panik zu geraten beim Anblick des vielen Blutes auf dem Parkettboden, das ich verliere.

Neben der Handtasche lege ich mich auf den Rücken. Mit der blutigen Hand hole ich das Handy aus der Tasche und finde es sofort. Sonst passiert das nie, wenn ich versuche, in all dem anderen Kram das Handy zu finden, und ich deute das als gutes karmisches Zeichen.

Ich verteile blutige Flecken auf dem Display, als ich die 911 wähle. Als abgenommen wird, lege ich den Kopf auf dem Boden ab. Es kostet zu viel Kraft, ihn hochzuhalten. Fast schaffe ich nicht einmal mehr, mir das Handy ans Ohr zu halten.

„911. Welchen Notfall möchten Sie melden?",

fragt eine männliche, klare Stimme.

„Ich wurde angeschossen. Zu Hause."

Der Mann bleibt gelassen. „Welche Adresse?"

Ich sage sie ihm, aber meine Sprache wird immer schwächer. Meine Hände sind eiskalt und ich kann das Handy kaum mehr halten.

„Ma'am, ich habe die Polizei und den Krankenwagen alarmiert. Ist der Täter noch bei Ihnen in der Nähe?"

„Nein", flüstere ich. „Aber sie hat Lucy und Charlie in ihrer Gewalt."

„Wie bitte?"

Der Mann klingt so weit fort.

Ich wiederhole, dass Lida Lucy und Charlie hat. Allerdings bin ich nicht sicher, ob ich die Worte ausgesprochen habe. Ich könnte sie auch nur gedacht haben. Der Raum dreht sich und mir ist schwindelig. Ich schließe die Augen und versuche, dem Mann wieder etwas über Lida zu sagen, aber dann merke ich, dass das Telefon nicht mehr in meiner Hand ist. Ich muss es fallen gelassen haben.

Doch ich kann mich nicht bewegen. Mein Hirn befiehlt der Hand, das Telefon zu finden, aber ich kann mich nicht bewegen.

Von dem Schwindel wird mir speiübel, also schließe ich wieder die Augen.

Nur für einen Moment.

Um Kraft zu sammeln und ihm das über Lucy und Charlie zu sagen.

Lucy und Charlie.

Die Namen hallen durch meine Gedanken, und ich schreie mich geistig an, die Augen zu öffnen. Doch sie gehorchen nicht, und dann wird es zu ermüdend, mir das zu sagen.

Die schwarze Stille ruft nach mir und ich gebe ihr nach.

KAPITEL 29

Legend

Mein morgendlicher Work-out war super, aber das Teamtraining war holprig und nicht im Einklang miteinander. Anscheinend war uns Tackers Führungsqualität nicht richtig bewusst, bis er fehlte. Klar war er schon mal suspendiert worden, doch das war nur temporär und das Ende abzusehen.

Wie es aussieht, kommt er vielleicht gar nicht mehr zurück, und als Team müssen wir herausfinden, wie es auch ohne ihn funktioniert. Bishop ist der neue Captain, was meiner Meinung nach die richtige Entscheidung ist. Ich hoffe, wir kriegen das vor dem morgigen Spiel auf die Reihe, aber jetzt möchte ich es aus dem Kopf bekommen und den Rest des Tages mit meiner Tochter verbringen. Vielleicht kann ich Pepper überreden, sich den Nachmittag freizunehmen und etwas mit uns zu unternehmen.

Als ich in meine Straße einbiege, merke ich, dass etwas nicht stimmt. Viele Nachbarn sind draußen, stehen in Grüppchen zusammen und sehen besorgt aus. Ich erkenne weiter hinten Blaulicht, nah an meinem Haus, und mir wird übel. Ich denke sofort an Charlie und bete, dass alles in Ordnung ist. Falls Lida gekommen ist, muss man mich fesseln, um mich davon abzuhalten, sie zu erwürgen.

Beim Näherkommen stelle ich fest, dass sich alles vor Peppers Haus abspielt, was mich verwirrt.

Mehrere Polizeifahrzeuge deuten an, dass es um mehr geht, als dass Lida unerlaubt das Grundstück betreten hat.

„Jesus", murmele ich, als ich weiter vorn parken muss, weil alles weiträumig mit Tatortbändern abgesperrt ist und eine Menge Polizisten herumstehen.

Ich springe aus dem Wagen, renne über den Rasen eines Nachbarn, überspringe eine Hecke, eile durch einen weiteren Garten und direkt zu Peppers Haustür, aus der zwei Polizisten mit grimmigen Gesichtern treten.

Ich setze einen Fuß auf die erste Stufe und die Cops zucken zusammen.

„Sir, Sie dürfen hier nicht rein."

„Meine Freundin wohnt hier", brülle ich panisch. „Was ist passiert?"

„Sir." Der eine Cop fasst mir an den Arm. „Gehen wir da rüber und reden."

„Ist sie da drin?", rufe ich und entreiße ihm meinen Arm. Ich erreiche die oberste Stufe, bevor die beiden mich zurückzerren.

„Sir, wenn Sie sich nicht zusammenreißen, muss ich Ihnen Handschellen anlegen", sagt einer der beiden.

Ich bin kurz vor dem Durchdrehen. „Sagen Sie mir einfach, ob sie da drin ist!"

„Nein. Das Opfer wurde bereits mit dem Krankenwagen in die Klinik gebracht."

„Das Opfer?" Ich wehre mich gegen die Hände, die mich festhalten. „Pepper? Was ist verfickt noch mal passiert?"

„Sir", sagt er wieder leiser. „Wenn Sie sich beruhigen, sagen wir es Ihnen."

Alles in mir rebelliert dagegen, doch ich halte still und atme tief durch. „Okay."

Beide Cops lassen mich los, und als sie merken, dass ich nicht weglaufen will, geht einer von ihnen zum Polizeiwagen.

Der andere, der erst Mitte zwanzig sein kann, klärt mich auf. „Pepper Nantais hat den Notruf angerufen und gesagt, dass sie angeschossen wurde."

„Ist sie am Leben?", bringe ich erstickt heraus.

„Ja. Sie war stabil, als der Krankenwagen sie weggebracht hat. Haben Sie einen Verdacht, wer es auf Ihre Freundin abgesehen haben könnte?"

Es trifft mich wie ein Schlag.

„Verfluchte Scheiße!"

Der Cop macht sich bereit, mich daran zu hindern, in Peppers Haus zu stürmen, doch ich drehe mich um und renne in mein eigenes. Ich war so abgelenkt davon, dass Pepper in ihrem Haus attackiert wurde, dass ich gar nicht an Charlie gedacht habe.

Der Cop ist mir auf den Fersen und ruft, dass ich anhalten soll. Dafür müsste er mich allerdings erschießen.

Ich renne die Treppe hoch, drehe am Türknauf, und mir wird übel, weil nicht abgeschlossen ist. „Lucy!", brülle ich beim Eintreten.

Nichts als Stille. Schwere, drückende Stille.

„Lucy!"

Der Cop folgt mir mit der Hand an der Waffe, aber nicht meinetwegen. Sicher hat er geschlussfolgert, dass dies mein Haus ist und ich befürchte, dass der Täter hier sein könnte. Nun zieht er seine Waffe und richtet den Lauf auf den Boden. Er deutet mit einem Finger zur Tür.

„Sir, ich mache keinen Spaß. Gehen Sie zurück auf die Veranda und rühren Sie sich nicht vom Fleck. Wonach suchen wir hier?"

Zu mir dringt durch, dass ich ihn seinen Job machen lassen muss. Ich trete durch die Tür zurück auf die Veranda. „Nach meiner zwei Monate alten Tochter und ihrer Nanny Lucy. Ich glaube, die Mutter meiner Tochter hat das getan."

Der Cop drückt einen Knopf an seinem Headset und fordert Verstärkung an, wartet aber nicht darauf und geht hinein. Ein weiterer Cop eilt an mir vorbei und betritt mit gezogener Waffe das Haus.

Ich gehe zum Geländer der Veranda und beuge mich leicht nach vorn, denn es könnte sein, dass ich gleich kotzen muss. Doch es kommt nichts und ich drehe mich wieder zum Haus um und starre hinein.

Nach gefühlten Stunden kommt einer der Polizisten zu mir. „Sir, Ihre Tochter ist nicht da, aber eine junge Frau. Sie ist ohne Bewusstsein. Anscheinend wurde sie mit etwas niedergeschlagen. Kommen Sie bitte mit und identifizieren Sie sie."

Mein Magen drückt. Ich folge dem Mann und sehe gegenüber der Couch einen Polizisten neben

Lucy knien. Sie hat eine Verletzung am Kopf und blutet.

„Oh Gott", sage ich.

„Ist das die Nanny?", fragt der Beamte.

„Ja. Lucy Rivens."

Der Mann drückt mit zwei Fingern an sein Funkgerät. „309 Phoenix … Wir haben eine bewusstlose Frau. Ich melde einen EMS 10-17 zu dem 10-20. Außerdem einen potenziellen 207."

Jemand antwortet ihm unter statischem Rauschen mit weiteren Nummerncodes.

„So, was genau geht hier vor?", fragt er mich.

Ich glaube, ich hyperventiliere gleich. Doch ich erzähle es ihm in Kurzform. „Ich habe eine zwei Monate alte Tochter. Das ist ihre Nanny, Lucy. Ich habe das alleinige Sorgerecht und ihre Mutter hat kein Besuchsrecht. Sie hat uns mehrmals belästigt und meine Freundin gestalkt und tätlich angegriffen. Meine Tochter ist weg, also kann nur sie es gewesen sein. Lida Martin. Ich bin sicher, dass sie auf Pepper geschossen, Lucy niedergeschlagen und meine Tochter Charlie entführt hat."

„Geben Sie mir alle Infos, die Sie über diese Frau haben, und möglichst auch, was für ein Auto sie fährt."

Ich sage ihm alles, was jämmerlich wenig ist. Keine Ahnung, ob sie ein Auto hat. Oder wo sie hier übernachtet. Keinen Schimmer, was sie mit Charlie vorhat. Der Cop nimmt alles auf und gibt eine Fahndung nach Lida raus.

„Können Sie sich nach Pepper erkundigen?", frage ich den Cop.

„Natürlich", sagt er mit einem Lächeln und holt sein Handy hervor.

Ich glaube, er hat Mitleid mit mir. Ich drehe mich um und sehe mir das Treiben an. Jetzt, wo ein Kind vermisst wird, bewegen sich alle schneller. Ein Krankenwagen kommt und nimmt Lucy mit. Die Spurensicherung erscheint und geht durchs Haus auf der Suche nach Fingerabdrücken. Zivilfahnder kommen und stellen mir Fragen. Zwischendurch kommt der Cop von vorhin und informiert mich, dass Pepper operiert wird.

Meine Emotionen gehen in alle Richtungen. Ich sorge mich halb tot um Charlie, bin verzweifelt, dass Pepper sterben könnte, und so wütend auf Lida, dass ich ihr eine gewaltsame Strafe wünsche, die ich selbst ausführen möchte.

Ich bin erleichterter, als ich mir hätte vorstellen können, als Bishop auf die Einfahrt biegt. Er wird von Cops aufgehalten, darf aber dann zu mir in den Vorgarten weitergehen. Ich habe ihn angerufen, kurz bevor die Zivilfahnder gekommen sind.

Wir begrüßen uns nicht wie üblich mit Männergesten und Rückenklopfen. Am Telefon habe ich ihm gesagt, dass Pepper angeschossen und Charlie entführt wurde, sodass er mich in die Arme zieht und fest umarmt und nicht mehr loslässt.

Kurz gestatte ich mir einen Moment der Schwäche und drücke das Gesicht an seine Schulter. Dann lasse ich ihn los.

„Was ist passiert, seit wir telefoniert haben?" Er

kreuzt die Arme vor der Brust.

„Sie suchen nach Lida, aber fuck ... wir wissen nicht mal, ob sie per Auto unterwegs ist. Sie stellen Teams zusammen und gehen durch die Nachbarschaft, für den Fall ..." Meine Kehle wird eng. Ich kann nicht mal wiederholen, was die Cops gesagt haben. Für den Fall, dass Lida Charlie umgebracht hat und die Leiche irgendwo zurückließ.

„Schon gut", sagt er und legt eine Hand auf meine Schulter. „Was ist mit der Presse?"

„Was?" Ich bin verwirrt. Mein Verstand ist wie betäubt, weil er überwältigt ist.

„Du musst vor die Kamera gehen und es den Nachrichtenleuten übergeben. Du musst es in den sozialen Medien posten und die Leute bitten, die Augen offen zu halten und aufmerksam zu sein. Fotos von Lida und Charlie veröffentlichen. Du musst die Bürger von Phoenix bitten, dem Star-Goalie ihres Teams zu helfen."

Ich blinzele, und mir wird bewusst, dass Bishop wohl der klügste Mensch auf der Welt sein muss. Nicht mal die Cops haben mir das vorgeschlagen, obwohl sie es vielleicht später noch getan hätten. Die Entführung ist weniger als eine Stunde her.

„Du bist ein verdammtes Genie, Bishop", sage ich und gehe zu einem der Cops rüber. „Werde ich noch gebraucht oder kann ich in die Klinik fahren?"

Ich habe jetzt zwei Möglichkeiten. Entweder ich fahre zu Pepper oder ich durchkämme die Nachbarschaft auf der Suche nach meinem Baby. Das würde ich nicht durchstehen, also fahre ich lieber in die Klinik.

Der Cop schüttelt den Kopf. „Ich rufe Sie an, wenn wir etwas finden, und komme später in die Klinik."

„Du fährst", sage ich zu Bishop und wir gehen zu seinem Auto. Ich ziehe mein Handy hervor und rufe Jim Foppiano an, erkläre ihm, was passiert ist und dass er eine Pressekonferenz in der Klinik in einer halben Stunde für mich organisieren soll.

Als Erstes gehe ich direkt zur Notaufnahme und suche mir eine Schwester, die freundlich aussieht. Ich erkläre ihr, wer ich bin und dass mir gesagt wurde, dass Pepper operiert wird.

Die Schwester lächelt mich nett an. „Es tut mir leid, Sir, aber wenn Sie kein Verwandter sind, darf ich Ihnen nichts sagen."

Ich balle die Fäuste und spüre, wie sich Bishop neben mir anspannt. Doch dann höre ich eine bekannte Stimme hinter mir.

„Legend?"

Ich drehe mich um und sehe Peppers Mutter auf mich zukommen. Sie wirkt ruhig wie eine Ärztin, doch ich sehe die Angst einer Mutter in ihren Augen.

„Wie geht es ihr?"

„Ihr Vater überwacht die OP", sagt sie in professionellem Ton. „Die OP verläuft gut. Es war ein kleines Kaliber und die Kugel hat keine Arterien getroffen. Sie hat innere Verletzungen davongetragen, aber man kann sie wieder zusammenflicken."

Meine Knie geben nach, und ich sacke so tief zusammen, dass Bishop mir unter den Arm greift.

Ich blicke gen Himmel. „Danke dir, Gott." Auf dem Weg hierher habe ich schon höllisch viel gebetet.

„Kannst du mir sagen, wie das passiert ist?", fragt Peppers Mom.

Ich erzähle ihr, was ich weiß, und verliere fast die Beherrschung, als sie an der Stelle anfängt zu weinen, dass Lida Charlie in ihrer Gewalt hat. Ich sage ihr, dass ich mich gleich an die Medien wenden werde, und sie verspricht, mir zur Seite zu stehen. Dann geht sie, um sich nach dem weiteren Verlauf der OP zu erkundigen, und ich gehe mit Bishop ins Foyer der Klinik, wo Jim die wichtigsten Medienvertreter hinbestellt hat, wie er mir per Textnachricht übermittelte.

Nachdem ich der Welt verkündet habe, dass ich eine Tochter habe und ihre verrückte Mutter auf meine Freundin geschossen, meine Nanny niedergeschlagen und mein kleines Mädchen entführt hat, poste ich das Ganze in den sozialen Medien. Ich habe fast 800.000 Follower bei Twitter, über eine Million bei Instagram und werde bei Facebook ein Fahndungsfoto von Lida als bezahlte Werbung schalten, die an meine 230.000 Fans rausgeht.

Es gibt keinen Ort, an dem sich Lida verkriechen könnte.

Ich kann nur beten, dass sie Charlie genug liebt, um ihr nichts anzutun.

KAPITEL 30

Legend

Da Pepper aus einer Medizinerfamilie stammt, die auch hier in der Klinik ist, habe ich das Privileg, im Aufwachraum warten zu dürfen. Der Raum besteht aus durch Vorhänge abgegrenzte Abteile, in denen die Patienten nach der Operation beim Aufwachen überwacht werden. Vor einer halben Stunde wurde Pepper hier reingebracht. Ihre Mutter, ihr Vater und ihre Schwester stehen um das Bett herum. Vier Stühle stehen bereit, doch bis jetzt bin ich der Einzige, der sich hingesetzt hat. Richard läuft in der ganzen Abteilung auf und ab, Meryl überprüft ständig Peppers Zustand und Amy fordert ihre Eltern andauernd auf, sich zu beruhigen.

Und ich?

Ich sitze neben dem Bett, habe den Arm durch das Randgitter gesteckt und halte Peppers Hand. Sie ist warm, Pepper lebt, und das ist das Einzige, was mich momentan beruhigt.

Pepper hatte verdammtes Glück. Das Kaliber 22 hat sie zwar verletzt, jedoch kein wichtiges Organ getroffen. Durch das erfahrene Sanitäterteam und die Top-Chirurgen, die schon auf sie warteten, wurde sie so schnell operiert, wie es bei einer Bauch-OP nur geht.

Der schlimmste Moment meines Lebens war, als die OP vorbei war und der Chirurg ins Wartezimmer kam, um ihre Eltern und mich zu informieren. Als er mich anlächelte, wurde der Moment zu meinem schönsten.

Nur Charlie wieder in den Armen zu haben, könnte das noch übertreffen.

„Pepper verträgt Narkosen nicht besonders gut", sagt Amy am Fußende des Bettes und streichelt Peppers Schienbein über der Bettdecke.

Ihre Mutter kichert. „Deshalb stehen wir nicht neben ihr, Legend. Es könnte sein, dass sie brechen muss."

Ich grinse, denn es ist nett, dass sie versuchen, die Stimmung aufzulockern, doch sie sprechen aus Erfahrung von der OP, als Pepper den Uterus entfernt bekommen hat. Diesmal ist ihr Magen noch mehr belastet von der Wunde im Bauch.

Peppers Hand zuckt in meiner. Ich sehe sie an und sie verzieht leicht das Gesicht. Sie leckt sich über die Lippen, bevor sie die Augen öffnet. Sie blinzelt ein paarmal mit Blick an die Zimmerdecke, dreht dann den Kopf in meine Richtung.

Ich lächele sie an. „Hey." Ich muss sofort wissen, ob alles in Ordnung ist. „Wird Zeit, dass du aufwachst."

Amy geht ihren Vater suchen und ihre Mom stellt sich auf die andere Seite des Bettes und umfasst die Umrandung. Pepper sieht sie an und ihre Mom lächelt zuversichtlich. „Da ist ja mein Mädchen. Ist dir übel?"

Pepper nickt.

„Ich lasse dir Gingerale kommen."

Pepper nickt erneut und sieht mich an. „Charlie und Lucy?"

„Später." Ich will sie nicht aufregen. „Du bist gerade operiert worden, lassen wir es ruhig angehen."

Widerspruch spiegelt sich in ihren Augen. „Nein. Sag es mir."

Vorerst retten mich ihr Vater, ihre Schwester und die Krankenschwester, die alle zusammen erscheinen. Ich stehe auf und gebe Pepper einen Kuss auf die Stirn. „Lass dich erst versorgen und dann erzähle ich dir alles, okay?"

Mit zweifelndem Blick nickt sie gezwungenermaßen.

Ich trete vom Bett zurück und lasse die Leute näher heran. Meryl berichtet ihrer Tochter, was bei der OP gemacht wurde. Amy hält ihr eine Dose Gingerale mit einem Strohhalm hin, und sie trinkt kleine Schlucke. Richard sieht sie nur erleichtert an.

Pepper wird immer wacher und aufmerksamer und fordert Antworten. „Was ist nach dem Schuss passiert? Wo sind Lucy und Charlie?"

Drei Augenpaare sehen mich an, und es ist klar, dass ich Pepper aufklären soll. Ihr Vater macht Platz, ich stelle mich neben das Bett und nehme Peppers Hand. „Nach dem Schuss auf dich hat Lida Lucy gezwungen, in mein Haus zu gehen. Lucy musste eine Tasche für Charlie packen mit Milch und Windeln. Dann hat sie Lucy mit der Waffe auf den Kopf geschlagen und bewusstlos liegen lassen. Sie ist in der Klinik und wird sich wieder erholen."

Peppers Augen füllen sich mit Tränen, die ihr über die Wangen laufen. „Und Charlie?"

Ich schüttele leicht den Kopf. „Die Polizei sucht nach ihr."

„*Jeder* sucht nach ihr", fügt Richard hinzu.

Pepper sieht ihn an und dann wieder mich.

„Ich habe eine Pressekonferenz gegeben und es ist überall in den Nachrichten. Lidas und Charlies Fotos sind in den sozialen Medien. Viele Menschen achten jetzt darauf und sie werden sie bestimmt bald finden."

Pepper senkt den Blick. „Das tut mir so leid. Ich habe versucht, die beiden zu beschützen."

„Nicht", sage ich, setze mich auf den Stuhl, lehne mich über das Gitter, sodass ich näher an ihrem Gesicht bin. Sie sieht mich nicht an. Ich drehe den Kopf und sehe ihre Familie an. „Kann ich ein paar Minuten mit ihr allein sein?"

„Natürlich", sagt ihre Mom und öffnet den Vorhang. Richard und Amy gehen und Meryl lächelt mich ermutigend an und geht ebenfalls.

Pepper beginnt zu plappern. „Es tut mir so leid, dass das passiert ist. Lida kam zu mir und richtete die Waffe auf mich. Plötzlich kam Lucy mit Charlie herüber. Das war ein blöder Zufall. Als sie sich kurz umgedreht hat, habe ich versucht, sie zu überwältigen und ihr die Waffe abzunehmen, und da hat sie einfach geschossen. Danach konnte ich sie nicht mehr aufhalten. Ich habe um Hilfe gerufen, aber …“

Ich lege einen Finger auf ihre Lippen. „Es ist nicht deine Schuld, Pepper.“ Sie blickt zweifelnd, doch schweigt, als ich den Finger wegnehme. „Lida ist verrückt. Aber keiner von uns hätte das Maß an Wahnsinn ahnen können. Mir tut es leid, dass du hineingezogen wurdest. Ich dachte, du stirbst, Pepper. Es hat mich zerrissen, und ich habe mir geschworen, wenn du durchkommst, muss ich dir unbedingt Dinge sagen, die ich schon hätte sagen sollen, als ich mich heute Morgen von dir verabschiedet habe.“

„Was denn?“, wispert sie.

„Dass ich hundertprozentig Hals über Kopf in dich verliebt bin.“ Ich greife wieder nach ihrer Hand. „Ich brauche dich, um komplett zu sein und glücklich. Das hätte ich dir längst sagen sollen, denn ich fühle schon eine ganze Weile so. Aber ich habe an mir gezweifelt. Hatte Angst, dass du nicht so fühlen könntest. Es ist das erste Mal, dass ich Gefühle für eine Frau habe, und es ist wunderbar und beängstigend zugleich. Aber fuck … Pepper, du hättest sterben können. Wenn ich dich verloren hätte, wäre auch ein Teil von mir selbst gestorben, denn du machst all das Gute in mir aus.“

Pepper sieht mich mit großen Augen erstaunt an. Dann lächelt sie. „Ich liebe dich auch schon lange und hätte es dir sagen sollen. Es gab einen Augenblick, da wusste ich es sofort.“

„Wann war das?“

„Als du mich gefragt hast, wie ich damit zurechtkomme, keine Kinder bekommen zu können. Du wolltest mich auf so intime Weise kennenlernen, da wusste ich es einfach."

Ich nicke und erinnere mich genau an dieses Gespräch. Ihre Antwort war mir wichtig, und dass sie es mir so bereitwillig erzählt hat, ehrte mich.

Ich drehe mich leicht, sehe den geschlossenen Vorhang an und gehe davon aus, noch Zeit mit Pepper allein zu haben. Ich lasse ihre Hand los und klappe das Seitengitter herunter und aus dem Weg. Ich rücke mit dem Stuhl seitlich näher heran, sodass ich Pepper so nah wie möglich sein kann. Ich umfasse ihre Hände mit meinen. Wir drücken beide zu und ich lehne mich näher. „Weil ich dich liebe und dir vertraue."

Lächelnd nickt sie. „Dito."

Ich öffne den Mund, aber meine Stimme bricht. Ich halte ihren Blick, will nicht wegsehen, obwohl meine Augen feucht werden. Mit bebender Stimme spreche ich weiter. „Ich vertraue dir so sehr, dass ich vor dir zusammenbreche. Das konnte ich noch nicht, weil ich die Pressekonferenz durchstehen musste und auf das Ende deiner OP warten musste. Aber jetzt, allein mit dir und mit dem Wissen, dass du mich liebst, muss ich gestehen ... dass ich eine scheiß Angst habe."

„Oh Baby."

Ich senke den Kopf auf unsere Hände und lasse die Tränen laufen.

„Ich hatte solche Angst, dass du stirbst, und bin panisch, dass ich Charlie nie wiedersehe. Du bist der einzige Mensch auf der Welt, dem ich meine Ängste gestehen kann." Die Tränen fließen weiter und benetzen unsere Hände. Pepper zieht ihre eine Hand heraus, legt sie an meinen Hinterkopf und streicht mir durchs Haar, während ich weine.

Obwohl sie eben erst nach einer OP erwacht ist, bei der man ihr eine Kugel aus dem Bauch geholt hat, vertraue ich darauf, dass sie genug Kraft hat, mich zu trösten. Ich vertraue ihr, dass ich Verletzlichkeit zeigen kann und mich nicht dafür schämen muss.

Ich habe keine Ahnung, wie lange ich so verharre, doch Pepper hört nicht auf, mich zu trösten. Irgendwann blinzele ich die letzten Tränen fort, damit ich Pepper klar sehen kann. In ihren Augen schimmert kein Mitleid, sondern Solidarität. Mit den Fingerspitzen wischt sie über meine nassen Wangen.

„Wir werden sie finden", sagt sie mit Zuversicht.

„Ganz genau", stimme ich zu und ignoriere das düstere Gefühl, das behauptet, dies könnte ein schlimmes Ende nehmen.

Der Vorhang wird aufgezogen und ich erwarte Peppers Familie, doch es ist einer der Zivilfahnder. Nordstrom heißt er, glaube ich.

„Mr. Bay." Er blickt zwischen Pepper und mir hin und her. „Wir haben eine heiße Spur zu Ms. Martin. Zeugen haben angerufen. Sie müssen bitte mitkommen."

Ich sehe Pepper an und sie strahlt. „Siehst du ... alles wird wieder gut."

Ich küsse sie auf die Stirn. „Sobald ich etwas weiß, rufe ich deine Mom an."

Pepper nickt, und ich folge Detective Nordstrom mit neuer Hoffnung, dass ich meine Tochter bald gesund und munter wiederhaben werde.

KAPITEL 31

Detective Nordstrom geht mit langen, zielstrebigen Schritten vor. Mir wäre lieber, er würde rennen, denn alles andere ist Zeitverschwendung, doch ich folge ihm aus der Klinik zu einem zivilen Polizeiwagen.

Er deutet auf die Beifahrerseite. „Steigen Sie ein." Wir sind nicht einmal vom Parkplatz gefahren, da fügt er hinzu: „Lida hat ein Auto gestohlen."

Ich sehe ihn an. „Aha."

„Sie hat es jemandem gestohlen, der an einem Bankautomaten angehalten und den Wagen laufen gelassen hatte. Der Mann hat angegeben, dass sie ein Baby dabei hatte."

Ich atme hörbar aus. „Fuck sei Dank!"

„Eine Polizeistreife hat sie vor fünfzehn Minuten entdeckt, unterwegs in westlicher Richtung." Sein Ton ist besorgter geworden. „Sie wird verfolgt."

„Moment mal. Verfolgt? Was genau bedeutet das? Wie bei einer Verfolgungsjagd? Sie hat Charlie ohne Kindersitz dabei. Sie dürfen nichts unternehmen, was einen Unfall verursacht."

„Das tun wir nicht", versichert er mir hastig. „Sie bleiben zurück, damit sich die Frau nicht bedroht fühlt."

„Also folgen sie ihr nur?"

„Mehr können wir an diesem Punkt nicht machen. Hätte sie Charlie nicht im Wagen, könnten wir etwas tun, um ihr Auto fahruntüchtig zu machen, oder sie abdrängen, aber das ist wohl kaum eine Option."

„Guter Gott", murmele ich.

Sein Handy klingelt und er holt es aus seinem Jackett. „Nordstrom", spricht er hinein. Er hört eine Weile zu und sagt dann lediglich: „Auf dem Weg."

Er legt das Handy weg und drückt auf einen Knopf am Armaturenbrett. Die Sirene geht los. Ich schaue nach hinten und in der Heckscheibe blinkt ein Licht. Ich nehme an, dass der ganze Wagen unter Blaulicht steht. Dass etwas passiert sein muss, erkenne ich spätestens daran, dass Nordstrom aufs Gas tritt und der Wagen nach vorn schießt.

„Was ist los?"

„Lida hat die alte US 80 südlich von Arlington genommen."

Das sagt mir gar nichts. „Ich kenne mich hier nicht aus, was bedeutet das?"

„Das bedeutet, dass dort eine Brücke über den Gila River geht. Die Highway-Streife hat gewartet, bis Lida draufgefahren ist und dann das andere Ende abgesperrt. Die Kollegen aus Phoenix befinden sich hinter ihr. Sie musste auf der Brücke anhalten und sitzt jetzt in der Falle."

In der Falle.

Das sollte mich erleichtern, doch ich habe ein ungutes Gefühl. Wenn Lida wahnsinnig genug ist, um auf Pepper zu schießen und Lucy bewusstlos zu schlagen, ist nicht absehbar, was sie tut, wenn sie begreift, dass sie eine lange Haftstrafe zu erwarten hat.

Das Handy klingelt wieder und Nordstrom bellt seinen Namen hinein. Ich weiß, dass es um Lida geht, und beobachte ihn genau.

„Wir sind noch zwanzig Minuten entfernt", sagt er und legt auf.

„Was ist?", will ich wissen. Panik kommt in mir hoch. Was würde ich nicht alles dafür geben, könnte Pepper jetzt bei mir sein. Ich muss mich an dem Gefühl von vorhin festhalten, als sie mir sagte, dass sie mich liebt.

„Sie ist ausgestiegen und hat Charlie im Arm." Er wirft mir einen viel zu düsteren Blick zu. „Sie steht am Geländer und droht damit, runterzuspringen."

„Fuck!" Ich schlage mit der Faust aufs Armaturenbrett. Nordstrom bringt das nicht aus der Ruhe. „Können die sie nicht überwältigen oder so was? Sie anschießen, ohne Charlie zu verletzen? Wie wollen sie verhindern, dass sie springt?"

„Sie will mit Ihnen reden." Schockiert erstarre ich. „Sie haben ihr gesagt, dass Sie auf dem Weg sind, und so lange wird sie nichts tun."

„Das können Sie doch nicht wissen!", rufe ich hysterisch aus.

„Nein, das stimmt", sagt er ruhig. „Aber sie fragt aus einem bestimmten Grund nach Ihnen, also will sie Ihnen etwas Wichtiges sagen. Irgendeine Idee, was das sein könnte?"

Ich schüttele den Kopf, denn mir fällt nichts ein, was Lida zu so einem Mist veranlassen könnte.

Dann habe ich eine Idee. Ich nehme mein Handy, rufe Peppers Mutter an und möchte ihre Tochter sprechen.

„Was ist los?", fragt Pepper.

„Sie haben sie gefunden und wir sind auf dem Weg dorthin. Sie sagt, sie will mit mir reden." Das mit der Drohung, von einer Brücke zu springen, sage ich nicht, denn ich will Pepper nicht noch mehr aufregen.

„Oh", sagt Pepper, und ich spüre, dass sie darüber nachdenkt.

„Was hat sie zu dir gesagt? Hast du eine Ahnung, was sie will, außer Charlie?"

Ohne zu zögern, sagt Pepper: „Sie will dich. Sie wollte mich aus dem Weg schaffen, damit ihr mit Charlie eine Familie sein könnt."

„Machst du Witze?" Das ist noch abgedrehter, als ich dachte. Ich habe angenommen, dass Pepper nur zufällig der Kindesentführung im Weg gestanden hat, doch zu wissen, dass sie gezielt angegriffen wurde, verursacht mir Übelkeit.

„Nein, sie hat es todernst gemeint", sagt Pepper. „Das ist also dein Ansatzpunkt. Versprich ihr, was immer sie will. Sei glaubhaft, Legend."

„Ja … okay", sage ich leise. „Okay … danke, Baby. Ich rufe dich an, wenn alles vorbei ist. Ich verspreche, vorsichtig zu sein."

„Ich liebe dich. Und ich glaube an dich, dass du deine Tochter sicher nach Hause bringst."

Oh Gott, ich hoffe, sie hat recht.

Ich erzähle Nordstrom, was Pepper gesagt hat. Er

nutzt die Zeit und gibt mir Ratschläge, wie ich mit ihr am besten verhandeln kann. Ich soll ihr ein ehrliches Gespräch versprechen, wenn sie nur vom Geländer weggeht. Behaupten, dass ich mich nicht konzentrieren kann, wenn sie mit Charlie so nah dort steht. Ich soll beruhigende Worte sagen und es schaffen, dass sie sich nicht wertlos vorkommt. Dass ich sie verstehe und jetzt weiß, wie ernst es ihr mit der Familie ist, und dass wir darüber reden müssen.

Sie zum Reden bringen.

Versprechungen machen.

Sie vom Geländer weglocken.

Sie überreden, mich Charlie halten zu lassen, während wir uns darüber unterhalten.

Fuck, ich muss gleich kotzen. Noch nie war ich so nervös, denn noch nie hing das Leben eines Menschen von mir ab. Und nicht nur das von irgendjemandem, sondern Charlies.

Süße, engelsgleiche, unschuldige, hilflose Charlie.

Am späten Nachmittag steht die Sonne tief, als Nordstrom bei den anderen Polizeifahrzeugen am Ostende der Brücke parkt. Ein Highway-Streifenpolizist bringt uns auf den neusten Stand.

Ich sehe einen silbernen SUV schräg auf der Brücke stehen und Lida davor. Es gibt keinen Bürgersteig, nur einen schmalen erhöhten Betonstreifen zum rostigen Geländer, das etwa eins zwanzig hoch ist und zwei Querstreben hat. Es wäre nicht so einfach, dort mit Charlie drüberzusteigen, doch man geht nicht das Risiko ein, dass sie etwas Dummes tut, wie Charlie hinüberzuwerfen und dann selbst darüber zu klettern, und hält Abstand.

Nordstrom legt die Hände auf meine Schultern. „Alles okay?"

„Ja … das schaffe ich schon."

„Als letzten Ausweg hat ein Scharfschütze Lida im Visier. Natürlich wollen wir das vermeiden, um Charlie nicht in Gefahr zu bringen. Was immer Sie machen können, um das Kind sicher in Ihre Arme zu bekommen, tun Sie es."

„Verstanden." Ich denke an Peppers Gesicht und wie sie mir zugesehen hat, als ich um mein Kind geweint habe, und mich noch mehr liebte.

Sie glaubt an mich.

Ich werde das verdammt noch mal schaffen.

Ich gehe auf Lida zu. Sie ist mindestens zweihundert Meter entfernt und mit jedem Schritt spüre ich ihren Blick schwerer auf mir. Sie hat Charlie in eine Decke gewickelt und an ihre Schulter gepresst, sodass ich nichts von meiner Tochter sehe. Ungefähr sechs Meter vor ihr bleibe ich stehen, so wie Nordstrom es mir gesagt hat, bis ich eruiert habe, wie nervös sie ist.

Sie lächelt mich erleichtert an und klingt, als wäre ich eine wundersame Erscheinung. „Du bist wirklich gekommen."

Für Charlie, nicht für dich, denke ich, erwidere aber ihr Lächeln. „Aber natürlich."

„Da war ich nicht so sicher." Sie senkt den Blick.

„Was tust du da, Lida?", frage ich vorsichtig.

„Warum stehst du mitten auf einer Brücke?"

Ihr Blick schnellt zu mir zurück. „Sie haben mich in die Zange genommen. Ich kann nirgendwo anders hin."

„Du machst mich ganz nervös, so nah am Geländer mit Charlie", sage ich sanft, trete näher und strecke eine Hand aus. „Wie wär's, wenn du etwas weiter weggehst?"

Schützend drückt sie Charlie an sich, blickt misstrauisch, weicht vor mir zurück und steht jetzt mit dem Rücken zum Geländer.

„Hey", sage ich und trete ebenfalls zurück, um sie nicht zu bedrängen. „Schon gut. Wir beide sind okay miteinander. Ich bin nicht hier, um dir etwas zu tun, oder so etwas."

Sie nickt Richtung Brückenende, wo mindestens zehn Polizeiwagen stehen. „Aber die da wollen mir was tun. Sie wollen mich ins Gefängnis stecken."

Ich atme tief durch und hoffe, mit dieser Lüge durchzukommen. „Das stimmt nicht, Lida. Pepper geht es gut und Lucy auch. Ich habe ihnen von dem Stress erzählt, unter dem du stehst. Schließlich hast du gesundheitliche Probleme, die das alles hier erklären. Komm mit mir, und wir können daran arbeiten, eine Familie zu sein."

„Du hältst mich für blöd", faucht sie. „Pepper und Lucy mag es gut gehen, aber trotzdem habe ich auf die eine geschossen und die andere niedergeschlagen. Und Charlie entführt. Ich weiß verdammt gut, was das heißt. Wenn ich im Knast sitze, wird es keine Familie geben."

Fuck, fuck, fuck!

Hilflos werfe ich die Arme in die Luft. „Na gut. Was willst du dann von mir? Warum hast du mich herrufen lassen?"

Sie wirkt unsicher, doch zu meiner Erleichterung nimmt sie Charlie von der Schulter und in den Arm, sodass ich ihr Gesicht sehen kann. Sie ist wach und lächelt Lida an.

Mit Tränen in den Augen sieht Lida mich an. „Sieh mal … sie weiß, wer ich bin. Sie erkennt ihre Mama."

Ich steige voll ein und werde ihr nicht sagen, dass Charlie jeden anlacht.

Ich trete näher und recke den Hals, um meine Tochter besser zu sehen. „Wow. Sieh einer an."

Lida lächelt strahlend. „Ich wusste, dass sie sich an mich erinnert."

Ich erwidere das Lächeln, was das Verlogenste ist, was ich je im Leben getan habe. Es fühlt sich widerlich an. „Das ist das Band zwischen Mutter und Kind", sage ich liebevoll und gehe noch näher heran. „Das übertrifft alles, nicht wahr?"

Lida starrt mich kurz an und nickt dann. Ihr Blick wandert wieder zu Charlie. „Ich wollte sie doch nur sehen dürfen. All das wäre nicht passiert, wenn du es mir erlaubt hättest."

Schuldgefühle übermannen mich und mir werden die Knie weich. Ich war so sicher, dass es das Richtige ist, sie fernzuhalten. Hat wirklich meine starre Haltung Lida dazu gebracht?

„Ich hatte keine andere Wahl", sagt sie leise und sieht mich wieder an. Ihre Stimme ist ruhig und die Worte klingen wie sorgfältig geplant. „Ich musste sie einfach sehen. Es hat mich innerlich zerrissen. Und ich dachte, dass wir vielleicht eine Familie werden können. Deshalb habe ich auf Pepper geschossen. Ich dachte, wenn sie aus dem Weg ist, öffnest du dich wieder für mich."

Ich sage keinen Ton, denn mein Blutdruck kocht wie Lava in einem Vulkan, der gleich ausbricht. Es ist schockierend, dass sie ihre Tat einfach so zugibt.

Sie muss mir etwas anmerken, denn sie verzieht das Gesicht. „Allerdings ist Lucy reingeplatzt und hat mich gesehen. Da war mein Plan im Eimer. Ich hatte keine andere Wahl, als Charlie mitzunehmen."

„Aber du kannst sie mir nicht einfach wegnehmen", sage ich mit flehender Stimme. „Ich liebe sie, und ich denke, das weißt du auch. Und Lida … ich glaube gar nicht, dass du mir je wehtun wolltest."

„Stimmt", sagt sie und streichelt Charlies Wange. „Ich wollte dir nicht wehtun. Du bist ein guter Vater. Das wusste ich gleich."

Ich halte die Luft an, als sie Charlie einen Kuss gibt und, ohne zu zögern, auf mich zukommt. Ich muss mich zusammenreißen, ihr nicht sofort meine Tochter zu entreißen.

Ich atme wieder ein, als sie Charlie in meine Arme legt.

„Wirst du ihr erzählen, dass ich sie von Anfang an geliebt habe?"

„Ja." Ich frage mich, wie ich meiner Tochter je erklären soll, dass ihre Mom im Knast sitzt, weil sie schlimme Dinge getan hat. Dennoch glaube ich Lida, dass sie sie liebt. „Aber natürlich werde ich das."

„Ich bin krank, Legend." Sie lächelt mit feuchten Augen. „Und ich habe es satt."

Sie klingt wie ein Kind und kurz habe ich Mitleid. Sie hat schreckliche Dinge getan, für die sie lange eingesperrt werden wird. Und das kommt sicher von einer Geisteskrankheit, denn normale Menschen entführen keine Babys und erschießen niemanden.

„Ich werde dafür sorgen, dass du alle Hilfe bekommst, die du brauchst", verspreche ich Lida. Dann deute ich auf die Polizisten. „Aber jetzt musst du zur Polizei gehen. Das weißt du, oder?"

Sie sieht Charlie an. „Ja … ich weiß."

Ich hebe den Arm und gebe den Cops das Zeichen, dass sie herkommen können. Nordstrom und noch ein Cop setzen sich in Bewegung und Lida seufzt. Ich sage nichts mehr, drehe mich um und gehe.

Es ist vorbei.

KAPITEL 32

Legend

Der Unterschied zwischen gestern und heute ist enorm.

Gestern war alles dunkel, grau, und wirbelnde dunkle Wolken kreisten über uns. Gestern war nichts in Ordnung. Der Tag wird als der schlimmste meines Lebens in die Geschichte eingehen, und ich weiß, dass nichts ihn je überbieten kann.

Lida wurde von Detective Nordstrom festgenommen und in einen Polizeiwagen gesetzt. Ein Sanitäter kam zu mir und wollte Charlie untersuchen. Ich reichte sie ihm widerspruchslos und nutzte die Zeit, um Meryl anzurufen und ihr zu sagen, dass Charlie gerettet war. Später in der Klinik würde ich ihnen die Details erzählen.

Detective Nordstrom fuhr in dieselbe Klinik, in der Pepper liegt, und wir folgten dem Krankenwagen. Ich wollte, dass sich ein Arzt Charlie genauer ansieht. Auf dem Weg erzählte mir Nordstrom, was seine Kollegen herausgefunden hatten, als sie die Entführung untersuchten. Sie kontaktierten Lidas Anwalt, der bereitwillig ihre medizinischen Befunde herausrückte, die er für die Anhörung gesammelt hatte. Ihm war klar, dass der Richter sie sehen wollen würde.

Offenbar leidet Lida tatsächlich an einem schweren Fall von Wochenbettdepressionen. Sie hatte eine medikamentöse Behandlung begonnen, die auch half, doch sie leidet immer noch unter Stimmungsschwankungen und Kontrollverlust. Er sagte den ermittelnden Beamten, dass Lida ein guter Mensch sei, aber zu ungeduldig, um auf ihre Genesung zu warten, bevor sie unbedingt dem Kind eine Mutter sein wollte.

Ich weiß nicht so recht, warum, aber daraufhin fühlte ich mich viel besser. Weil ich jetzt weiß, dass da wirklich etwas ist, was außerhalb von Lidas Kontrolle liegt, das sie zu diesen unglaublichen Handlungen bewegt hat. Ihre Tochter zu entführen, war noch irgendwie nachvollziehbar. Aber diese Informationen helfen mir, zu verstehen, dass es an einer mentalen Krankheit lag, dass sie auf Pepper geschossen hat. Es würde mich schwer belasten, wenn Charlies Mutter ein Mensch ohne Gewissen wäre. Allerdings hat sie sich nie dafür entschuldigt oder Reue gezeigt für das, was sie Pepper und Lucy angetan hat.

Nachdem Charlies Untersuchung beendet war, gingen wir zu Pepper. Ich wusste, dass sie ungeduldig darauf wartete, Charlie gesund und munter zu sehen.

Und wieder einmal erlaubte mir Pepper meine Emotionen und hörte nur zu, als ich ihr alles erzählte. Sie beurteilte auch nicht, dass ich zwar immer noch wütend auf Lida bin, sie mir aber auch leidtut. Pepper bewies erneut, was für ein wunderbarer Mensch sie ist, als ihr wegen Lida die Tränen kamen.

Mir ist klar, dass noch schwierige Tage kommen werden. Dass es schwer wird, Charlie all das zu erklären, wenn sie alt genug ist. Dann muss ich mein Bestes geben, ihr verständlich zu machen, dass ihre Mutter zwar schlimme Dinge getan hat, sie aber dennoch sehr liebt. Und mir ist klar, dass Charlie eines Tages ihre Mutter kennenlernen will. Ich weiß nicht, wie lange Lida ins Gefängnis muss, aber für Entführung und Mordversuch bestimmt eine ganze Weile. Wie es ablaufen soll, dass Charlie ihre Mutter treffen kann, ist noch unklar. Ich kann das erst einschätzen, wenn ich sehe, was für ein Mensch Charlie einmal sein wird.

Heute Morgen bin ich erschöpft und immer noch erstaunt über die Ereignisse aufgewacht. Aber in meinem Verstand herrscht nicht mehr das Grau vor.

Heute ist alles strahlend hell.

Sauber.

Frisch.

Ein neuer Start.

Das muss ich unbedingt festhalten, denn ich will nicht wieder in das deprimierende Gefühl von gestern sinken.

Ich laufe durch die Klinik und schnuppere an dem Strauß Rosen in meiner Hand. Er ist wunderschön, aber ich habe keinen blassen Schimmer, ob Pepper Rosen mag. Bisher habe ich ihr noch keine Blumen geschenkt. Wir haben über alle möglichen Vorlieben gesprochen. Aber das Thema Blumen war leider nicht dabei. Dass sie blühende Pflanzen liebt, erkennt man aber an ihrem Garten, der überfüllt ist mit diesen verdammten Dingern.

Mit dem Aufzug fahre ich in den fünften Stock, lächele die Schwestern im Flur an, und meine Nerven flattern, bevor ich die Tür zu Peppers Zimmer öffne. Ich atme tief durch und langsam aus. Pepper soll merken, dass es mir wieder gut geht. Sie soll wissen, dass ich heute mit dem Wissen aufgewacht bin, dass mein Leben so viel Potenzial für Glück enthält und dass ich sofort danach greifen will. Heute Abend haben wir ein Spiel, sodass ich vor diesem Besuch noch an einem Teamtraining teilnehmen musste.

Die Tür ist einen Spalt offen und ich horche. Es ist kein Gespräch zu hören, also gehe ich hinein.

Kurz sehe ich sie in ihrem Bett nur an. Sie liest eine Zeitschrift und wirkt entspannt für jemanden, dem gestern erst in den Bauch geschossen wurde und der eine OP hinter sich hat.

Ich trete näher und sie sieht mich an, strahlt wunderschön.

„Hi", sagt sie fröhlich und betrachtet den großen Blumenstrauß und die weiße Einkaufstüte in meinen Händen. Ihr Lächeln verblasst und sie runzelt die Stirn. „Du hast Charlie nicht mitgebracht?"

Ich schüttele den Kopf. „Ich wollte mit dir allein sein. Morgen bringe ich sie mit, denn ich nehme an, dass du dann immer noch hier bist."

„Ja, werde ich", sagt sie mürrisch und versucht, sich weiter aufzusetzen. Anscheinend schmerzt das zu sehr im Bauch. Sie hält inne und behält ihre

Position bei. „Am liebsten würde ich sofort gehen, aber der Arzt hat gesagt, es dauert noch ein paar Tage, bis er mich entlässt."

„Das schaffst du schon", sage ich und gehe um das Bett herum zu dem Tisch auf Rollen, auf dem ihr iPad und das Handy liegen. Ich lege den Strauß darauf ab und warte auf ihre Reaktion.

Sie grinst. „Ich liebe die Blumen."

„Was sind denn deine Lieblingsblumen?"

„Pfingstrosen."

„Gespeichert für nächstes Mal. Jetzt sind es Rosen."

„Wie gesagt, ich liebe sie."

„Gut." Ich schiebe den Tisch etwas zur Seite, um näher ans Bett zu kommen. Ich stelle die Tüte auf den Boden und klappe das niedrige Gitter an der Seite des Bettes herunter, damit ich mich in Peppers Hüfthöhe auf den Rand setzen kann. Da ist nicht viel Platz, aber es klappt.

Pepper will zur Seite rutschen, um mir mehr Raum zu geben, aber sie verzieht schmerzerfüllt das Gesicht.

Ich sehe sie streng an. „Siehst du? Der Arzt hat recht, dass du noch hierbleiben musst."

„Ich vermisse dein Bett."

„Ich vermisse dich in meinem Bett." Ich beuge mich zu ihr und gebe ihr einen Kuss. „Ich leiste dir ein bisschen Gesellschaft."

Pepper lacht und nickt Richtung Boden. „Was ist in der Tüte?"

„Ein Geschenk für dich." Lächelnd zwinkere ich

ihr zu und greife in die Tüte. Dann hole ich den braunen Teddybären heraus, den ich ihr gekauft habe.

Sie nimmt ihn mir ab und umarmt ihn vor der Brust.

„Damit du etwas zum Knuddeln hast, während du hier bist."

„Das Geschenk liebe ich auch." Sie legt den Teddy dicht neben sich. Ihr Blick wird ernst. „Wie geht es dir heute?"

„Gut." Zur Bekräftigung lächele ich selbstsicher.

Sie hebt eine Augenbraue.

„Wirklich", versichere ich ihr. „Alles gut. Noch ein bisschen erschüttert über Lidas Aktion, aber hauptsächlich überglücklich, dass du lebst und ich Charlie wiederhabe. Ist es falsch, mich darauf zu konzentrieren?"

Pepper schüttelt bedächtig den Kopf. Sie legte eine Hand auf meinen Arm und spricht liebevoll. „Natürlich nicht. Du solltest nie ein schlechtes Gewissen haben, das Gute in deinem Leben wertzuschätzen."

Ich gebe ihr noch einen Kuss und bleibe nah an ihrem Gesicht. „Ich freue mich, dass du das gesagt hast, denn ich will heute damit anfangen, indem ich dir sage, wie sehr ich dich wertschätze."

Es ist anbetungswürdig, wie sie bei dem Kompliment rot wird. Wir hatten gestern einen berührenden Moment, als wir uns unsere Liebe gestanden, aber unsere Gefühle derartig offen auf den Tisch zu legen, ist noch so neu, dass es sich ein wenig peinlich anfühlt.

„Ich will nichts mehr als selbstverständlich betrachten, und das fängt bei dir an."

„Bei mir?", fragt sie erstaunt.

„Gestern wärst du fast gestorben, und ich habe
eine Lektion bekommen, wie vergänglich das Leben ist, und ich will keine Minute mehr ohne dich
an meiner Seite verschwenden."

„Ich bin an deiner Seite." Sie sieht mich skeptisch
an. „Das habe ich dir schon gesagt."

„Aber wie wäre es mit für immer?" Ich tauche
mit der Hand in meine Hosentasche. Pepper
schnappt nach Luft, als ich eine Ringschachtel her-
vorhole. Mit einer schwungvollen Geste halte ich
sie hoch, bevor ich sie öffne und ihr hinhalte, sodass sie den vierkarätigen Diamantring sieht, den
ich heute Morgen gekauft habe. Pepper macht Augen groß wie Untertassen, und meine Brust
schwillt vor Stolz, dass ich sie mit der Größe des
Steins verblüfft habe.

„Ich weiß, dass es ein bisschen früh ist." Ich nehme den Ring aus der Schachtel und Peppers Hand
in meine. „Wir kennen uns ja erst sechs Monate.
Aber ich war mir noch nie über etwas so sicher. Ich
möchte dich heiraten, Pepper, denn ich will keinen
Schritt mehr gehen, ohne zu wissen, dass du für
immer die Meine bist. Und vor allem will ich, dass
du Charlies Mom bist. Wenn du Ja sagst, ist sie das
glücklichste Kind der Welt."

„Oh wow." Pepper starrt mich an.

„Falls das hilft ... ich habe deinen Dad angerufen

und er gibt uns seinen Segen."

„Nicht dein Ernst", sagt sie staunend.

„Willst du mich heiraten?"

„Legend." Sie neigt den Kopf leicht schräg. „Ich bin überwältigt. Ich hätte nie gedacht, dass das passiert."

„Du hast meine Frage nicht beantwortet." Ich sehe sie gespielt finster an. „Lass mich dir den Ring überstreifen. Mal sehen, ob dich das in die Gänge bringt."

Pepper kichert und ich stecke ihr den Ring an. Er passt perfekt, denn heute Morgen stöberte ich in ihrem Schmuckkasten und nahm einen Ring als Muster mit zum Juwelier.

„Wirst du jetzt bitte antworten?"

Sie betrachtet den Verlobungsring und sieht dann mich an. „Ich bin mehr als gerührt, dass du mich als Mom für Charlie willst. Und im siebten Himmel, dass du mich zur Frau willst. Ich liebe dich und meine Antwort ist ein klares Ja. Ja, ich will dich heiraten."

Ich war zu neunundneunzig Komma neun Prozent sicher, dass sie Ja sagen wird. Doch diese winzige Möglichkeit, dass sie Nein sagt, hat mich in Anspannung versetzt. Erleichtert seufze ich und umarme Pepper so zart wie möglich, um ihr nicht wehzutun.

„Magst du eine große Hochzeit?", frage ich dann. „Oder sollen wir miteinander durchbrennen?"

„Wie wäre es mit durchbrennen und dann eine große Feier danach?"

„Oder eine Auslandshochzeit", schlage ich vor. „Wir könnten überall auf der Welt heiraten."

„Auf jeden Fall eher früher als später. Ich will nicht, dass du deine Meinung noch änderst", sagt sie lächelnd.

„Ich könnte einen Standesbeamten in einer Stunde hier haben."

Überrascht blinzelt sie. „Ich würde meine Hochzeit schon gern nicht im Bett und ohne Schmerzen feiern. Also müssen wir noch etwas warten."

„Einverstanden." Ich greife in die Tüte und hole eine Flasche Traubensaft mit Kohlensäure heraus. Ich reiche sie Pepper und hole aus der Tüte zwei Sektgläser.

Sie spitzt kurz die Lippen. „Alles zum Feiern dabei. Du warst dir ja ganz schön sicher, dass ich Ja sage."

„Neunundneunzig Komma neun Prozent sicher." Ich tausche die Flasche mit ihr gegen ein Glas aus. „Wir müssen uns mit Saft zufriedengeben, weil du voller Medikamente bist und ich heute noch spielen muss."

Ich entferne die Folie um den Korken.

Pepper legt eine Hand auf meinen Arm. „Hey … ich liebe dich wirklich sehr, Legend."

Ich halte inne und blicke sie an. „Und ich liebe dich auch wirklich sehr. Für immer."

„Für immer", stimmt sie zu.

Lächelnd entkorke ich die Flasche. Jetzt beginnt unser neues Leben.

ANMERKUNG DER AUTORIN

Liebe Leserinnen und Leser,

wenn Sie die ersten beiden Teile der Arizona-Vengeance-Serie gelesen haben, ist Ihnen vielleicht aufgefallen, dass ich keine Epiloge schreibe. Traditionell gesehen dient der Epilog dazu, den Lesern einen Hinweis auf ein Happy End des Paares zu geben. Als ich an Band 1 gearbeitet habe und an den kommenden Bänden, wurde mir klar, dass die Vengeance sehr viel mehr sind als nur ein Eishockeyteam. Sie sind eine Familie und ihre Schicksale sind miteinander verbunden, sodass ich erfreut feststellte, dass die Protagonisten, über die ich bereits geschrieben habe, nicht einfach nach einer kurzen Geschichte ihrer Verlobung oder Hochzeit in der Vergangenheit verschwinden können. Sie entwickeln sich weiter. Daher entschied ich mich dafür, keine klassischen Epiloge zu schreiben, sondern Ihnen in den Folgebänden auch die vergangenen Paare weiter zu zeigen. Das ist wie ein niemals endender Epilog. Ich hoffe, Ihnen gefällt diese Methode und dabei zu sein, wie die Liebe der Paare wächst und gedeiht.

Viel Spaß beim Lesen!
Sawyer

AUTORIN

Seit ihrem Debütroman "Off Sides" im Januar 2013, hat Sawyer Bennett mehr als 30 Bücher von New Adult bis Erotic Romance veröffentlicht und es wiederholt auf die Bestsellerlisten der New York Times und USA Today geschafft.

Sawyer nutzt ihre Erfahrungen als ehemalige Strafverteidigerin in North Carolina, um mitreißende und sexy Geschichten zu schreiben.

Sie mag ihre Helden stark und mit Ecken und Kanten. Wenn sie nicht gerade die Figuren ihrer Romane zum Leben erweckt, ist Sawyer Chauffeurin, Stylistin, Köchin, Putzfrau und die persönliche Assistentin ihres lebhaften Kleinkindes sowie Vollzeitbetreuerin zweier niedlicher, aber ungezogener Hunde. Sie glaubt an das Gute im Menschen, und auch daran, dass ein schlechter Tag durch ein Workout oder ein Stück Kuchen – gerne auch durch beides – besser wird.